엄마의
글쓰기

엄마의 글쓰기

잊고 있던
나를 마주하는 하루 5분,
일상 인문학_

권귀헌 지음

서사원

| 프롤로그 |

사각사각,
하루가 행복해지는 소리

자살을 할까 커피나 한잔 할까? 오전 10시. 모두 가고 홀로 남은 시간. 어쩌면 남편과 아이들이 있어야 하는 곳은 직장과 학교일지도 몰라. 집이란 그저 잠시 머무는 곳일지도. 하루를 채우는 수많은 일 중에 진정 나를 행복하게 해주는 일은 뭘까. 커피는 식었지만 오랜만에 해가 나서 그런지 잔을 잡은 손이 따뜻하다. 난데없이 알베르 카뮈의 문장이 떠오른다. 자살을 할까 커피나 한잔 할까? 기발하지만 섬뜩하다.

오전 10시. 모두 가고 홀로 남은 시간. 홈쇼핑에서 양념갈비랑 자반을 판다고 했던 게 오늘이다. 어젯밤 놓

> 친 여행상품도 다시 봐야 한다. 그나저나 갈 수는 있을까. 괜히 들떴다가 또 흐지부지되는 건 아닌지 모르겠다. 약속 없는 오전은 시간도 쉬어가는 듯. 누군가를 만나는 것도 가끔은 소모적이라는 생각이 든다. 영혼을 적셔줄 촉촉한 일은 없을까. 누군가의 말이 떠오른다. (   ) 누가? 내가? 가당키나 한가.

빈칸에 어떤 문장을 넣으면 좋을까요. 알베르 카뮈의 존재론적 질문인 '자살을 할까 커피나 한잔 할까?'도 좋습니다. 비슷한 형식의 질문도 괜찮습니다. 뭐든 좋으니 한번 생각해보실래요. 눈치 채셨나요? 제 생각은 뒤에서 공개하겠습니다.

한번은 큰아들이 제게 그러더군요. "아빠, 저 나중에 크면 아빠처럼 작가 될 거예요." "그래? 와! 멋진데." 저는 압력솥이 증기를 배출하듯 줄기차게 자랑을 늘어놓았죠. 아들이 나처럼 되겠다고 하다니! 나는 꽤 괜찮은 아빠구나. 하지만 이내 저는 정점에 올라선 롤러코스터의 탑승객처럼 숨 한 번 못 쉬고 단번에 저 아래로 내리꽂혔습니다. 왜 작가가 되고 싶냐는 말에 아들이 이렇게 답했거든요. "어, 맨날 집에 있잖아. 아무것도 안 하고 그냥 노니까."

혹시 이런 이유로 작가가 되길 원하시나요? 작가 나부랭이가 되겠다는 생각은 해본 적도 없다고요? 우스갯소리로 치부할 수 있는 이야기입니다만 글쓰기의 본질은 바로 아들의 말 속에 있습니다. 글쓰기는 우리의 일상이고 인생이고 삶입니다. 작가들이 자질구레한 일상을 스토리로 바꿔 책에 담듯, 몸이 존재하는 바로 그곳에서 글을 쓰면 됩니다. 일상의 사소한 관찰, 경험, 만남이 스토리의 재료입니다. 그래서 글쓰기는 놀이처럼 즐거우면서도 철학처럼 근원적이죠. 그러니 아들 눈에 노는 것으로 비췄다면 성공했다고 할 수 있습니다.

글쓰기를 통해 내가 어떤 존재인지, 나와 주변에 무슨 일이 일어나고 있는지, 어디로 가야 하는지 스스로 답을 찾을 수 있습니다. 제아무리 똑똑한 사람도 쓰지 않고는 분명하게 알지 못합니다. 정확한 단어를 고른 뒤 뜻이 통하도록 문장으로 빚어내야만 비로소 생각과 감정이 명쾌해지니까요. 무엇이든 글로 써야 오롯이 내 것이 됩니다. 일주일, 한 달, 일 년, 십 년, 심지어 인생을 두고도 마찬가지입니다. 글에 녹여두지 못한다면 한순간도 내 것이 되지 않습니다.

약간의 자격지심이 드는 책입니다. 과연 내가 이 책을 써도 괜찮을까. 고작 여덟 권의 책을 쓴 이력으로 글쓰기를 논할 자격이 있나. 집안일과 육아를 책임진 게 고작 5년인데 엄마의 마음을 제대로 헤아릴 수 있나. 이런 의구심이 들기 때문이죠. 하지만 생각을 뒤집고 용기를 얻기로 했습니다. 책을 많이 내야만 글쓰기를 논할 수 있는 건 아니니까요. 관심과 애정이 있다면 누구든지 엄마의 인생을 주제로 대화를 할 수 있잖아요. 중요한 것은 글을 쓰겠다는, 쓰도록 돕는, 자신의 삶을 살아보겠다는 진실된 마음입니다.

단언컨대 글을 쓴다면 무심코 흘려보낸 소소한 행복을 주머니에 담을 수 있습니다. 필력에 얽매이지 않길 바랍니다. 이 책을 따라 한다고 대단한 문장가가 되지는 않을 겁니다. 아쉽게도 이 책에는 그런 비법이 없습니다. 중요한 것은 글감을 발견하는 감수성이며 꾸준한 집필입니다. 또 글을 웬만큼 쓰는 분에게는 조금 쉬울 수도 있습니다. 하지만 글 한번 써보고 싶다는 생각이 간절한 분에게 이보다 좋은 책은 없을 겁니다. 짧은 글이라도 자주 쓰다 보면 자연스럽게 글쓰기 세상으로 들어가게 될 테니까요.

앞에 내걸었던 빈칸으로 다시 돌아가볼까요? 저는 이렇게 쓰고 싶습니다. '돈을 쓸까? 글을 쓸까?' 돈 많이 쓴다고 지적하는 게 아니니 오해 없길 바랍니다. 돈으로 고민이 깊을 때 '글 한번 써보시라' 제안하는 겁니다. 모두가 떠난 오전 10시, 또는 세상이 다시 잠드는 밤 10시. 그 정적을 사각거리는 연필 소리로 채워보세요. 누구도 방해할 수 없습니다. 천천히, 조금씩 연필과 종이에 몸을 맡기세요. 이제부터 우리는 전혀 다른 세상을 살게 될 겁니다.

2020년 2월
오전 10시, 설거지를 하다 말고
글선생 권귀헌

차 례

일상이 스토리고 삶이 문학이다

행복한 엄마를 넘어 풍요로운 인간으로

엄마의 삶은
그 어떤 소설보다 위대하다

글선생의 수다

온몸으로 생명을 만드는 사람

걔는 결혼하더니 완전히 달라졌어. 모임에도 안 나오고.

결혼하면서 180도 바뀌어버린 친구들을 보며 혀를 찼습니다. 사실은 '달라졌어'를 '이상해졌어'로 바꿔 말하고 싶었죠. 결혼이 도대체 뭐라고 사람을 이렇게 바꿔놓는 걸까요. 함께 기울인 수많은 소주잔과 거기에 담긴 의리의 맹세는 본심이 아니었단 말인가요. 하루아침에 이상한 사람이 되어 버린 유부남들은 총각들의 안주거리로 전락하기 일쑤였습니다.

하지만 저 역시 결혼과 동시에 이상한 남자로 바뀌었습니다. 지금 생각해보면 어린 시절의 판단이란 게 얼마나 얕은지 부끄러울 따름입니다. 결혼을 했는데도, 가정을 꾸렸는데도, 남편과 가장이라는 역할이 생겼는데도, 심지어 아이가 생겼는데도 바뀌지 않는다면 그것이 오히려 이상한 일이니까요.

사랑에 빠지면 밤하늘 같은 아득한 심정에 몸살이 납니다. 그래서 사랑은 열병이라고 하죠. 사랑을 모르는 이에게 사랑이란 손가락 사이로 빠지는 모래와 같습니다. 정체를 알 길이 없습니다. 그러나 사랑을 아는 이에게 사랑이란 소금과 같습니다. 달콤 쌉싸름하면서도 짠맛이 번지는 중독성 물질이며 건강을 지켜주는 영양소입니다. 경험한 사람만이 사랑을 말할 수 있습니다.

눈물이 뚝뚝 떨어지는 이별을 경험한 사람은 가슴이 단단해집니다. 사랑이 통하느라 터졌던 가슴이 괴로운 과정을 거치며 봉합되었기 때문이죠. 곁에서 지켜본다고 이별의 슬픔을 헤아릴 수 있을까요. 이별은 그야말로 살이 찢어지고 뼈가 부러진 듯한 아픔을 줍니다.

경험하지 않고서는 알 수 없는 일이 많습니다. 사랑과 이별처럼, 결혼, 임신, 출산, 육아도 그런 부류입니다. 이심전심이란 말이 무색하죠. 말하지 않아도 알기는커녕 아무리 말해도 모르는 게 더 많기 때문입니다.

결혼부터 볼까요. 서로 다른 배경을 가진 두 개의 삶이 한날한시에 하나로 통합되는 게 결혼입니다. 부부라는 이름의 삶이죠. 서로 닮아간다고 할 정도로 결혼생활에는 사랑을 비롯해 배려, 양보, 이해가 필요합니다. 동시에 다른 점을 끝없이 확인해나가는 것도 부부라는 생각이 들 정도로 힘들 때가 있습니다. 사소한 행동에도 설명과 설득이 따라야 합니다. 부부싸움이 끊이지 않을 수도 있습니다. 결혼에 대한 생각은 온탕과 냉탕을 오가는 주기에 따라 달라지겠죠.

육아는 사람이 사람을 키우는 겁니다. 불완전하고 불안한 존재가 스스로 성장하도록 돌보는 일이죠. 말은 쉽지만 직접 아이를 키워본 사람만이 육아의 고단함을 온몸으로 이해할 수 있습니다. 어디 한 군데 탈이 났을 테니까요. 육아는 아이를 키우는 것이지만 결국에는 부모가 더 크는 성장 과정입니다. 또 아이들은 저절로 크지만 결코 저절로 자라지 않습니다. 앞뒤 안 맞는 이게 무슨 말이냐고요? 경험한 사람만이 이 중의적인 문장을 이해할 겁니다.

임신과 출산! 제가 여태 해보지 못한 것 중 하나입니다. 올림픽 4관왕처럼 모든 것을 섭렵하겠다며 이야기를 시작했는데 여기에서 막히네요. 하지만 이 둘은 남자가 감히 넘볼 수 없는 일입니다. 엄마 노릇은 할 수 있어도 엄마가 될 수는 없죠. 세 번의 출산을 아내와 함께했지만 오롯이 이해할 수는 없습니다. 그럴싸한 낱말과 문장을 아무리 나열해도 '안 해봤잖아' 한 마디에 먼지처럼 날아가겠죠.

사랑, 이별, 결혼, 육아를 경험한 사람은 '이상하게' 바뀔 수밖에 없습니다. 이전과는 전혀 다른 사람이 됩니다. 그런데 임신과 출산에 비할 수는 없습니다. 씨앗을 품어 온몸으로 생명을 만드는 일은 해보지 않고 말할 수 없습니다. 10개월이란 기간을 오로지 그 일에만 집중하는 게 쉬울까요. 이렇게 오랜 기간 생명을 품고 있는 존재가 또 있을까요. 대부분의 부부는 임신을 사랑의 결실이라 믿습니다. 솜털 같은 아기를 애틋하게 기다립니다. 고되지만 행복하다 느낍니다. 고행의 10개월인 셈이죠.

출산 후에는 피부 부스럼 같은 병이 사라지는 경우도 있다고 합니다. 아내도 출산 직후에 피부가 제일 좋았다고 하더군요. 어깨 결린 것도 사라졌다 하고요. 출산은 제2의 출생입니다. 아이와 함께 엄마도 다시 태어나는 거죠. 실제로 한국에서는 꽁꽁 싸맨다는 표현이 맞을 정도로 산후조리에 신경을 씁니다. 찬바람이 스칠까 머리부터 발끝까지 두르고 덮고, 한겨울을 연상케 합니다. 그 더운 여름에도 마찬가지입니다. 선풍기는커녕 부채질도 못하게 합니다. 신생아나 엄마나 다를 바가 없습니다.

그런데 이 힘든 여정을 엄마가 아니라면 누가 시작할 수 있을까요. 여자의 운명이라 여기지 않았으면 좋겠어요. 당연한 일로 치부하지 않길 바랍니다. 실제로 최근에는 아이 없는 삶을 선택하는 사람들이 늘고 있습니다. 공동체의 미래를 생각한다면 바람직하다고 할 수 없지만 개인의 결정은 존중받아야겠지요. 저마다의 생각과 사정이 있으니까요. 그러나 분명한 것은 여러분이 지금 엄마라면, 그것만으로도 이미 대단한 일을 했다는 겁니다.

그 경험을 한번 떠올려보세요. 아기를 위해 모든 걸 용인했던 그 때를요. 엄마가 되었다는 사실만으로도 여러분은 충분히 위대한 업

적을 쌓은 겁니다. 생명을 만드는 일에 온몸을 다 바치는 사람은 오직 엄마뿐입니다.

악마를 구원한 글쓰기

아이를 셋이나 돌봤지만 글을 쓰는 게 힘들지는 않았습니다. 막내의 기저귀를 갈고 젖병을 물리면서도, 심지어 아기띠를 한 채 서서도 글을 썼습니다. 청소와 빨래를 하면서도 문장을 만들어나갔고 상황이 허락할 때마다 종이에 옮겨 적었습니다. 또 아침 9시만 되면 큰 녀석 둘은 제 갈 곳으로 가버리니 꼬맹이 하나만 챙기면 낮 시간은 여유롭게 보낼 수 있었습니다.

그런데 누워만 있던 이 녀석이 어느새 일어나 앉고, 기고, 서고, 걷고, 뛰면서 저의 하루는 완전히 달라졌습니다. 둘과 셋이 천양지차라는 걸 실감했습니다. 친구들에게 '애 하나는 발로도 키운다'고 우스갯소리를 했는데 정말 발로밖에 못 키우겠더라고요. 큰 놈들 챙기고 나면 여력이 없었습니다. 막내를 챙기면 큰 녀석들이 방치되기 일쑤였죠. 아이들 재우다 치우지도 못하고 잠드는 게 일상이었습니다.

이런 상황에서 여유롭게 인문서적을 읽는다? 논문을 찾아 통계수치를 분석한다? 아빠는 슈퍼맨이라고 하던데 이건 슈퍼맨 할애비가 와도 못합니다. 글쟁이가 글을 못 쓰니 좀이 쑤시고 죽을 맛이었습니다. 막내의 돌 무렵, 어렵사리 《포기하는 힘》 원고를 넘겼습니다. 이후 두 달 정도 제대로 연필을 잡지 못했습니다.

금단현상은 끔찍했습니다. 커피봉지를 쓰레기통에 버리지 않았다고 출근하는 아내에게 화를 냈습니다. 큰 녀석들은 밥풀이라도 흘릴까 봐 집에서도 눈칫밥을 먹었습니다. 조금이라도 시끄럽게 떠들면 제가 더 크게 소리를 질렀습니다. 상냥하던 아빠는 폭군으로 변했고 자상하던 남편은 게으르고 신경질적인 실업자가 되었습니다. 사람이 바뀌는 데에는 많은 시간이 필요하지 않았습니다.

하늘은 흐렸고 창문을 열어도 공기는 탁했습니다. 지난날이 그립고 화려했던 경력이 아쉬웠습니다. 답답했습니다. 어디에서도 주눅들지 않고 당당했는데 불과 1년 만에 깡통처럼 쪼그라든 자신이 못마땅했습니다. 미간은 더 이상 가까워질 수 없을 정도로 붙어 있었습니다. 하이에나에게 먹이를 빼앗기고도 분풀이를 못해 억울해하는 늙은 수사자가 따로 없었습니다.

하지만 제가 억울할 일은 없었습니다. 불쌍한 건 아이들이고 고생하는 건 아내였습니다. 그러다 문득 '아들 셋 키우는 남자 흔치 않다'며 육아일기 한번 써보라는 친구의 말이 떠올랐습니다. 자존심 상해 귀담아듣지 않았는데 재미라곤 사라져버린 저에게 그나마 위안을 줄 수 있을 것 같았습니다.

사진을 들춰보고 여기저기 끼적여놨던 에피소드도 꺼내 읽었습니다. 큰 녀석과 함께 만든, 머리가 기형적으로 큰 종이로봇도 보였습니다. 고사리 같은 손으로 온통 빨갛게 색칠한 크리스마스카드도 눈에 들어왔습니다. 냉장고에 달라붙어 있는 그 카드에선 둘째가 변함없이 웃고 있더군요. 저는 악마로 변했지만 여전히 아이들은 저를 사랑하고 있다는 생각이 들었습니다. 아빠라는 이유만으로 악마 같은 저는 감히 아이들의 사랑을 받고 있었습니다.

이전부터 구상하던 몇 개의 주제를 포기했습니다. 쓰지 못하고 마음속에서 초조함만 키우던 녀석들이었죠. 대신 전쟁 같은 육아를 하고 있으니 이걸 써야겠다 마음먹었습니다. 육중일기는 그렇게 시작되었습니다. 하지만 일기처럼 쓰진 않았습니다. 미소 짓게 만드는, 나쁜 감정이 파도처럼 밀려오는, 아무 이유 없이 눈물이 날 것 같은 그 순간을 담으려고 노력했습니다. 그 감정을 간직한 채 글로 풀었습니다. 나름의 의미도 넣었습니다.

그렇게 정신을 차리고 나니 소리치는 일이 줄어들었습니다. 미간이 조금씩 펴지고 쪼그라들었던 제 몸에도 신선한 공기가 흘렀습니다. 여전히 욱할 때가 있지만 이야기를 잘 들어주고 함께 놀아주는 아빠, 고마움과 사랑을 표현하는 남편으로 돌아가고 있습니다.

고된 일상의 연속이지만 글을 쓰지 않는 삶은 생각할 수가 없습니다. 감정, 생각, 경험 같은 자잘한 것들을 문장으로 옮기는 과정에 많은 것들이 정화되기 때문이죠. 또 보이지 않던 게 보이고, 느끼지 못했던 것들도 느낄 수 있습니다.

육중일기를 쓰며 이런 생각을 했습니다. '참 많은 행복을 우리가 놓치며 사는구나.' 우리 주변에는 행복이라 할 만한 것들이 넘치는데도 우린 언제나 자극적이고 새로운 일만 기다리고 있잖아요. 그런 흥분만 즐기는 게 가능할까요. 쾌락만 쫓는 게 옳은 걸까요.

삶은 퍼즐 맞추기라고 생각합니다. 매 순간은 하나의 퍼즐 조각이 되어 우리의 삶을 채워나갑니다. 그 어떤 조각도 다른 조각의 역할을 대신할 수 없습니다. 아무런 무늬나 그림이 없는 테두리의 조각일지라도 모두 소중합니다. 행복은 화려한 클라이맥스에도 존재하지만 하루하루 묵묵히 넘기는 책장 속에서 자주 발견된다는 사실을 기억하세요.

평범한 일상도 문장에 담기는 순간 스토리가 됩니다. 삶은 그런 스토리의 연속입니다. 오직 쓰는 자만이 삶의 주인공이 될 수 있습니다.

왜 하필 엄마야

엄마들에게 악마를 구원한 글쓰기의 힘을 전파하고 싶었습니다. 그런데 엄마에게 글쓰기를 가르치겠다고 하니 친구가 그러더군요. "왜 하필 엄마야?" 엄마는 돈이 안 된다는 거였습니다. 자신에게 쓰는 돈은 이것저것 꼼꼼하게 따지는 사람들인데 누가 수업을 듣겠냐는 겁니다. 하필이면 엄마에게 그것도 글쓰기 수업을 하냐며 반대한 셈이죠. 물놀이 도구를 챙기고 들뜬 마음으로 도착한 곳에서 수영금지 표지판을 본 느낌이었습니다. 어쩐지 사람이 없더라니. 그냥 들어가? 돌아갈까? 고민이었습니다.

일리가 있습니다. 대한민국 엄마 중에 누가 하릴없이 책상에 앉아 글이나 쓸까요. 글쓰기보다 중요한 일이 얼마나 많은데! 지긋지긋한 빨래와 설거지, 끝없이 쌓이는 먼지 닦아내기, 하루만 쉬어도 티가 나는 정리정돈, 철마다 하는 옷장정리, 혹시라도 꼬리표 붙을까 아이들 준비물 챙기고 숙제 봐주는 일부터 성적과 진로 걱정까지.

어디 이뿐인가요. 이번에는 조금 정제된 용어를 써보겠습니다. 수입과 지출 관리, 식자재 관리, 생활물품 재고 관리, 비품 유지 및 보수, 집안 행사 및 경조사 관리까지. 또 이웃과 교류도 소홀히 할 수 없고 아이들의 원활한 학교생활을 위해 약간의 활동이라도 해야 합니다. 게다가 남편이나 아이들이 집안일에 무심하다면 이 모든 일의 담당자이자 책임자는 엄마뿐입니다. 오! 이 모든 일을 나도 하고 있다니!

이런 엄마들에게 "자, 집안일 대충 마무리하셨죠? 연필과 노트를 들고 모이세요. 글을 써봅시다. 마음속 이야기를 꺼내보세요."라고 제안하면 너도나도 고개를 끄덕이며 모여들까요? 이들에게는 '귀신 씻나락 까먹는 소리'일지도 모릅니다. 게다가 글쓰기보다 재밌고 흥미로운 일은 또 얼마나 많습니까. 엄마의 마음을 끌어당기기에 글쓰기라는 아이템은 고리타분해 보이는 게 사실입니다.

하지만 그럴수록 저는 엄마에게 끌렸습니다. 일단 엄마들을 찾기로 했습니다. 글쓰기에 관심 있는 엄마들이 분명 있을 거라 믿었습니다. SNS에 모집 공지문을 올리고 배너를 제작해서 길거리에 내걸었습니다. 갈팡질팡하며 흔들리기도 했지만 많은 분들이 문의를 주셨고 글쓰기에 관심 있는 사람들이 모이며 〈엄마 글쓰기 교실〉을 푸른 바다에 띄울 수 있었습니다. 우리는 서슴없이 자신의 생각과 감정을 이야기했습니다. 저는 첫 수업의 감동을 이렇게 기록했습니다.

> 유비무환이라고 했던가. 어떤 일에나 준비가 필요하고 철저할수록 불안과 불확실함은 줄어든다. 하지만 우리는 연필과 노트로 충분했다. 호사스럽게 커피를 마시긴 했지만 무쇠 엔진에도 윤활유는 필요하지 않은가.
> 처음이지만 낯설지 않았고 어색했지만 이내 무르익었다. '우리'라 부르기엔 성급한 감이 있으나 우리는 돛을 내걸고 닻을 올렸다. 6주의 항해는 우리를 어떻게 바꿔놓을까. 뱃머리에서 달콤한 바람을 실컷 맛보리라.

사무엘 울만은 그의 시 '청춘'에서 이렇게 말했습니다. "그대와 나의 가슴에는 무선통신소가 있다. 하느님과 사람에게서 아름다움, 희망, 환호, 용기 그리고 힘을 받고 있는 한 그대는 젊은이다." 우리는 가슴속 무선통신소를 너무 성급하게 닫았습니다. 늘 과거의 좋은 시절을 돌아보면서 아쉬워하죠. 서툴렀지만 에너지가 넘치고 겁이 없던 그때 말이죠. 하지만 울만의 말처럼 청춘은 특정한 시기가 아니라 마음가짐입니다. 무엇을 하고 있든, 나이가 많건 적건 문제가 되지 않습니다. 누구나 그 통신소를 다시 작동시킬 수 있습니다. 이 글을 읽는 여러분도 아마 같은 생각일 겁니다. 그래서 이 책을 들었다고 생각합니다.

쓰십시오. 엄마, 아내, 며느리라는 역할 속에서 얼굴을 내밀지 못하고 있는 자신에게 말을 걸어보세요. 꽃보다 아름답던 그때로 돌아가 푸르른 젊음을 다시 건져 올리는 겁니다. 팔딱거리며 살아 있는 모습을 확인해보세요. 피부에 주름이 질지언정 영혼이 싱싱하면 우리는 영원한 청춘입니다. 자신과의 대화는 곧 피부를 뚫고 나와 바깥 세계로 전파를 날릴 것입니다. 그렇게 희망과 환호, 용기와 힘을 나누는 겁니다.

자존감은 엄마들이 놓치기 쉬운 감정입니다. 아무렇지도 않던 일상의 반복이 가시처럼 걸리는 날. 머리카락을 줍고 음식물이 묻은 식탁을 닦고 뒤집어진 양말을 다시 뒤집는 일 따위가 갑자기 낯선 생각으로 이어지는 날. 아, 나는 뭐 하는 사람인가. 이 집이 아니어도 내가 필요한 곳이 또 있을까. 문득 이런 일상을 경험했다면 글쓰기가 필요하신 겁니다. 일상을 기록하며 생각과 감정의 실마리를 찾으십시오. 그것이 삶 전체를 관통하는 하나의 사유로 커나갈 때 인간은 밀도 있는 존재로 성장합니다.

엄마를 위한 글쓰기 특강

프리라이팅 따라 하기

사각거리는 느낌이 좋다. 자주 깎아야 하는 번거로움이 있기는 하지만 아날로그적 감성을 전해주는 그 번거로움이 아마 연필을 고집해서 쓰게 만드는 이유가 아닐까 한다. 어릴 적에는 샤프나 볼펜이 좋았지만 본격적으로 글을 쓴 뒤부터는 연필을 쓴다. 6각의 모양이 손가락 사이를 파고드는 모양새가 엄마의 품을 찾는 아이 같다. 그래서 내가 연필을 쥐는 것이지만 때로는 연필이 그냥 내 손가락 사이로 들어오는 게 아닌가 하기도 한다. 아무 의식 없이 어느덧 연필을 잡고 목적도 없는 단어나 문장을 끼적일 때는 특히 그렇다. 자판을 두드리는 것이 편하기로는 최고이지만 그래도 종이 위를 미끄러지는 흑연의 유려한 춤솜씨가 내 생각을 끌어내기에 더 맞다.

_연필

지금 위의 글은 제가 '연필'을 소재로 프리라이팅을 한 건데 1분 정도 걸렸습니다. 진짜냐고요? 네, 정말 1분입니다. 그럼 이제는 이 글을 조금 다듬어보겠습니다.

사각거림이 좋다. 귀를 간질이는 그 소리가 아날로그적 감성을 자극한다. 깎는 게 번거롭기도 하지만 아마 당분간은 연필을 놓지 않을 것 같다. 샤프나 볼펜의 편리함과는 바꾸기 어려운 묘한 매력이 있다. 이를테면 6각의 모양이 손가락 사이를 파고드는 모양새는 엄마의 품을 찾는 아이 같다. 하여 때로는 연필이 그냥 내 손가락 사이로 들어오는 게 아닌가 하는 착각도 든다. 무의식적으로 연필을 들고 목적도 없는 단어나 문장을 끼적일 때는 특히 그렇다. 종이 위를 미끄러지는 흑연의 유려한 춤 솜씨가 생각을 분명하게 만든다.

_7분 뒤, 연필

위의 글은 약 7분 정도 고쳐쓰기를 한 겁니다. 문장 몇 개를 다듬어 하고자 하는 이야기를 분명히 했습니다. 눈으로 보기에도 문장이 조금 짧아졌고 전체적으로 양이 줄었습니다. 아날로그적 감성이 좋다는 요지가 드러났습니다. 연필은 곧 감성이라는 뜻입니다. 다음에는 이 글에 조금 의미를 부여해보겠습니다. 주제는 아날로그입니다.

> 속도가 지배하는 디지털 사회. 우리에게 생각할 시간, 질문할 여유는 애당초 기대하기 힘든 것. 연필을 깎아 쓰는 사람이 있을까. 종이 위를 사각거리며 미끄러지는 아날로그적 감성이 그립다. 엄마의 품을 찾듯 손가락을 파고드는 단단한 육각형의 아이. 그 여린 연필이야말로 우리에게 잊혀진 감성을 되찾아줄 디지털 시대의 필기구가 아닐까.
>
> _육각형의 감성

프리라이팅이란 아무런 부담 없이 첫 문장에서 바통을 이어받아 다음 문장을 쓰는 겁니다. 쓰다 보면, 계속 쓰다 보면 하고 싶은 이야기가 가슴에서 피어납니다. 그걸 하나의 주제로 다듬어 글을 완성하는 겁니다. 위의 글은 하나의 예일 뿐입니다. 누구든 연필을 소재로 다양한, 더 좋은 글을 쓸 수 있습니다. 어렵게 생각하지 않았으면 해요.

일단 쓰세요. 쓴 다음 생각해도 늦지 않습니다. '쓰다 보면'이 무책임하게 들릴지도 모르겠습니다. 그러나 정말 쓰다 보면, 의도를 버리고 풀어내다 보면 뜻하지 않은 스토리를 발견하게 됩니다. 낙엽 쌓인 벤치에 대해 쓰기 시작했지만 이야기는 어머니로, 아버지로, 아이들의 교육으로, 헤어진 첫사랑으로, 어제 먹은 소주 한잔으로 번져갑니다. 잊고 있던 경험이 떠오르고 낯선 문장이 만들어집니다. 아, 내가 이런 생각을 하고 있네. 이 문장은 내가 봐도 꽤 괜찮은데.

여전히 자신을 믿지 못하는 분들을 위해 몇 가지 실습을 해보겠습니다. 아래에 써 있는 문장을 읽고 그다음 문장을 한번 써보는 겁니다. 뭘 쓰지? 고민하실 필요 없어요. 이렇게 써도 되나? 물어볼 필요도 없습니다. 글쓰기에 정답은 없습니다. 그냥 쓰고 싶은 아무 문장이나 한번 써보는 겁니다.

* 아침부터 머리가 어지러웠다.
* 남편이 그런 소리를 하니 기가 찼다.
* 자신 있게 내놓을 예쁜 그릇 하나 없다.
* 돈이 어디로 새는지 모르겠다.
* 어디 가서 하루만 푹 쉬고 싶다.

일상에서 스토리를 건지는 일은 평범한 자극을 인지하는 데서 시작합니다. 그리고 그 끝은 뭐가 될지 알 수 없지만 일단 펜을 들고 끼적여보는 것이죠. 이 작은 수고로움이 한 편의 이야기가 되고, 이런 이야기가 쌓이면서 자신만의 생각, 태도, 관점이 만들어지는 겁니다. 그게 바로 철학이고 가치관입니다.

눈앞의 작은 것에서 시작해보세요. 때로는 모래알처럼 낱낱이 흩어지더라도 쓰는 걸 멈추지는 마세요. 모든 글감이 달콤한 솜사탕처럼 부풀지는 않으니까요. 그래도 멈추지 말고 계속 쓰세요. 쓰다 보면 스토리가 되고 기록이 되고 역사가 됩니다.

5분 글쓰기, 지금 써봐요

오른쪽 엄지손톱의 생김새를 써보세요. 동그란 편인가. 아니면 날씬하고 길쭉한가. 색깔은. 최근에는 언제 어디에서 깎았는지. 손톱에 관한 에피소드가 있다면 기억을 떠올려보세요. 일단 써보면 손톱이 무엇이든 얘기해줄 겁니다.

손가락, 시계, 반지도 괜찮아요. 향이 좋은 커피에 대해, 젖은 수건에 대해, 바닥에 떨어진 머리카락에 대해 쓰는 것도 나쁘지 않습니다. 지금 앉아 있는 장소를 쓱 둘러보며 눈에 들어오는 것을 써보는 건 어떨까요?

일단 아무 문장이나 던져라

사랑하고 싶다. 심장이 요동치며 불안해하는 그 기분이 아련하게 느껴진다. 다시 한 번 감전된 듯 짜릿한 접지를 맛보고 싶다. 눈이 먼 사람처럼 무엇도 보지 못하는, 아니 보고 싶어 하지 않는 그런 멍청이가 되고 싶다.

_사랑하고 싶다

운동회의 백미는 계주가 아닐까요. 그리고 누구나 한 번쯤은 괴력을 발휘하는 주자를 동경했을 겁니다. 나도 저렇게 잘 달리면 좋겠다. 수많은 군중들 앞에서 자신을 뽐낼 기회는 많지 않으니 말이죠. 게다가 마지막 주자라는 희소성에 역전 우승이라는 드라마틱한 요소가 버무려진 역사적 사건을 목격하고 나면 그런 동경은 감히 우리 자신을 운동장 트랙으로 이끌기도 합니다.

한편 계주마다 꼭 한두 명은 바통을 넘겨주거나 넘겨주기 전에, 혹은 결승선을 통과하기 전에, 홈으로 달려드는 야구선수처럼 머리부터 땅으로 곤두박질칩니다. 마음은 저만치 앞서는데 다리는 못 가겠다고 어깃장을 놓은 결과입니다. 오랜만에 그 먼 거리를 전력으로 달리는 바람에 근육세계에서도 초비상이 났을 겁니다. 안타깝고 측은합니다. 에휴, 안 나가길 잘했지 하는 안도감도 들고요.

글은 쓰고 싶은데 매번 '뭘 쓰지?' 하는 고민에서 멈추는 분들이 있습니다. 마음은 앞서는데 몸이 따라주지 않는 거죠. 욕구는 가득한데 한 걸음도 떼지 못한다면, 몇 마디 쓰다가는 지우고 또 쓰다가 지우기를 반복한다면 어떻게 해야 할까요?

대중적인 글쓰기를 확산시킨 미국의 저술가 나탈리 골드버그는 이처럼 '손이 굳어버린 사람'들을 위해 이런 방법을 제안했습니다. 일단 아무 문장이나 하나 씁니다. 약간은 단호한 문장이 좋습니다. 감정을 살살 건드리는 것도 좋고요. 뜬금없는 것이면 더 좋습니다. 아무 맥락도 없이 갑자기 뚝 떨어지는 그런 문장이어도 상관없어요. 한번 볼까요. 예를 들면 이런 겁니다.

* 가끔은 '그냥'이라 하고 싶다.
* 문득 그립다.
* 아무튼 막 먹고 싶을 때가 있다.
* 기억이 난다.
* 기억이 안 난다.
* 사랑하고 싶다.

이걸 왜 썼는지 물어보신다면 저도 답변을 드리기가 곤란합니다. 왜냐고요? 그건 저도 모르기 때문입니다. 그냥 떠오르는 대로 쓴 겁니다. 여러분도 아무 문장이나 한번 짧게 써보세요. 그다음은 어떻게 하냐고요? 두 가지 경우가 있습니다.

하나는 계속해서 아무 상관도 없는 문장을 써 내려갈 때입니다. 이럴 때는 열 개 정도 써놓고 다시 한 번 읽어보세요. 그러면 분명히 끌리는 문장이 있습니다. 그 문장에서 시작하면 됩니다.

다른 경우는 저절로 이야기를 쓰고 있는 경우입니다. 제가 위에서

'사랑하고 싶다'라는 짧은 글을 쓴 것처럼 말이죠. 쓰다 보면 신기하게도 그다음 문장과 이어지면서 글을 쓰고 있는 것을 발견할 때가 있습니다. 아주 이상적이고 바람직한 현상입니다. 그대로 써 내려가면 됩니다. 의도하지 않았지만 글은 나옵니다. 어떤 면에서는 낚시질과도 비슷합니다. 어디에서 언제 잡힐지 모르지만 계속 미끼를 던지는 거죠.

유치하지만 때로는 글이 이렇게 쉽게도 써집니다. 쉽지 않다고요? 아마 해보지 않아서 그럴 겁니다. 지금 바로 아무 문장이나 한번 써보세요. 그리고 그 뒤를 감자나 당근 썰듯이 탁탁탁탁 썰어나가면 됩니다. 쌓이는 게 보이죠. 글도 그렇게 쓰면 됩니다. 탁탁탁탁. ~~쓱쓱쓱쓱~~.

5분 글쓰기, 지금 써봐요

아무 문장이나 한번 써보세요. 짧을수록 좋습니다. 그래야 강렬하게 다음 문장을 이끌고 올 테니까요. 제가 먼저 해볼게요. 고치지 않은 겁니다. 생각나는 대로 옮긴 겁니다.

아프면 서럽다. 보고 싶으면 봐야지. 입이 열 개라도 할 말이 없다. 왜 연락이 없을까. 누가 나를 기억이나 할까. 아침부터 정신이 없었다. 그래, 다시 해보는 거야. 깜빡하고 있었다. 미친 게 분명하다.

자, 이제 여러분 차례입니다. 생각나는 대로 짧은 문장을 나열하는 겁니다. 거르지 말고 그냥 해보세요. 쓰다 보면 끌리는 문장이 다가와 '제 손을 잡으세요' 하며 말을 겁니다. 편하게 대화를 나누세요. 그 문장 뒤에 다음 문장을 쓰는 겁니다. 그다음 문장도. 금세 이야기로 키울 수 있습니다.

'어쩌면'으로 시작하기

어쩌면 이대로 죽는 게 나을지도 모른다.
어쩌면 과거를 부정하는 게 편할지도 모른다.
어쩌면 그녀가 나를 보고 싶어 할지도 모른다.
어쩌면 성실했다고 착각하는지도 모른다.
어쩌면 내가 쓴 글은 모두 쓰레기일지도 모른다.
어쩌면 늙어서는 딸이 필요할지도 모른다.
어쩌면 아내는 딸을 지금도 바랄지 모른다.
어쩌면 내 팔자에는 딸이 없을지도 모른다.
아니 이건 단언컨대로 바꾸는 게 좋겠다.
단언컨대 내 팔자에는 딸이 없다.
어쩌면 글을 잘 쓰게 될지도 모른다.
그런데 아이들이 아직도 안 잔다.

어쩌면 안 잘지도 모른다.

아니 이것도 단언컨대로 바꾸는 게 좋겠다.

단언컨대 오늘밤 글은 다 썼다.

_어쩌면

무슨 말을 해야 할지 모를 때가 있습니다. 이별을 앞둔 연인처럼 말이죠. 어디서부터 어떻게 말을 시작해야 할지 머릿속이 복잡합니다. 정신없이 하루하루를 보내던 현역 시절, 어느 날 밤 아내가 그러더군요. "오늘 무슨 날인지 몰라?" "어?" 깜짝 놀란 저는 다음 말을 잇지 못했습니다. 무슨 날인데? 이랬다가는 그날 밤 사달이 났겠죠. "당연히 알고 있지!" 이 또한 금세 밑천이 드러날 거짓말입니다. 게다가 알면서도 아무 준비를 안 했다면 이건 또 무슨 기만인가요.

저희 부부는 생일과 결혼기념일만 챙깁니다. 남들이 만든 자질구레한 기념일에는 그냥 작은 쿠키 하나 주고받습니다. 하지만 이 세상에 태어난 날, 부부가 되어 함께 걷기 시작한 날은 다릅니다. 우리가 하나의 가족이 된 결정적 사건이니까요. 함께 축복하고 기뻐해야 마땅합니다. 기념할 가치가 있는 거죠.

그런데 결혼기념일을 깜빡했던 그날 저는 할말을 잃었습니다. 다이어리에 표시해뒀는데 확인하는 걸 깜빡했습니다. '왜 기념일은 남자가 챙겨야 하는데?'라는 양성평등의 저항의식이 수면 위로 올라왔지만 이내 미안하다고, 변명의 여지가 없다며 태도를 바꿨습니다.

부부 사이에서는 논리보다 감성이 우선이라고 하잖아요. 아내는 남편에게서 그저, 그냥, 괜히, 아무튼, 이유 불문하고 위로와 격려를 받고 싶은 겁니다. 남편이 안 해주면 해줄 사람이 없잖아요. 물론 저도 사람이니까, 힘들 때는 화도 내고 짜증도 부리고 받아주지 않습니다. 그럼에도 기본적으로는 논리보다 감성을 챙기려고 합니다.

할말이 없을 때, 저는 보통 '미안해'라고 합니다. 그러면 다소 다툼이 있더라도 대화가 오갑니다. 막혀버린 말문을 트는 작은 송곳이 바로 '미안해'입니다. 글을 쓸 때도 그럴 때가 있습니다. 가슴은 답답한데 글은 안 나오고, 써야 한다는 의무감은 커지는데 시간 가는 소리만 또렷하게 들리는 거죠. 이럴 때 쓰는 방법이 바로 '어쩌면'입니다.

어느 해 가을 저녁, 모처럼 아내가 제게 책도 보고 밀린 글도 좀 쓰라며 시간을 줬습니다. 아이들이 아직 안 자고 있을 터라 마음이 불편했지만 이런 기회가 또 언제 오겠나 싶어 책상에 앉았습니다. 작업 중인 원고의 얼개를 보면서 채워 넣을 글을 구상했습니다. 낮에 메모해둔 것도 있으니 그걸 기초로 살을 붙이면 됩니다. 설계도면을 그리는 것처럼 치밀하지도 않습니다. 할머니들이 커다란 벽걸이 달력에 '약', '머리' 하는 식으로 일정을 표시해두는 것처럼 간단합니다. 엉성한 구성이 끝나면 다음은 손이 가는 대로, 문장이 만들어지는 대로 끌어낼 뿐입니다.

그런데 아내의 선물이 너무 갑작스러웠는지 한참이 지났는데도 종이는 여전히 하얀 본 모습 그대로였습니다. '하, 손이 안 움직이네. 손이.' 20분 이상을 멍하게 앉아 있다가 쓴 글이 바로 '어쩌면' 입니다.

'어쩌면'에서 보신 것처럼 아무런 형식이나 규칙이 없습니다. '어쩌면'이라 쓰고 그 뒤에는 생각나는 대로 쓰면 됩니다. 말도 안 되는 것 같지만 이 방법이 먹힐 때가 많습니다. 답답했던 그날 이 글을 쓰면서 마음속 이야기를 많이 꺼냈고 이 책의 구석구석에 담을 수 있었죠.

한번 써보세요. 눈으로만 보는 것과 전혀 다릅니다. '어쩌면'으로 시작하는 문장을 나열하다 보면 어느새 비슷한 내용의 문장을 서너 개 쓰고 있는 자신을 발견하게 됩니다. 그게 한 편의 글로 자랄 씨앗이 됩니다. 건성건성 '어쩌면'을 남발하며 상상의 나래를 펼치는 것이지만 자석에 끌리듯 내면의 에너지가 향하는 소재가 튀어나오기도 합니다. 그걸 노리는 거죠.

5분 글쓰기, 지금 써봐요

귀찮고 번거로워도 눈으로만 보지 말고 써야 합니다. **'어쩌면'이라 쓰고 아무 말이나 달아보세요.**

어쩌면 배가 아팠을지도 모른다. 어쩌면 물이 다 떨어졌을지도 모른다. 어쩌면 베스트셀러가 될지도 모른다. 어쩌면 어제 그 사람이 전화한 것인지도 모르겠다. 어쩌면 손을 다친 걸지도 모른다. 우리는 때때로 정상의 상태만을 정상으로 간주한다. 하지만 정상의 기준이란 상황에 따라, 사람에 따라 달라질 수 있다. 그가 나와 눈이 마주쳤음에도 불구하고 악수를 건네지 않은 것은 그래서일지도. 그게 아닐지도 모른다. 하지만 여러 가능성을 열어두는 게 편하다. 혼자 결정하고 혼자 속상한 것보다는 낫다.

저도 쓰다 보니 글 하나가 써집니다. 위에 한 것처럼 '어쩌면'으로 시작하면 저절로 문장이 퍼져나갈 겁니다. 믿어보세요. 그걸 한 편의 글로 완성하세요.

나는 삐리리를 원한다

난 올겨울에도 파란색 패딩조끼를 즐겨 입었다. 정확히 4년 전 여주 아울렛 시즌오프 할인 때 3만 6,000원을 주고 샀다. 어떻게 이리 쌀까 의아했지만 오리털은 여전히 빵빵한 보온력을 발휘하고 있다. 신발은 보통 검은색 운동화를 신는다. 이 또한 할인점에서 4만원에 샀는데 2년 정도 신으니 버티지 못하는 듯하다. 얼마 안 가 터지고 찢어질 곳이 보인다. 청바지와 면바지 두어 벌을 돌아가며 입고 티셔츠도 검은색 몇 벌이 전부다. 이사하고 아내가 날 위해 배정한 공간은 붙박이 한 칸이 고작이다.

난 물건에 대한 욕심이 없는 편이라 뭘 사거나 고르는 일에 흥미가 없다. 가진 것만이라도 더 낡지 않아 새로 살 일이 없었으면 한다. '구매'나 '비교'를 담당하는 시신경이 끊어진 건 아닐까 의심도 든다. 뭔가를 사는 과정이 대단히 간단해졌다. 물론 아내는 너무나 엉성하다고 진단을 내렸지만.

아무튼. 이런 내게도 갖고 싶은 게 있는데. 그건 바로 '공간'이다. 나만을 위한 공간이 없다는 건 슬픈 일이다. 혼자만의 시간만큼이나 필요한 게 혼자만의 공간 아닐까. 직장을 다닐 때만 해도 꽤 넓은 공간을 혼자 썼다. 내 마음대로 할 수 있고 내 예상대로 되어 있는 공간은 마음을 편하게 해줬다. 정신적 해방은 그런 곳에서 이뤄진다. 사무실이 더 편하다는 누군가의 고백을 그래서 난 이해한다.

물론 글 쓰는 일은 공간을 따지지 않는다. 도서관에서도, 공원 벤치에서도, 지하철 출입문 앞에서도, 아이들이 소리치며 떠드는 놀이터에서도, 장난감과 책이 뒤엉킨 서재의 책상에서도 글은 나온다. 중요한 것은 나 자신이 그 공간에서 세상과 얼마나 자유롭게 분리되고 또 연결되느냐이다.

그럼에도 불구하고 지난 한 해 동안 풀지 못한 것은 '공간'에 대한 욕망이었다. 오직 나를 위한 작은 책상 하나, 몇 명 앉아서 함께 글 쓸 테이블 하나 들어갈 공간이면 충분할 것 같았다. 그러나 있으면 좋은데 꼭 필요한가. 이 질문에는 오랫동안 답을 찾지 못했다.
어느 날 컴컴한 방에서 스탠드 불빛에 겨우 존재를 드러내고 있는 책상을 카메라에 담았다. 공간을 사진에 옮겨보니 생각이 달라졌다. 거기에는 어떤 부족함도 없었다. 신경을 간질이는 잡음은 모두 어둠 속에 숨길 수 있다는 사실도 알게 되었다. 종이와 연필. 모니터와 키보드. 이것만 있으면 세상 어느 곳으로도 갈 수 있지 않은가.
필요하다고 믿었던 게 욕심이었다는 걸 알게 되면 참았던 숨을 터뜨리는 기분이 든다. 답답했던 가슴에 시원한 공기가 돈다. 욕심이 하나 사라지면 그만큼 건강해지리라.

_욕심과 필요 사이의 어디쯤에서

에너지가 있는 곳에서 좋은 글이 나옵니다. 좋아하는 것을 글로 옮길 때는 할 말이 많습니다. 거기에는 관심과 사랑이 있기 때문이죠. 반대로 싫어하는 것도 마찬가지입니다. 사랑의 반대가 무관심이라는 말이 있잖아요. 관심이 없으면 할 말을 찾는 게 괴롭고 피곤합니다. 한 문장을 쓰는 데 반나절이 걸릴 수도 있어요. 여러분에게 유교사상이 현대경영철학에 미치는 영향에 대한 글을 쓰라고 하면 몇 줄을 쓸 수 있을까요? 제주도의 관광자원 활용 방안은요? 일단 관심이 없으니 손이 움직이지 않습니다.

반면 하고 싶고, 갖고 싶고, 먹고 싶고, 보고 싶은 것들은 비교적

편하게 쓸 수 있습니다. 겨울이 되면 강원도 인제에서 빙어 낚시를 할 생각이다, 유난히 눈꺼풀이 무거운 아침에는 따뜻한 커피 한잔이 간절하다, 바람 부는 날에는 뜨거운 물에 몸을 녹인 뒤 잠을 자야 편하다, 따위의 문장을 쓰는 건 일도 아닙니다. 화려하게 한 편을 써 내려가지는 못해도 몇 자 쓰는 건 해볼 만합니다.

게다가 평소 '원했던' 일들, 결심이 서지 않아서, 시간이나 돈이 부족해서, 미래의 언젠가로 미뤄왔던 그 일들에 대한 감정을 털어놓는 것은 의외로 간단합니다. 입 밖으로 내보지 않았을 뿐 내 속에 그렇게 많은 이야기가 들어 있었나 놀랄지도 모릅니다.

위에 써놓은 '욕심과 필요 사이의 어디쯤에서'란 글도 '나는 ○○○을 원한다'는 문장을 반복하다가 쓰게 된 글입니다. 처음에는 이런 글을 쓸 생각도 없었는데 말이죠. 이 방법은 미국의 시인이자 소설가인 나탈리 골드버그가 자신의 저서《글 쓰며 사는 삶》에서 소개한 습작법에서 착안한 겁니다. '나는 ○○○을 기억한다'로 시작하는 글을 쓰는 것인데, 글이 이어지지 않는다면 다른 소재를 이용해 '나는 ○○○을 기억한다'를 반복해도 좋습니다. 이를테면 나는 콩나물시루 같은 명동거리를 기억한다, 나는 비오는 등굣길을 기억한다, 나는 뜨거운 태양을 가리던 구름을 기억한다, 처럼 말이죠. 이렇게 하다 보면 마음에 드는 문장이 나타난다는 겁니다.

제 방법은 그녀의 '기억한다'를 '원한다'로 바꾼 겁니다. '과거의 사건'을 들어내고 '미래의 바람'을 끼워 넣은 거죠. 나는 커피를 원한다, 나는 얼굴과 어울리는 새 안경을 원한다, 나는 혼자만의 시간을 원한다, 나는 동공에 지진을 일으키는 문장을 원한다, 처럼 써 내려가는 겁니다. 이런 형식의 문장을 계속 쓰려고 해도 쉽지가 않습니다. 해보면 앞 문장의 꼬리를 물고 이야기를 쓰는 자신을 발견할 겁니다. 멈추지 않고 해보세요. 한 문장에서 끝나는 소재, 두세 문장까지 이어지는 소재, 한 문단 나아가 한 편의 글이 되는 소재도 발견할 수 있습니다.

'나는 나만의 공간을 원한다'에서 시작된 글은 몇 번의 고쳐쓰기를 통해 '욕심과 필요 사이의 어디쯤에서'라는 글이 되었습니다. 막연하게 떠올린 적은 있었지만 '나만의 공간'이 열망의 대상 중 하나라는 사실을 분명히 알게 되었습니다. 그리고 그 이면에 숨겨진 가치를 고민해보고 그에 대한 내 태도를 정리해볼 수 있었습니다.

명심하세요. 에너지가 있는 곳에서 좋은 글이 나옵니다. 게다가 그 글은 쉽게 굴러 나옵니다. 꼬리가 보일 때까지 줄줄 끌어당긴 다음 적절히 자르고 다듬으면 한 편의 글이 됩니다. 그리고 그 글은 자신의 마음 한 켠을 대변합니다.

5분 글쓰기, 지금 써봐요

아주 간단합니다. 우선 [나는 삐리리를 원한다]라고 쓰세요. 그리고 다음 문장부터는 '삐리리'를 쓰지 말고 머리에 떠오르는 것을 쓰면 됩니다. 나는 돈을 원한다, 나는 밥을 원한다, 나는 술을 원한다, 나는 아이를 원한다, 나는 방송 출연을 원한다, 나는 부산여행을 원한다, 나는 한 밤의 산책을 원한다, 등등. 어떤 것도 좋습니다. 마음이 가는 곳으로 손을 놀려보세요.

누군가의 무엇으로 산다는 것

화려한 몸놀림으로 상대를 하나둘 제압하고 있는데 느닷없이 굵은 쇠파이프가 뒤통수를 갈긴다. 의식은 뿌옇게 흐려지고 귀는 물에 잠긴 듯 먹먹하다. 눈앞의 사람들은 정지화면처럼 느릿하다. 액션 영화의 주인공이 된 기분이다.

민오 아버님. 누군가 나를 부른다. 하지만 그게 나라는 걸 알아채기까지 약간의 간극이 존재한다. '민오 아버님'이란 새로운 역할이 주어졌다. 막내가 어린이집에 입학하면서 얻게 된 배역이다. 민오의 아빠로 26개월이나 살았는데도 왜 이렇게 어색한지. 쉽사리 몸이 움직이질 않는다. 인지부조화라고 해야 하나. 새로운 역할에 익숙해지는 데 며칠은 걸리지 싶다. 신경쓸 일이 늘어났다. 할 일도 많아졌다.

나는 육남매의 막내이자 부모님의 하나뿐인 아들, 한 여자의 남편이자 세 아들의 아빠다. 끄적이는 글을 모아 책을 내고, 그 내용으로 강의도 하며 이따금 잡지나 신문에 칼럼도 올린다. 출판사나 신문사에서는 저자라고 부른다. 시간이 여유로울 때는 글쓰기 강좌도 열고 있으니 누군가에게는 선생님이기도 하다. 대한민국의 사관생도였고 부대의 지휘관이자 참모였으며 부서의 장이었던 시절도 있었다.

누구세요?라는 질문에는 보통 뭐하는 사람인지 대답한다. 물론 상황에 맞게 답해야 한다. 어린이집에 아이를 찾으러 간 사람이, '변호사 누구입니다', '무슨 회사의 김과장입니다' 하면 웃긴 거다. 그곳에서는 '아무개 아빠입니다'라고 해야 제정신인 거다.

곱씹어보면 존재에 관한 물음은 결국 역할에 관한 고민이다. 나는 누구인가라는 질문은 어떤 역할을 할 수 있는가, 해야 하는가, 하고 싶은가라는 질문과 다르지 않다. 고립무원에서 혼자 사는 게 아니라면 누구나 다양한 관계를 맺는다. 그 속에서 감당하는 여러 역할 간에 경중을 따지고 새로운 역할을 모색하는 게 나는 누구인가 하는 질문에 답을 찾는 과정인 셈이다.

우리는 한 순간도 역할에서 자유롭지 않으며 관계의 고리를 끊을 수 없다. 태어나는 순간부터 누군가의 무엇이 되지 않는가. 엄마의 아들, 할아버지의 손자, 고모의 조카, 누나의 동생이 되며 또 병원에서는 그날 태어난 열한 번째 신생아가 된다. 그런 고리는 끝없이 만들어지고 끊어진다. 물론 평생 가는 역할이 있는 반면 몇 분만에 끝나는 역할도 있다. 관계를 맺는 데 신중해야 하고 역할은 고심해서 맡아야 한다. 관계와 역할에 관한 질문이 멈춘다면 삶은 크게 요동칠 수 있다.

민오 아버님이라는 낯선 이름이 나를 다시 물음표 앞에 세웠다. 나는 어떤 아빠가 될 것인가. 아이들은 아빠에게서 무엇을 배워야 하나. 지금은 무엇을 배울 수 있을까. 아이들과의 관계에서 놓치는 것은 없나. 오늘 아쉬웠던 점은 무엇인가. 실수를 반복하지 않는가. 충분히 사랑을 표현하고 있나. 충분히 사랑하고 있나. 누군가의 무엇으로 산다는 것은 결국 내 존재에 대한 질문을 던지는 일이기도 합니다.

_누군가의 무엇으로 산다는 것

생후 26개월인 막내가 사회생활을 시작할 때였습니다. 어린이집에 입학한 건데요, 적응하는 동안에는 울기도 했지만 직장이 맘에 들었나 봅니다. 선생님께 안겨 손을 흔드는 것은 물론이고 어떤 날은 뒤도 안 보고 자기 교실로 뛰어 들어갑니다. 그게 뭐라고. 고작 그 모습에 다 키웠다는 생각이 듭니다.

입학하고 2주 동안 함께 등원했습니다. 갑자기 떨어지면 아이의 정서발달에 좋지 않기 때문입니다. 아빠가 눈에 보이지 않더라도 금세 돌아온다는 믿음을 쌓는 것이죠. 이 기간 동안 민오 친구들은 엄마가 나왔습니다. 민오만 아빠였죠. 낯짝이 두꺼운 저도 엄마들과 몇 시간씩 한 공간에 있기는 쉽지 않았습니다. 그런데 신기하게도 저는 어느새 아주머니 9명과 단체 카톡을 하고 있었습니다. 민오 아버님이라는 역할이 용기를 준 게 아닐까요.

막내는 아빠 손을 잡고 난생 처음 어린이집이라는 곳을 갔습니다. 아빠는 아들 손을 잡고 난생 처음 엄마들 사이에서 몇 시간을 보냈습니다. 저희 둘은 그 생소한 경험을 평생 잊지 못할 것입니다. 그때 끄적였던 글이 바로 [누군가의 무엇으로 산다는 것]입니다.

아이들 챙기고, 집안일 하다 보면 하루가 정신없이 지나갑니다. 나는 누구인가 따위의 고상한 질문은 목구멍에서 탁 걸립니다. 답답함에 꺼내고 싶은 말이 너무 많아 그런 묵직한 얘기는 자꾸 미루게 되는 것이죠. 그런데 그날 따라 이런 고민이 들었습니다. 내게도 새로운 이름이 생겼구나. 또 하나의 역할이 늘었구나. 주부라고 맨날 같은 일만 하는 건 아니구나. 해가 바뀌면 역할도 달라지는구나. 그 생각이 짧은 글로 빚어진 겁니다.

살면서 갖게 되는 수많은 이름이 있지만 뭐니뭐니 해도 가슴 뛰는 이름은 아빠인 것 같습니다. 둘째는 아빠가 어디 있는지 늘 확인할 정도로 아빠를 좋아합니다. 형이랑 뭔가에 푹 빠져 놀다가도 이따금씩 아빠 어딨어 하고 물을 정도죠. 이제 제대로 혀를 돌리는 막내가 '아빠' 하고 또렷하게 부를 때는 그 모습이 참 간지러워 굳어버린 가슴도 금세 녹아내립니다. 큰 녀석도 도무지 이해할 수 없는 일이 있었다면, 아빠, 오늘 말이죠 하며 이야기를 꺼낼 때는 듬직함이 느껴집니다. 저 또한 책임감을 느끼고요.

또 국방어학원에서 근무할 때 외국 장교들이 불러줬던 이름도 기억에 남습니다. 메이저 권(Major Kwon). 권소령이라는 뜻입니다. 그들은 참 징그럽게도 저를 찾았습니다. 하지만 졸업생들이 자신의 후배들에게 전했던 말에서 보람을 느꼈습니다. 메이저 권을 찾아라. 모든 것을 해결해줄 것이다. 약간은 공포스럽기도 하지만 한국을 사랑하게 되는 하나의 요인이 되었다는 점에서 뿌듯했습니다.

여러분들에게도 이런 이름이 있습니다. 수많은 관계에서 감당하고 있는 당신의 역할에 대해 한번 써보세요. 철학적인 냄새가 전혀 안 나도 좋아요. 시시껄렁한 이야기라도 좋습니다. 누군가의 무엇으로 살아가며 경험했거나 들었거나 느꼈던 것을 한번 써보는 겁니다. 친한 언니의 뒷담화에 배신감을 느꼈던 이야기도 좋아요. 온 집안일을 다 챙겨야 하는 며느리로서 느끼는 감정도 좋아요. 무뚝뚝한 남편의 아내가 쓰는 글도 기대됩니다. 말 안 듣는 아이들의 엄마로서도 할 말이 많을 것 같습니다.

5분 글쓰기, 지금 써봐요

노트를 펼치세요. 자신이 지금 하고 있는 역할에 대해 써보세요.

아내, 엄마, 며느리, 딸, 잘 아는 동생, 친한 언니, 문화센터 수강생 등. 쓰다 보면 머리를 스치는 짧은 일화가 떠오르지 않나요. 그 일에 대해 한번 써보세요. 아무런 경험도 생각나지 않는다면 나열한 역할을 수행하며 어떤 일을 하는지 쓰십시오. 아내로서 하는 일부터 쓸까요. 구체적인 행위에 대해 써내려가면 이야기는 전혀 다른 곳으로 뻗어나갈 겁니다. 다시 돌아오지 않아도 좋습니다.

하루 중 제일 많은 시간과 노력을 쓰고 있는 역할은 무엇인가요? 아내인가요? 엄마인가요? 회사원인가요? 좀더 구체적으로 써도 좋아요? 빨래하는 사람인가요? 청소하는 사람인가요? 통장관리하는 사람인가요? 어제와 오늘이 달라도 좋습니다. 마음이 가는 그 역할에 대해 써보세요. 얼마나 많은 일을 하고 있는지. 거기에서 출발하세요.

온몸으로 공감하기

비가 옵니다
걱정도 옵니다

농부도 아니고
어부도 아닌데

비만 내리면
걱정이 쏟아집니다

안고 걸으려니
숨차겠네
눅눅한 공기로
땀나겠네

하원시간이다
비야 멈춰라

_아내 생각

비가 오는 날이었습니다. 부슬부슬 내리는 비는 바람에 따라 이리저리 방향을 틉니다. 우산을 기울이지 않으면 안 쓰는 것만 못합니다. 금세 눅눅하게 젖습니다. 저 멀리 한 손으로는 아이를 안고 다른 한 손에는 우산과 가방을 든 채 어린이집을 오가는 엄마가 보입니다. 땅 위에 고인 빗물을 타고 찌르르 전기가 통했는지 괜히 마음이 찡합니다. 비가 오니 유모차를 끌 수도 없었을 겁니다. 아기띠를 하기에는 너무 커버린 아이. 그렇다고 걷게 하려니 너무 작고 잘 넘어집니다. 그러니 그냥 안고 갈 수밖에요. 얼마나 무겁고 더울지.

제가 이런 일까지 신경 쓸 만큼 한가한 사람은 아닙니다. 지나가는 아기 엄마들을 볼 때마다 저런 감상에 빠지는 것도 아니죠. 그럴 정도로 마음이 물렁하지도 않습니다. 하지만 아이들 키우며 고생했을 아내만 생각하면 발걸음이 멎습니다. 그 작은 덩치로 이 큰 녀석들을 어떻게 건사했을까. 체격이 좋은 제가 감당하기에도 버거운 순간이 있는데 어떻게 해냈을까 새삼 놀랄 때가 있습니다.

해보니 그 마음을 알겠습니다. 아내가 휴직하고 아이들을 챙겼을 그때, 아이 둘 밥 먹이고 씻기고 옷 입혀 시간에 늦지 않게 버스를 태우려면 얼마나 분주하게 움직여야 했는지. 비라도 오는 날이면 우산까지 받쳐 들고, 칭얼대는 작은놈은 들쳐 업어야 했으니 더 힘들었겠죠. 날이 밝기도 전에 출근해버리는 남편이 참 부러웠을 겁니다. 어떤 날은 가벼운 마음으로 훌연히 떠나는 나그네 같은 제가 미웠을 겁니다.

'아내 생각'을 쓰면서 한 번 더 생각하게 되었습니다. 키나 덩치가 작아서 불편하진 않을까 미리 생각해보고 제가 할 수 있는 것은 미리 해결하는 거죠. 이를테면, 외출할 때는 짐을 미리 차에 실어놓고 다시 올라와 아이들과 함께 내려갑니다. 아내는 천천히 준비를 마치고 집 안을 확인한 뒤 마지막에 내려오죠. 그 사이에 우리는 자리에 앉아 노래를 부르며 엄마를 기다립니다.

나 잘하고 있다, 팔불출 같은 소리를 하려는 게 아닙니다. 공감에 관한 이야기를 하려는 겁니다. 누군가를 이해한다고 쉽게 말하지만 정말 그랬던 적이 있나요. 머릿속에서는 왜 그러는지 도저히 이해가 안 된다고 되뇌고 있지 않았나요. 공감은 몸으로 하는 겁니다. 머리로 하는 게 아니라 상대방의 상황으로 완전히 녹아들어 가서 온몸으로 시뮬레이션을 해보는 겁니다.

수원까지 가는 길은 멀었다. 글쓰기 수업이 뭐라고 이 고생을 하나 생각이 들면서도 또 하고 싶은 일이니 해야지 스스로 위로한다. 오랜만에 선생님들을 만날 생각에 어젯밤부터 설렜다. 아이를 봐주기로 하신 분이 갑자기 맘이 바뀌셔서 2월은 여기저기 보따리를 들고 돌아다닐 수밖에 없는 상황이다. 둘째를 유치원에 내려놓고 누나네로 향했다. 소요시간 55분. 엉덩이만 붙였다가 금방 일어났지만 막내는 "안녕" 맑은 소리로 아빠를 보내줬다. 평소 같으면 눈물이 날 상황이겠으나 오늘은 갈 길이 멀었다.
돌아가는 길에 아내에게서 전화가 왔다. 수업 전에 집에 들러 큰 녀석 밥 좀 챙겨주란다. 시간이 빠듯했지만 아들을 굶길 수는 없지 않은가. 시킬까? 사갈까? 고민이 많았지만 밥솥에 밥이 있으니 집에서 해결하기로 했다. 이래저래 시간 맞추기가 편할 듯싶었다. 정신없이 밥을 차리고 수업 장소로 이동했다. 주차장에서 수강생을 만난 적이 없었는데, 평소보다 늦었다.
워킹맘. 아침부터 눈도 못 뜨는 아이를 씻기고 입혀 어린이집에 던져놓듯 맡기고 출근하는 엄마들의 모습을 TV에서 본 적이 있다. 결혼 전만 해도 달콤한 미래를 꿈꾸던 공주였지만 엄마가 되면서부터 집안의 대소사를 혼자 다 짊어진 슈퍼우먼이 되었다.

떨어져 살던 20개월 동안 아내도 그랬을 것이다. 아침마다 출근 시간 맞추랴 아들 어린이집 보내랴 얼마나 심장이 떨렸을까. 그렇다고 퇴근 후에는 편했을까. 아이가 아픈 날에는. 남편도 없이 고생했을 그 세월을 떠올리면 참 내가 못된 짓을 한 거다.

아이를 잠깐 봐달라 여기저기 부탁을 하고, 시간을 맞추느라 전전긍긍하고, 약간의 지체에도 안절부절못하며 부리나케 자리를 뜬 하루였다. 워킹맘은 아니지만 그들의 고충을 약간이나마 알게 되었다. 일하는 아내에게는 진심 어린 응원과 격려가 필요하지만 보다 중요한 것은 실질적인 도움이다. 백 마디 말보다 한 번의 손길이 절실하다.

_워킹맘을 돕는 법

자칭 전업주부를 2년 했지만 워킹맘의 애환은 몰랐습니다. 아침 출근길에 눈도 덜 뜬 아이를 어린이집에 맡기고 정신없이 회사로 향하는 그들의 마음을 어찌 알 수 있을까요. 왜 이 정신없는 하루는 엄마들의 몫이어야만 할까요. 시간에 늦을까 봐 쪼그라드는 심장을 오랜만에 느껴봤습니다. 그것도 아이 때문이니까, 워킹맘의 심정과 비슷했을 겁니다.

절감했습니다. 도움이라는 건 말로 하는 게 아니다, 필요한 순간에 몸으로 하는 것이다, 내 수고를 한 번이라도 덜어주는 것이다, 내 불편함을 해결해주는 것이다, 그게 바로 진정한 공감이 아닐까요. 말로만 이해한다고 하면 무슨 소용인가요. 상대방의 입장에 100% 공감했다면 바뀌는 게 맞습니다. 온몸으로, 행동으로.

5분 글쓰기, 지금 써봐요

예전에는 몰랐던, 신경 쓰지 않았던 남편의 입장을 이해했던 경험이 있습니까? 어느 날 문득 그럴 수도 있겠다고 마음이 풀린 적이 있지 않나요? 경쟁에서 밀려날까 불안해하고 긴장하던 남편의 모습, 예전보다 약해진 것 같아 마음이 아팠던 그날. 한 집안의 가장을 애틋하고 측은한 눈으로 바라봤던 그날. 그 경험에 대해 써봐요. 알면서도 알지 못하는 게 얼마나 많은지 써보면 드러날 테니까요.

• 학교에서 배운 글쓰기 방법을 버리자 •

1. 주제나 메시지를 미리 고민하지 마라. 일단 쓰고 그 속에서 발견하라.

글쓰기 순서

기존 방식		새로운 방식	
1. 주제 선정		1. 발견	쓸 말
2. 쓸 말 찾기	⇨	2. 쓰기	
3. 쓰기		3. 주제 발견	
4. 다듬기		4. 다듬기	

☑ 우리는 학교에서 주제(메시지)를 먼저 정하고 이를 뒷받침할 여러 사례나 근거, 즉 쓸 말을 찾은 다음 글을 쓰라고 배웠다. 더 좋은 글을 쓰기 위해서는 얼개나 개요도 짜야 한다. 맞는 말이지만 이런 식으로는 글쓰기에 매력을 느끼기 어렵다. 밥벌이가 아닌 이상 고작 글 한 쪽 쓰는데 구상하고 고민하고 자료까지 수집해야 한다면 누가 글을 쓸까?

☑ 일단 쓰자. 눈앞의 컵으로, 손등의 상처로, 친구에게서 날아온 메시지로 글을 시작하라. 쓰다 보면 한 편의 엉성한 초고가 나온다. 이 초고를 다듬어 한 편의 글로 완성시킬 수도 있고, 얼마 전에 써

둔 또 다른 엉성한 초고와 버무려 새로운 글로 키울 수도 있다.

☑ 일상의 소재를 글감 삼아 쓰다 보면 자신의 관심사나 고민거리를 알 수 있다. 엉성한 초고에서 사랑, 인간관계, 진로, 건강, 비전, 가족 등의 주제를 발견할 수 있다.

☑ 그렇게 발견된 주제를 중심으로 글을 다듬으면 엉성한 초고와는 전혀 다른 글이 탄생한다. 이전에 썼던 짤막한 글에서 에피소드를 가져올 수도 있고, 필요하다면 통계나 뉴스, 혹은 며칠 전 인문학 책에서 봤던 인상 깊은 구절 등을 인용할 수도 있다.

2. 첫째도 감수성, 둘째도 감수성! 느끼지 못하면 쓸 수 없다.

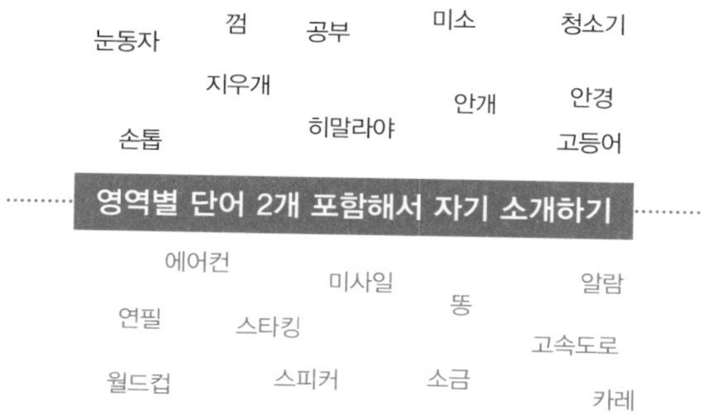

☑ 위의 사진 속에 여러 단어가 있다. 위, 아래 영역에서 각각 2개씩만 골라 자신을 소개하는 글을 써보자. 다른 조건은 없다. 단어 4개만 넣으면 된다. 경기도 김포의 한 도서관 수업에서 어떤 분은

자신을 이렇게 소개했다. “저는 안경 쓴 ○○○이라고 합니다. 손톱 정리하는 걸 좋아하고 아침에는 알람 소리에 맞춰 똥을 눈답니다.”

☑ 장난처럼 보이지만 이게 바로 글쓰기의 출발점이다. 주변의 평범한 사물, 사람, 현상이 모두 글감이다. 또 이들은 무관해 보이지만 모두 연결된다. 이를 테면 안경, 손톱, 알람, 똥이라는 소재는 ‘나’라는 주제를 통해 하나가 된다.

☑ 많은 사람들이 마음은 굴뚝같지만 “쓸 게 없다”는 이유로 글쓰기를 이어가지 못한다. 인생의 하이라이트를 기다리지 말라. 우리 삶이 서너 편의 에피소드로 요약할 수 있단 말인가! 느껴야 한다. 알아봐야 한다. 눈치를 채야 한다. 주변에 수많은 글감이 도사리고 있다는 걸 깨달으면 “쓸 게 너무 많아” 오히려 괴로울 것이다. 무심코 흘러가는 수많은 찰나, 이 모두가 좋은 글의 씨앗임을 명심하자.

3. 싸가지가 없어야 글을 잘 쓴다. 네 가지를 버려야 글쓰기가 편해진다.

☑ **욕심을 버리자**

— 자신이 소비하는 글과 생산하는 글의 괴리를 인정하라. 책을 즐기는 사람일수록 글을 쓰지 못하는데 이는 눈이 높아졌기 때문이다. 글은 고뇌의 결과이지만 책은 자본이 투입된 상품이다. 여러

편집자가 몇 개월에 걸쳐 교정하고 수차례에 걸쳐 교열을 봤으며 값비싼 디자인을 입혀 세상에 내놓은 제품이다. 미지근한 커피를 마시며 식탁에 걸터앉아 끼적인, 혹은 두드린, 심지어 고치지도 않은 여러분의 글과는 차원이 다르다. 그러니 너무 상심하지 말라. 처음에는 누구나 이상한 글을 쓴다.

☑ **관념을 버리자**

— 글쓰기 앞에서는 대부분 숙연해진다. 머릿속 지식을 총동원해 거창한 가르침을 담아야 한다고 생각하니 어찌 안 그럴까! 지옥으로 걸어가는 인류를 구원하겠다는 사명감 때문에 자신의 글이 지옥 불에 타고 있다는 걸 모른다. "현대 사회의 급속한 변화", "우리 사회의 기본적인 가치 규범", "순수한 물적 위기와 가치 체계의 위기". 이런 말은 교과서로도 충분하다. 쉽게 쓰자. 구체적이고 익숙한 단어로 출발하자. 관념으로 가득한 문장을 전면에 배치해서는 안 된다.

☑ **자만심을 버리자**

— 글 한 편이 단번에 완성되면 얼마나 좋을까마는 그럴 일은 없다. 그러니 자신의 글을 의심하고 더 단단하게 때로는 더 맛있게 다듬어야 한다. 정제되지 않아 거친 표현이 난무하는 비린내 나는 글, 따분한 소재에 구체적인 사례도 없어 심심한 글, 무슨 말을 하

려는 건지 알 수가 없는 정체불명의 글, 군더더기가 가득해 읽을 수록 힘들어지는 지저분한 글은 모두 숙청의 대상이다. 자만심을 버리고 자신의 글을 고치라. 글은 고칠수록 좋아진다. 이 세상에는 안 고친 글과 고친 글, 딱 두 종류밖에 없다고 하지 않던가!

☑ 일기장을 버리자

— 잘 쓰고 싶다면 글을 공개하라. 이를 통해 읽는 사람들의 반응을 살필 수 있다. 덮어놓고 욕하는 사람도 있겠지만 짧은 댓글에서도 글 쓸 때는 미처 생각하지 못했던 다른 관점을 알 수 있다. '82년생 김지영'에 대한 짧은 소감을 한번 올려보라. 아무리 완벽하게 써도 공격을 받는다. 모두를 만족시키라는 게 아니다. 생각하지 못한 관점을 발견할 수 있다는 말이다. 이를 통해 보다 탄탄한 글로 다듬을 수 있다. 무엇보다도 누군가 본다는 것은 자신의 글을 다시 보게 하는 가장 강력한 동기가 된다. 썼다면 공개하자. 혼자 쓰고 덮을 때와는 차원이 다름을 실감할 것이다.

글쓰기로
엄마도 행복하자

글선생의 수다

쓰잘머리 없지만 간직하고 싶다

"대단한 건 아니지만 좀 간직하고 싶더라고요." 글쓰기 수업에 참여하는 엄마들이 이구동성으로 하는 말입니다. 이들은 어느 날 품안에 잠든 아이가 숨을 내쉬며 목덜미를 간지럽힌 그 느낌을 기억하고 싶어 합니다. 알 수 없는 말을 옹알거리며 혼자 노는 모습을 발견했을 때의 그 뿌듯함도 잊어서는 안 되겠죠. 또 의도가 담기지 않은 깨끗하고 맑은 아이들의 대화를 훗날 아이들이 컸을 때 들려주길 원합니다.

사진이나 영상으로 남겨도 뭔가 아쉽습니다. 순간의 장면을 담을 수는 있어도 정작 그 상황에서 내가 어떠했는지는 확인하기 어렵습니다. 그때의 감흥을 기억에서 꺼내와 상상해볼 수밖에 없는 것이죠. 이미지는 같지만 감정은 재해석될 수밖에 없습니다.

요즘 아이들의 재롱잔치 같은 발표회에 가보면 스마트폰을 들고 있는 부모들로 무대 앞은 북새통이 됩니다. 조금이라도 가까이에서, 걸리는 것 없이 아이의 얼굴을 화면 중앙에 담으려고 먼지 쌓인 바닥에 무릎을 꿇습니다. 팔이 꺾이는 불편함도 감수합니다. 편하게 즐기다가도 정작 우리 아이가 나오는 순간에는 사진과 영상으로 남기느라 정신이 없는 겁니다.

여느 부모처럼 저 역시 아내가 부여한 임무를 철저히 수행해왔습니다. 그런데 첫째의 7살 재롱잔치에서는 그럴 수가 없었습니다. 눈물이 흘렀습니다. 두 달 뒤에 초등학생이 되는 큰 녀석과 지금까지 잘 키운 아내를 향한 고마움이었습니다. 또 제 자신에 대한 격려이기도 했고요. 간단히 사진 몇 장만 찍고 그 순간을 즐겼습니다. 간혹 틀린 동작에 아들이 당황할 때는 걱정이 됐지만 이내 다음 동작을 따라 하는 모습에 혼자서 멋쩍은 웃음을 짓기도 했습니다. 또래임에도 저마다 덩치가 다르고 재바른 아이가 있는가 하면 조금 느릿한 아이도 있었습니다. 저걸 하려고 연습은 또 얼마나 했을까. 엄마아빠 보여주려고 얼마나 기다렸을까. 무대에 오르기 전 얼마나 설렜을까. 그런 생각을 하니 또 눈물이 났습니다. 그날 밤 저는 이런 글을 남겼습니다.

나이가 들어도 변치 않는 게 있다면 눈물이 흐른다는 것이다. 탱탱하던 피부에 주름이 지고, 손바닥이 두꺼워지고, 피부가 말라가더라도 눈물은 마르지 않는다. 언젠가 TV에서 허리가 잔뜩 휜 노인이 먼저 보낸 아들을 떠올리며 흘린 눈물을 기억한다. 이성은 흐려질지라도 감정은 틀어지지 않는다. 오늘 난 행복을 맛보았다. 짭짤한 맛이 일품이었다. 노래를 부르며 친구들과 동작을 맞추는 현오가 이제 다 컸다며 손을 흔들었다. 막내가 태어나면 그간 받던 사랑을 조금 나눠줘야 할 텐데. 미리 미안한 마음이 든다. 마치 그걸 아는 듯 괜찮다고 손을 흔드는 게 아니었나 싶다. 나는 그래서 할 말을 잃은 게 아닐까. 고맙고 미안할 때, 할 말을 잃었을 때 나오는 대답. 그게 눈물이니까.

_아들은 웃고 아빠는 울고

글쓰기는 카메라로 포착하기 어려운 대상을 담아낼 때 더 큰 힘을 발휘합니다. 일상에서 마주치는 감정과 생각이 그렇습니다. 우리가 기억하고 싶은 건 단순히 '어떤 사건이 있었다'가 아닙니다. 사건의 본질은 그래서 '나는 어땠다'가 아닐까요. 그 순간을 타임캡슐처럼 보존할 수 있는 것은 글쓰기뿐입니다. 잘 아는 것 같지만, 사진과 영상으로 남기면 충분할 것 같지만 그렇지 않습니다. 글로 풀어야 풍부하게 그 순간을 간직할 수 있습니다.

시간이 흘러 그 시절의 자신을 글로 읽어볼 수 있다면 어떨까요.

잠깐 쳐다보고 마는 이미지보다는 단어 하나하나를 씹어 읽어야 하는 글은 생생한 이미지를 머릿속에 그려줍니다. 누군가가 아니라 자신이 직접 쓴 글이라면, 그때의 감정과 생각을 잘 담아놨다면 그보다 더 강하게 기억을 꺼내오는 장치는 없을 겁니다.

우리의 일상은 어떻게 보면 참 쓰잘머리 없는 것투성이입니다. 하루 24시간을 뭐 하며 보냈는지 돌아보면 대단한 게 없습니다. 있다고 해도 그런 날은 며칠이 안 됩니다. 대단하다고 해도 반복되는 일이라면 무뎌지기 마련입니다. 적응하고 익숙해지니까요. 그러니 일상이야말로 우리 인생의 전부라고 해도 과언이 아닙니다.

바람처럼 눈썹을 스치는 생각, 확 끓어올랐다 가라앉은 그 감정. 참 좋았다는 걸 알지만 우리는 그걸 남기지 않습니다. 아이들이 무심코 내뱉은 말이 너무 아름다워 간직하고 싶었다는 한 엄마의 말처럼 우리에게 행복을 느끼게 해주는 일은 일상에서 늘 일어나고 있습니다. 그걸 얼마나 담아내느냐에 따라 삶의 농도가 달라지지 않을까요.

제대로 전하고 싶다

뭐라고 해야 하나. 애들이랑 집에만 있으니까 바보가 되는 거 같아요. 글을 쓰면 조금 나을 것 같아서요. 수업 첫날, 한 엄마의 말을 들으며 고개를 끄덕일 수밖에 없었습니다. 저도 그랬거든요. 절실하게 느꼈거든요.

자고 있었어? 전화를 건 사람이 미안한 듯 말합니다. 아니, 목이 좀 잠겨서 그래. 저는 그런 질문에 익숙한 듯 답했습니다. 구구절절 설명하기도 어려운 상황을 정리하는 편한 대답입니다. 말도 못하는 아이와 무슨 말을 하겠습니까. 기껏해야 맘마 먹자, 기저귀 갈까, 아빠 해봐, 엄마 해봐, 아이고 좋아, 이런 말이잖아요. 하루 종일 성대가 심심합니다.

어떤 날은 거실 벽을 비추던 햇빛이 방향을 틀어 안방 방문에 닿을 때까지 아무 말 없이 보내기도 합니다. 사실 보통 그렇습니다. 넓은 단지에 동병상련의 남자가 없진 않았으나 그나마 자기 일로 모두 바빴습니다. 꼬맹이를 달고 친구를 만날 수도 없는 노릇입니다. 여자들처럼 몇 십 분씩 통화할 재주도 없어 어머니에게 전화를 걸면 길어야 5분입니다. 그저 혼자 도를 닦는 수밖에요.

바보가 되어 간다고 생각했습니다. 책 볼 여유조차 줄어들면서 생각도 마음도 작아졌습니다. 간혹 아내와 다툴 때 제대로 반박도 못하고 꼬리를 내리면 자괴감이 커졌습니다. 집에만 있다 보니 사고와 감정은 자꾸만 뒷걸음질쳤습니다. 내가 이러려고 전역했나. 유치하지만 이런 생각만 자꾸 들었습니다.

고립무원의 날이 계속되면 생각과 감정이 흐려집니다. 무슨 생각으로 사는지 어떤 감정을 느끼는지 모르는 거죠. 아내와 다툴 때마다 바보처럼 했던 말이 있습니다. 나도 내가 왜 이러는지 잘 모르겠어. 싸움은 여기에서 끝이 납니다. 모르겠다는데 무슨 말을 더 하겠습니까. 지금 생각해도 참 바보스러운 말입니다.

생각과 감정을 제대로 전하기 위해서는 먼저 제대로 알아야 합니다. 어떤 대상이나 현상을 바라보는 자신의 입장, 감정, 의견이 분명하지 않은데 그것을 다른 사람에게 똑바로 전달하는 게 가능할까요? 어떤 분들은 잘 알고 있는데도 글로 쓰려면 잘 안 된다고 말합니다. 정말 잘 아는 걸까요? 잘 모른다는 증거입니다. 글로 나오는 게 알고 있는 전부입니다. 설사 많이 알아도 정리가 안 되어 있다는 뜻입니다. 말은 청산유수인데 듣고 보면 앞뒤가 맞지 않는 경우도 마찬가지입니다. 그럴듯하게 포장만 하는 겁니다.

동북아 국제관계의 역학 구도나 한국 경제의 체질 개선 같은 전문분야를 말하는 게 아닙니다. 우리에게는 평소에 접하는 일상의 주제도 낯섭니다. 한번 볼까요. 특별할 것 없는 하루 중에도 많은 일이 있습니다. 친절하지 않은 택배기사에게 짜증이 났을 수도 있고, 쓰레기를 대충 버리는 이웃을 봐서 기분이 언짢을 수도 있습니다. 놀이터에서 너무나 정겹게 욕설을 나누는 아이들이 이제 겨우 열두 살이라는 사실에 불편했을 수도 있습니다. 조용히 이야기라도 나눴으면 했는데 어제도 피곤하다며 일찍 잠자리에 든 남편 때문에 화가 났을 수도 있습니다.

이런 문제들은 친절함 또는 기업의 고객경영 전략, 민주시민으로서 의식 또는 공공질서, 언어습관과 인격의 형성, 의사소통과 공감 등의 이야기로 생각을 키워나갈 수도 있습니다. 굳이 이렇게 확대해석하지 않아도 자신의 느낌과 생각을 분명히 알아보는 건 중요합니다. 그 순간 순간에 대한 이해와 대응이 곧 내 자신의 가치와 철학을 형성하는 것이니까요. 이런 과정이 없다면 자신만의 색깔은커녕 아무 생각 없는 사람이 됩니다.

물론 누군가에게는 이 모든 일이 아무렇지 않을 수도 있습니다. 만약 그렇다면 왜 아무렇지 않는지를 생각해보는 것도 좋습니다. 왜 나는 불친절한 사람들을 봐도 아무렇지 않을까, 왜 나는 어린 아이들이 욕설을 아무렇지 않게 하는데도 별 생각이 안 들까, 왜 나는 타인을 불편하게 하는 이웃의 행동을 보고도 화가 나지 않을까 하고 말이지요. 이게 잘못이란 건 아닙니다. 자신은 왜 그런지 한 번쯤 생각해볼 필요가 있습니다. 왜냐하면 우리는 엄마이기 때문이죠.

아이들에게 "오늘 시험 잘 봤어?"라는 질문 말고 무슨 말을 해줄 수 있나요? 영어 단어를 외우고 수학 문제를 푸는 것보다 더 중요한 것은 무엇일까요? 아이들이 사랑을, 우정을, 빈부격차를, 약자와의 공존을, 우리 사회의 정의를, 궁극적으로 행복한 삶을 물어 온다면 엄마는 어떻게 생각하는지 얘기해줄 수 있나요? 이런 문제를 혼자 고민해본 적이 없다면 그래, 한번 얘기해보자, 넌 어떻게 생각하는데, 엄마는 말이야, 엄마는 이렇게 생각해, 엄마 생각은 조금 다른데라고 말할 수가 없습니다.

책을 읽고 뉴스를 본다고 그걸 말할 수 있을까요? 정보를 전달할 수는 있지만 자신의 생각을 말하기는 어렵습니다. 읽기와 듣기로 정보를 습득했다면 말하기와 쓰기를 통해 정리하고 내 것으로 만들어야 합니다. 시험공부를 하는 아이들을 보십시오. 연습장에 끝없이 쓰고 눈을 감은 채 중얼거립니다. 더 잘 이해하고 더 분명하게 기억하기 위해 쓰고 말하는 겁니다.

말하기와 쓰기 중에서도 쓰기가 먼저입니다. 게다가 자기 자신의 생각과 감정은 누가 알려주지 않습니다. 책에서 볼 수도 없죠. 자기 자신만이 그것을 꺼내 정리할 수 있습니다. 그러니 써야 합니다. 제대로 전달하고 싶다면 먼저 내 생각과 감정을 제대로 알아야 하고 그러기 위해서는 쓰는 행위가 필수적인 것이죠. 잘 쓰는 사람은 말도 잘합니다. 이미 쓰면서 자신의 언어로 정리를 해놨으니까요. 누가 써놓은 글을 읽기만 하는 것과는 비교할 수도 없습니다. 정보를 능가하는 것은 굳건한 가치와 철학이니까요.

결국 사랑하고 싶다

'너와 나' 사이가 불신으로 가득 찬 세상입니다. 나를 설명하기 위해 얼마나 많은 노력을 쏟아야 하는 걸까요. 나라는 인간을 장황하게 설명하지 않아도 인정받고 존중받을 수는 없을까요. 사는 게 점점 힘들어집니다. 마음을 감추며, 아니 마음을 보지 않으며 살아가는 사람이 많아지고 있습니다. 풍족한데도 빈곤을 느끼고 분주하지만 외롭다 말합니다.

우리에겐 이런 공간이 필요합니다. 부연 설명이 필요 없는 곳. 정직하고 순수한 표현 자체가 곧 자신인 곳. 그것으로 충분한 곳. 의심 없이 비판 없이 존재를 인정받는 곳. 이런 믿음 속에서 자신의 글을 공유하며 따뜻한 격려와 위로를 들을 수 있다면 얼마나 좋을까요. 도덕책에서나 보고 넘겼던, 도무지 무슨 소리인지 체감하지 못했던 인간의 존엄성을 온몸으로 이해할 수 있을 테니까요.

글쓰기를 통해 내 마음을 들여다보면 약한 자신을 토닥일 수 있습니다. 때로는 생각지 못한 용기를 발견해 힘을 얻기도 합니다. 이런 일이 있었나 싶을 정도로 잊고 있던 추억이 생생하게 살아날 때는 글쓰기를 참 잘했다는 생각이 듭니다. 사소했던 일들이 이제는 전혀 다른 의미를 안겨 줍니다. 덮어두고 살았다면 아까웠을 소중한 경험들이 지금의 나를 새로운 존재로 다시 태어나게 합니다. 이처럼 꾸밈없이 자신과 마주 앉아 이야기를 하다 보면 결국 우리는 자신을 사랑하게 됩니다. 가진 것이 모자라고 재주가 못마땅해도 있는 그대로 받아들이고 인정할 수 있지요.

그렇게 써 내려간 자신의 이야기를 주변과 나누면서 한 사람, 한 사람의 존재를 알게 되고 푸석했던 마음에는 관심이라는 물길이 납니다. 어느새 맞잡은 우리의 손은 삶이 곧 예술임을 증명하는 하나의 표식이 됩니다.

살아가기와 사랑하기. 몇 번을 곱씹어봐도 참 비슷한 두 말입니다. 맘에 드는 여인에게 지금 우리가 해야 하는 건 "사랑하기"라고 했다가 여인이 깜짝 놀라 되물으면 "어, 살아가기"라고 말을 바꿔도 그럴싸하게 들립니다.

그런데 어감뿐이 아닙니다. 살아가는 건 결국 사랑하는 것입니다. 사람 사이에 오가는 좋은 감정이나 행동, 이를테면 배려, 친절, 양보, 우정 따위도 결국은 사랑의 다른 모양 아닌가요. 아이를, 아내를, 남편을, 부모를, 형제를, 이웃을, 같은 하늘 아래 공기를 나눠 마시는 모든 존재를 사랑하는 것이야말로 제대로 살아가는 것입니다.

지역평생학습관에서 글쓰기 수업을 했다가 예쁜 차를 선물로 받은 적이 있습니다. 수업을 끝내고 인사를 나누는데 어머님 한 분께서 수줍은 듯 예쁜 컵에 담긴 차를 다섯 잔 주셨습니다. 뜨거운 물만 부으면 유명 프랜차이즈 카페에서 방금 받아든 것처럼 즐길 수 있는 차였습니다. 저는 이런저런 일로 집을 찾은 분들, 오래 앉아 차를 즐길 수는 없지만 그렇다고 아무것도 안 나누기에는 뭔가 어색한 분들에게 이 차를 대접했습니다. 용무를 보신 후에는 들고 가실 수 있었죠. 의외의 대접에 환하게 웃으셨던 분들이 속으로는 이리 생각하셨을 것 같아요. 아니, 이 사람에게 이런 센스가?

마당을 쓸면 세상 한 켠이 깨끗해진다는 어느 시인의 말처럼, 선물 하나가 제 삶의 한순간을 미소로 채워 주었습니다. 글쓰기 수업에도 열정적이던 그분. '글쓰기는 결국 사랑하기 위함'이라는 사실을 이미 실천하고 계셨습니다.

글을 쓰면 세상 모든 것이 연결되었음을 알게 됩니다. 평소라면 지나쳤을 거리의 할머니가 어머니 같고, 하굣길에 만나는 모든 아이들이 아들과 딸 같습니다. 서툰 화장, 어색하게 담배를 문 모습의 대학생은 젊은 시절을 불러옵니다. 그때의 심정을 회상하며 청춘을 이해하고 존중하게 됩니다. 눈길도 주지 않았던 저녁노을에 마음이 울렁이고, 세찬 바람에도 기필코 봉우리를 핀 들꽃에는 눈물이 일렁입니다. 또 얼마나 많은가요. 나를 사랑하면서부터는 주변 모든 것들을 사랑하게 되었습니다.

글쓰기가 가꾼 엄마의 삶과 그들의 사랑을 받는 아이, 남편은 또 어떤가요. 그렇게 사랑이 사랑을 낳고, 손에서 손으로 온기를 전하는 모습은 상상만 해도 마음이 따뜻해집니다. 글 쓰는 사람은 메마른 건초 더미에서도 따뜻한 쌀밥을 지어낼 수 있습니다. 어울리는 단어를 골라 적절히 배치해 뜻이 분명한 문장을 만듭니다. 그 문장이 꼬리에 꼬리를 물면서 한 편의 아름다운 글이 되는 것이죠.

엄마를 위한 글쓰기 특강

사진에서 스토리 건지기

제 갈 길 가느라
돌아볼 새가 없어
아무리 애써도
찍힌 건 뒤통수뿐

괜찮다, 아들아.
그렇게 나아가라.
이 자리서 변함없이

손 흔들며 응원하마.

_사진을 보다가

날이 좋았던 어느 초여름이었습니다. 정점을 찍은 해가 기울기 시작했을 때 아들 셋을 데리고 공원을 찾았죠. 좀이 쑤신다는 표현의 의미를 절감한 오전이었습니다. 아이들은 한시도 가만히 있질 못하고 제게 매달리며 놀아달라 졸랐습니다. 제가 시큰둥한 반응을 보이면 온갖 괴상한 소리를 내며 벽을 치고 바닥을 뒹굴며 시위를 했죠. 좀이 옷 속에 숨어들어 겨드랑이와 사타구니를 쿡쿡 찌르는 것처럼 보였습니다. 근지러워 참지 못하고 저리 바닥을 뒹구는구나, 그래서 좀이 쑤신다고 하는구나, 하고 말이죠.

막내는 차에서 내리기 무섭게 경주마처럼 앞만 보며 내달렸습니다. 이따금 넘어지기를 반복했지만 금세 툭툭 털고 일어나 다시 발을 굴렀습니다. 뭘 잡겠다는 건지 알 수가 없었습니다. 때로는 땅을 보며 뛰다가도 어떤 때는 나비라도 잡겠다는 것인지 손을 내뻗은 채로 뛰었습니다. "넘어진다, 천천히 걸어." 아빠가 소리치며 좇아가면 장난을 거는 것으로 착각하고 더 빨리 내달렸습니다.

그 모습이 귀여워 사진을 몇 장 찍었습니다. 그런데 이내 울컥해졌습니다. 최근에 막내를 찍은 사진을 쭈욱 살펴보니 죄다 뒤통수뿐이더군요. 어딜 그리 바삐 가는지. 뒤도 한 번 안 돌아보던 그 모습이 눈에 떠올랐습니다. 세월의 속도에 몸을 맡겨버린 저 자신을 보는 것 같았습니다. 저 역시 부모님을 향해 돌아섰던 적이 없었죠. 언제나 제 인생을 챙기느라 바빴으니까요. 늘 앞만 봤습니다.

어머니를 떠올리니 마음이 더 아팠습니다. 우린 괜찮다, 뒤돌아보지 마라, 그러다 다칠라, 너네나 즐겁고 편하게 살아라, 분명 이런 생각을 하실 것 같았거든요. 실제로도 그러셨습니다. 언제나 저의 결정을 지지하고 존중해주셨습니다. 육사에 가겠다고 했을 때도, 소령으로 진급하자마자 전역하겠다고 결심했을 때도 묵묵히 고개를 끄덕이며 힘을 주셨습니다. 섭섭하다거나 아쉽다는 소리 한 번 하신 적이 없습니다. 이따금 뒤돌아보면 멀찌감치 서서 손을 흔드시는 그런 분이였습니다.

하지만 막내를 보는 제 모습이 어머니와 같다는 걸 알게 되었습니다. 적당한 거리에서 변함없이 미소를 보내고, 힘든 순간에는 언제든지 쉬었다 갈 수 있도록 품을 내주고, 스스로 질문하고 답을 찾아 결정하도록 응원하는 게 제가 가장 잘하는 일이니까요. 인생의 주인으로 살아가는 법을 깨우치게 하는 게 아빠의 가장 큰 역할이라고 생각하거든요.

뒤통수를 담은 몇 장의 사진에서 시작된 생각을 다듬고 다듬어 '사진을 보다가'란 글이 나왔습니다. 순간의 감정은 투박한 문장에 지나지 않았지만 다듬다 보니 어느새 자녀교육에 대한 저만의 철학으로 성장했습니다. 전혀 예상하지 못한 곳에서 삶의 이정표를 발견한 겁니다. 글쓰기는 아이들을 어떻게 키워야 하는지 고민하게 했을 뿐 아니라 재가 어떻게 커왔는지도 돌아보게 해줬습니다.

시간은 힘 있는 자에게 아부하지 않는다.
그렇다고 약한 자에게 관대하지도 않다.
동서고금, 계급고하, 남녀노소 막론하고
다른 잣대를 들이대지 않는다.

만인은 시간 앞에 평등하다
20년 가까운 시간 앞에서
나는 무슨 변명을 할 수 있을까.

나는 내가 만든 사람이다.

_만인은 시간 앞에 평등하다

스물셋에 떠난 첫 해외여행. 동기들과 배낭을 메고 유럽 4개국을 돌았습니다. 그때의 추억은 몇 장의 사진에 담긴 채 이따금 저를 그 시절로 안내합니다. 모교 은사님이 주선하셔서 후배들에게 강의를 할 기회가 있었습니다. 준비를 하다가 15년 전, 알프스의 설원에서 환하게 웃던 사진을 발견했습니다. 그때 문득 떠오른 생각이 바로 '만인은 시간 앞에 평등하다'입니다. 몇 년이란 시간 앞에서는 어떤 판단이나 결과를 두고 변명이 가능할지 몰라도 15년 또는 20년 앞에서는 그럴 수가 없겠다는 생각이 들었습니다.

생도 시절부터 입었던 군복을 17년 만에 벗고 보니 확실해지더군요. 나는 내가 만든 사람이라는 겁니다. 지금의 제 모습을 이룬 수많은 결정은 결국 제가 했던 것이니까요. 다른 그 누구의 선택도 아닙니다. 선택은 언제나 우리 자신의 몫이었습니다. 결정권을 타인에게 위임하는 것도, 선택의 부담을 회피하는 것도, 예상치 못한 결과를 받아들고서 누군가를 탓하는 것도 결국은 우리가 했던 선택의 하나가 아닐까요.

사진 속에는 많은 사연이 담겨 있습니다. 그 속에서 어떤 이야기가 나올지는 감히 상상할 수 없습니다. 사진을 다시 꺼내들 때의 상황이 매번 다르기 때문이죠. 같은 것을 보아도 다른 것을 생각하는 게 사람입니다. 시시때때로 달라지는 생각과 감정을 아까워하세요. 문장에 담아 인생의 한 조각으로 새기세요. 바로 거기에 내 삶이 있습니다.

5분 글쓰기, 지금 써봐요

스마트폰을 열어 사진첩을 펼쳐보세요. 따로 저장하지 못한 채, 심지어 찍은 뒤 다시는 보지 않았던 사진이 넘칠 겁니다. 쭈욱 한번 넘겨보세요. 이런 순간들이 있었구나 생각이 들 겁니다. 참 좋았지,

하는 때가 있습니다. 누구나 그런 순간을 남기고 싶어 하니까요. 이제 조금 더 들어가보는 겁니다. 그때의 생각과 감정을 끌어올려 단어와 문장으로 바꿔보는 겁니다. 상대적으로 눈이 오래 머물렀다면 바로 그 사진입니다.

인화된 사진을 갖고 있죠? 오래 되었다면 더 깊은 이야기가 나올 겁니다. 전혀 예상하지 않은 생소한 이야기들도 쏟아질 겁니다. 내게 이런 추억이 있었나, 할 겁니다. 그런 이야기를 현재와 연결시켜 보세요. 분명 오늘이 달라질 겁니다.

마음의 진동을 담은 편지

처절한 사투 끝에 간신히 막내를 재웠다. 이젠 내 시간이다. 얼마나 기다렸던가. 하루 한 번 올까 말까 한 꿀맛 같은 시간. 국그릇만한 머그컵에 아메리카노를 가득 탄 뒤 책상 앞에 앉았다. 며칠 전부터 쓰려고 메모해둔 것들을 다시 한 번 살핀다.

그래 이게 좋겠다. 지금은 이걸 쓰면 좋겠어. 번갯불에 콩 구워 먹는다는 이야기. 비싼 돈 주고 음식을 시켜놓고는 매번 콩처럼 먹는 신세를 한탄하는 우리 부부의 이야기이다. 아이 키우는 사람들이라면 누구나 처절하게 경험하는 것들이지. 다시는 외식하지 말자, 다짐한 게 언제였더라. 어느새 우리는 근사한 음식점에서 메뉴판을 뒤적이고 있다. 곧 닥칠 쓰나미를 애써 외면한 채. 아니 어쩌면 기억을 못하는 것일지도. 아니, 이런 거라도 안 하면 참 사는 게 그렇잖아, 위안하며 주문을 한다.

드르륵. 드르륵. 글에 빠져들던 나를 깨운 건 길바닥의 생김새를 그대로 전해주는 손수레의 바퀴 소리였다. 1층에 사는 나는 택배기사들이 짐을 나를 때마다 이 소리를 듣는다. 설마 우리 집은 아니겠지. 다행히 엘리베이터를 타는 인기척이 들린다. 초인종 소리를 예상하며 움츠러들었던 몸은 다시 제자리로 돌아갔다. 후. 이놈의 택배 때문에 뭘 할 수가 없네.

오후 2시. 막내가 낮잠을 잘 시간이다. 아내가 홈쇼핑이나 인터넷으로 주문한 물건들이 눈치 없이 현관문을 넘는 시간이기도 하다. 몇 번씩이나 당했기 때문에 여간 신경 쓰이는 게 아니다. 선잠을 깬 아이를 본 적이 있을 것이다. 지옥도 지옥도 그런 지옥이 없다. 이젠 제법 무거워 안아서 달래는 것도 쉽지 않다. 그런 데다가 팽팽한 활처럼 온몸으로 버티면 여간 힘든 게 아니다.

다시 글로 들어가려는 찰나, 공기를 가르는 초인종 소리에 볼기짝을 얻어맞은 경주마처럼 인터폰으로 뛰었다. 제발 깨지 마라. 인내심 부족한 기사님은 현관문을 쾅쾅 두드리며 택배 왔다고 소리친다. 나도 안다고! 제발 멈춰! 구시렁거리며 이번에는 몸을 돌려 현관으로 미끄러지듯 달려간다. 애써 웃음을 지으며 수고하세요, 인사를 건네고 받아든 택배에는 '스타일리시 구두'라고 써 있다. 으이구 진짜!

끼이익. 아내를 원망할 틈도 없이 귀를 때리는 소리. 애썼지만 오늘은 틀렸다. 지옥문이 열렸다. 방문을 열어젖힌 막내는 달아난 잠을 다시 돌려달라며 진상을 부리기 시작했다. 미안해, 아빠가 미안해. 자자. 자장자장 우리 아기. 겨우 달래고 다시 눕히는 찰나, 공부방에서 울리는 휴대폰. 살아생전 그렇게 빨리 몸을 날려본 적은 없었네. 첫 신호음이 끝나기도 전에 받아 전화 건 상대도 당황한 기색이 역력하다. 작가님, 잘 지내셨죠? 원고 중에 손볼 부분이 조금 있어서요. 전체적인 분위기가……. 죄송한데요, 제가 금방 전화 드릴게요. 돌아와 보니 막내 얼굴은 다시 일그러지기 시작했다. 이윽고 터진 울음. 어, 미안해. 아빠가 진짜 미안해. 자자. 엉덩이를 두드리고 머리카락을 쓸어 넘기고 귓불을 쓰다듬었다. 그야말로 도자기를 빚어내는 장인처럼 혼신의 힘을 다했다.

하루도 편할 날이 없다. 이런 걸 짐작이나 할까. 수시로 택배를 시전하는 아내가 밉다. 하지만 한 번도 얘기하지 않았다. 이런 시시콜콜한 걸로 따지기엔 자존심이 상하니까. 또 이렇게 글로 한번 써내고 나면 별거 아니니까. 또 위에서는 '경주마처럼 뛰었다'고 했지만 '화들짝 놀란 돼지'라고 썼으면 웃기지 않았을까 하는 생각도 드는 게 재밌기도 하다. 그런데 정말 화난 사람은 잠을 제대로 못잔 막내가 아니었을까. 그러니 이걸 구실 삼아 이번에는 아내에게 말해야

겠다. 주문 좀 이제 그만하지.

_아내의 쇼핑을 멈추게 하는 법

집에 있는 사람을 미치게 만드는 것은 뭘까요? 지금 자신의 모습을 다른 누군가와 또는 예전의 자신과 비교하는 겁니다. 살림하는 사람이 무엇을 내세울 수 있을까요? 웬만하지 않으면 감정은 여지없이 무너집니다. '내가 이러려고' 죽도록 공부했나, 결혼했나, 그 좋은 직장을 그만 뒀나, 애를 낳았나 같은 혼잣말이 어둑한 연극무대의 독백처럼 온몸을 감쌉니다. 이런 감정의 붕괴를 달리 표현하면 상대적 박탈감이라고 할 수 있겠죠.

한밤중이 되어서야 친구의 부재중 전화를 떠올립니다. "애들 때문에 편하게 통화를 못해서 우선 문자드립니다." 업무로 연락하는 사람들에게 심심치 않게 보내는 메시지입니다. '지금의 나'보다 '그 시절의 내'가 그립습니다. 일상이 더 무겁게 느껴집니다. 어디로든 떠날 수 있는 그때의 홀가분함이 지금 내게는 목숨만큼 간절합니다.

'나 아닌 누구'가 부럽습니다. 벌어도 벌어도 나갈 곳은 얼마나 많은지. 애 없을 때 돈 모으라는 말을 이제야 체감합니다. 물질적으로도 풍족하고 정신적으로도 풍요로워 보이는 남들. 뭐든 다 가진 듯 자유롭고 여유롭습니다. 한 번 감정이 무너지자 관심도 없던 일들이 비교의 장으로 나옵니다. 저마다 자신이 못났다고, 이게 뭐냐고 한마디씩 합니다. 민수는 차를 새로 바꿨대, 태호는 상여금이 연봉이랑 비슷하다더라, 규민이는 다음 달에 스위스로 연수 간다고 바쁘대. 그런데 통장 잔고는 바닥을 보이고 눈앞에는 시답잖은 빨래와 설거지나 쌓여 있다니. 야, 정신 차려! 어린이집 하원 시간 다 됐어.

많은 주부들이 결혼하면서, 임신하면서, 출산하면서, 육아와 양육을 책임지면서 집으로 들어갑니다. 장밋빛 미래는 아니더라도 인간답게 살고 싶었는데 지금은 이렇게 시들었고 쪼그라들었습니다. 축복받을 일인데도 엄마, 아내, 며느리, 결국 여자라는 이유로 너무 많은 일을 감내해야 했습니다. 남의 편인 줄 알지만 그래도 남편에게 기대고 싶습니다. 그러나 냉랭한 반응에 혼자 감당하고 체념하는 편을 택합니다. 상대적 박탈감은 여전히 어깨를 짓누릅니다.

저도 그랬습니다. 스스로 택한 전업이었지만 바깥과 고리가 끊어지고 집에서 보내는 시간이 많아지자 마음에 병이 들었습니다. 내가 밥벌이할 때는 집안일도 엄청 했는데, 미친 듯이 일하고 칼퇴했는데, 술자리는커녕 공식적인 회식도 최대한 짧게 끝냈는데. 직장에 치우친 아내에게 섭섭한 마음이 들 때면 이런 생각이 스멀스멀 피어났습니다. 말은 안 했지만 굳은 얼굴과 심통 가득한 행동거지는 숨길 수 없었습니다. 물 밑의 감정이 수면 위로 톡 하고 터지는 날이면 밤새 갑론을박을 해도 결론은 점점 멀어졌죠. 속만 상하고 몸만 축난 채로 적당히 봉합하는 날이 이어졌습니다.

다행히 글쓰기가 저를 살렸습니다. 저는 이런 감정들을 글로 풀었습니다. 일상적인 일에 의미를 부여하고 가치를 캐내는 일이 오히려 저를 일상에서 벗어나게 해줬습니다. 그러다가 희망사항 몇 개에 애교를 섞은 뒤 빙빙 돌려 편지에 쓴 적이 있습니다. 닭살스런 행동에 아내는 별말이 없었지만 이런 탄원서가 몇 번 이어지면서 다툼이 줄었습니다. 물론 수면 위로 기포가 터질 때는 여전히 고드름처럼 날이 서고 차갑지만 서로의 본심을 의심하지는 않습니다.

지금도 편지를 쓰는지 모르겠습니다만 상대적 박탈감으로 괴로운 날에는 매번 남의 편만 들어주는 사람에게 여러분의 손편지 한 장 건네보세요. '내가 이러려고' 결혼한 게 아니라는 마음의 진동을 편지에 담아 남편의 손에서 울리게 해주세요. 직접적인 대화가 아니어도 좋습니다. 마치 남의 이야기처럼, 재미있는 콩트의 시나리오처럼, 윗집 아주머니의 넋두리처럼 써보세요. 진동은 반드시 전해집니다.

5분 글쓰기, 지금 써봐요

남편에게 불만이 있습니까? 반찬 투정을 하나요? 술만 먹고 집안일은 하나도 도와주지 않습니까? 나를 사랑하는지 잘 모르겠다고요? 그런 할 말을 마음속에만 꽁꽁 얼려가지 마시고 한 편의 글로 써서 선물해보는 건 어떨까요?

애틋했던 그때로 돌아가 연애편지를 써봐요. 스무 살이든 스물둘이든 상관없습니다. 둘의 관계가 신선하다 못해 덜 익은 풋사과처럼 낯선 그때의 감정을 '리콜'하는 겁니다. 앞에서 말하기에는 부끄러우니 글로 써보는 거죠. 원래 처음 하는 일은 다 그렇게 어색합니다. 오늘 한번 고백해봐요. 욕먹을 각오로 쓴다면 역사에 남을 겁니다.

당신은 사랑 받기 위해 태어난 사람

생일이라고 말하는 게 멋쩍지가 않습니다. 아침부터 SNS에서 시종일관 떠들어대니 남들이 먼저 생일인 걸 압니다. 아내는 출근길에도 미역국이랑 이것저것 챙겨줍니다. 아들 셋 돌보느라 몸이 축났다면서 격려와 위로도 아끼지 않으니 행복합니다. 사실 요 며칠 몸이 좀 안 좋아 아이들에게 짜증도 많이 내고 계속 누워만 있었거든요.

아무튼 생일임에도 오늘 하루 특별한 일이 없습니다. 아이들 밥 먹이고 갈 곳으로 보내고 남아 있는 막내랑 한나절 서로 괴롭힐 일만 남았습니다. 달달한 것과 TV를 달라며 괴롭히고 달달한 것과 TV를 못 준다고 괴롭히죠.

저야 생일 따위를 기다리지 않는 무던한 사람입니다. 생일은 그냥 생일이죠. 그런데 오늘 따라 주부의 입장을 다시 보게 됩니다. 생일에 아무런 이벤트도 없다면 정말 섭섭하겠다 하고 말이죠.

저야 생일 따위를 기다리지 않는 무던한 사람이니까 괜찮습니다. 하지만 아내에게는 그러지 마세요. 종일 집구석에서 아무것도 못하는 사람입니다. 생일날만큼은 이 세상에 태어나길, 당신의 아내가 되길 잘했다 느끼도록 해주세요.

저야 생일 따위를 기다리지 않는 무던한 사람이니까 신경 쓰지 않습니다. 그래도 아내가 이 글을 봤으면 좋겠습니다.

_생일이 별건가요

오히려 생일이라 서러운 적이 있었습니다. 생도 1학년생일 때였는데 어느 선배가 했던 그 말이 참 따가웠습니다. 생일날 아침이면 식당에서는 "오늘은 김 아무개 생도의 생일입니다. 다 같이 축하해줍시다. 생일 축하 노래 시작!" 하면서 축하를 해줍니다. 생일임을 공개적으로 확인받은 생도는 그날 2학년 선배들의 교육에서 약간은 자유로울 수 있습니다. 축복 받아 마땅한 날에 지적받지는 말아야 한다는 일종의 배려인 셈이죠.

그런데 한 선배가 제게 그러더군요. 생일이어서 뭐? 생일 없는 사람 있어? 노래가 끝나고 실없이 웃고 있는 제게 다짜고짜, 아무런 목적도 없이 이렇게 말하는 겁니다. 지금도 왜 그랬는지는 모르겠습니다. 공교롭게도 그날 저는 선배들에게 많은 지적을 받았습니다. 그때마다 그 말이 자막처럼 눈앞에 서렸습니다. 생일 없는 사람 있어?

맞습니다. 이 세상에 생일 없는 사람은 없죠. 저도 잘 알고 있습니다. 그런데 생각하지 않으려 해도 자꾸만 생일이라는 단어가 떠올랐습니다. 누구도 그 말을 다시 내뱉지 않았지만 모두가 그 말을 하는 것 같았습니다. 이미 뇌 한구석에 똬리를 틀고 혀를 날름거리고 있는 그 말. 신경 쓰지 말자 다짐할수록 신경이 더 쓰였습니다. 생일이라서 대충 하는 거 아닌데, 생일이라서 군기 빠진 게 아닌데, 생일이라서 내가 이러는 게 아닌데. 남들 생각과는 무관하게 스스로 그렇게 억울함과 서러움을 키웠던 것 같습니다.

생일. 참 별거 아닙니다. 누구에게나 있습니다. 1년에 한 번뿐이라는 희소성이 있지만 평생 한 번 뿐인 사건에 비하면 그리 대단하지 않습니다. 오히려 초등학교 졸업식이 더 뜻깊을 겁니다. 나이가 들면서 감각이 둔해지면 선물이나 편지를 기대하지도 않고 미역국을 안 먹어도 그리 섭섭하지 않습니다. 축하와 감사의 인사를 받아야 하는 건 내가 아니라 부모님이라는 제법 기특한 생각도 하게 되죠.

그런데 또 생일이란 게 사람을 참 우습게 만들기도 합니다. '당신은 사랑받기 위해 태어난 사람'이란 노래를 사랑받지 못한 생일에 불러 보셨나요? 아무런 선물이나 카드를 받지 못한, 아침으로 미역국을 먹지 못한, 축하한다는 인사조차 듣지 못한 생일에 이 노래를 부르면 생일이 참 별거 아닌 게 아니란 걸 알게 됩니다.

스무 살의 생일을 그렇게 보냈습니다. 사랑받기 위해 태어난 줄 알았는데 지적질만 옴팡 받을 수도 있다는 사실을 확인한 것도 생일이었습니다. 별거 아니라 생각할수록 정말 별거가 되어버리는 이상한 날이었습니다. 그 뒤로는 생일에 대한 감정이 특별하지 않았습니다. 기억에 남지 않았다는 게 맞겠죠.

그런데 전업주부가 되고 맞이한 두 번째 생일. 집 안에만 있다 보니 그놈의 뱀이 또 똬리를 틀었더군요. 생일 없는 사람 있어? 이 날의 모든 소심한 행동은 소위 '생일인데 안 챙겨줘서 그런 거야'라는 말의 빌미가 됩니다. 아내에게 오해받지 않으려면 유념하고 주의해야 합니다. 자칫 누구에게나 있는 생일만 목이 빠져라 기다리는 한가한 사람처럼 보이니까요.

하지만 섭섭한 마음이 드는 것도 사실입니다. 누구나 이 세상에 사랑 받기 위해 태어났잖아요. 저라고 예외일 수는 없습니다. 절대로 그럴 수 없죠. 그렇다면 이 세상에 처음으로 얼굴을 내민 생일을 기념하고 축하해야 할 일 아닌가요. 거창하지는 않더라도 뭔가 간단한 이벤트라도. 아니면 짧은 편지라도 바랐지만 하필이면 저의 생일을 즈음하여 일폭탄을 떠안은 아내는 정신을 차리지 못하고 있었습니다. 뭐라고 구시렁거릴 수도 없는 노릇이니 이렇게 '생일이 별건가요' 따위의 글이나 쓰며 스스로 위로했습니다.

헌데 생일은 누구에게나 그럴 것 같아요. 돌아보니 저도 그랬습니다. 아내에게 축하한다는 편지를 쓰면서도 속으로는 이랬거든요. 생일이 뭐라고 매년 이래야 하나. 좀 간단하게 하지. 내심 이 날만 기다리는 아내를 위해 이벤트를 준비하는 게 부담스러웠습니다. 고민이 부족하니 만족스런 결과가 있었을 리가 없죠. 아내는 늘 약간의 실망을 했지만 크게 내색하지는 않았습니다.

그런데 집에 있어보니 알겠습니다. 그 생일이란 것이 참 별거 아니면서도 별거라는 것 말이죠. 그래서 내심 바라면서도 또 기대하지 않으려, 애써 무심해지려 노력하게 된다는 것 말이죠.

한 번 태어난 이상 변하지 않는 생일은 매년 어김없이 돌아옵니다. 나이만큼 맞이했던 그 생일에 대한 글을 써보는 거 어떨까요? 스무 살의 풋풋함 속에 기다렸던 생일, 바쁜 일상 속에서 깜빡 잊었던 생일, 잔뜩 기대했다가 실망감만 확인한 생일. 뭐든 좋으니 한번 꺼내보세요. 생일에 관한 기억이나 기대를 문장에 담다 보면 잊고 있던 스토리가 꽃을 피울 겁니다. 그 이야기에서 올해 생일은 어떻게 보낼지 한번 답을 찾아보세요.

5분 글쓰기, 지금 써봐요

거창하게 생일 파티를 한 적이 있나요? 어릴 때여도 좋고 나이가 들어 했어도 상관없습니다. 그날의 모습을 글로 써보세요. 전체적인 분위기는 어땠나요? 장소는 괜찮았는지, 참석한 사람들과 잘 어울렸는지? 술을 마셨다면 취했나요? 가장 기억에 남는 일은 뭐죠?

아무거나 좋으니 그날에 대한 기억을 떠올려 마음껏 풀어보세요.
앞뒤 따지지 말고 써보세요.

자석처럼 끌리는 노래 한 곡

한국 정치는 열심히 편을 가르고 사회를 무너뜨렸다. 우리의 삶도 알게 모르게 금갔다. 그 틈으로 부조리가 뿌리를 내렸고 틈새를 벌이며 줄기를 키웠다. 정의는 설 곳을 잃었고 온갖 편법과 변칙이 그 자리를 대신했다.

옳은 소리를 하고 원칙과 도덕을 소리치는 사람은 답답하다는 비아냥을 들었고 순진한 비현실주의자로 매도되었다. 암덩어리는 점점 커졌고 세월호 참사라는 모습으로 우리에게 그 뻔뻔한 존재를 드러냈다. 하지만 밥그릇 챙기기와 제 식구 감싸기에 혈안이 된 암세포를 도려내는 일은 만만치 않았다.

잊고 있던 그 존재는 천천히 온몸 구석구석 퍼져나가 대한민국을 비정상이 판치는 사회로 만들어놓았다. 정신을 차리고 보니 제대로 작동하는 기능이 없었다. 국민의 세금은 권력에 줄선 사람들의 호주머니로 들어갔고 서민들은 똥구멍이 찢어지는 가난과 상대적 박탈감에 신음했다. 대통령까지 개입된, 아니 대통령이 연출한 희대의 사기, 공갈, 협박, 횡령, 삼류 저질 막장 드라마가 한국사의 한구석을 채우게 된 일련의 사태를 두고 대통령은 자괴감을 토로했고 완전히 엮인 거라며 분통을 터뜨렸지만 정작 괴로운 것은 착하고 순진했던 국민일 뿐이다.

이문세와 김윤희가 함께 부른 '그녀의 웃음소리뿐'. 우연히 40년차 베테랑 발라드 가수와 이제 열다섯이 된 중학생의 소름 돋는 하모니를 들었다. 눈을 감고 듣다가 뭐라도 하지 않으면 안 될 것 같아 입을 벌리고 탄식을 쏟았다. 눈물을 몇 방울 만들어 턱 끝을 향해 굴렸고 그것도 모자라 온몸의 털이 삐쭉 섰다. 두 거인의 무대는 화합 그 자체였다. 정치가 갈라놓은 세대와 성별의 간격을 완벽하게 메웠다. 아니 이 노래 앞에서 우리는 그냥 하나가 될 수밖에 없었다.

국민의 권력을 위임받은 이들이 국민의 삶을 망치는 동안 아무런 대가도 바라지 않는 평범한 시민들은 서로를 쓰다듬고 위로했다. 두 사람의 노래에서 희망이 보였다면 여전히 순진한 것일까. 하지만 난 믿고 싶다. 세상을 바꾸고 이끄는 건 거대한 권력이 아니라 은근히 퍼지는 시민들의 마음이라는 것을. 흘러라 눈물아, 바다까지. 바다를 이뤄 세상을 바꾸자.

_그녀의 웃음소리뿐

2016년은 잊을 수 없습니다. 가진 자들의 이기심과 부도덕함은 모두 촛불에 타버렸습니다. 국민이 나라의 진정한 주인이라는 주권재

민의 뜻을 온몸으로 받아들인 것이죠. 한국은 다시 태어났습니다. 민주주의의 불꽃이 다시 한 번 타올라 우리의 눈을 뜨게 한 겁니다.

그 과정이 쉽지는 않았습니다. 매일 새롭게 제기되는 의혹, 또 확인되는 추악한 사실을 접할 때는 자괴감이 들었습니다. 여태 저런 인간들이 법을 만들고 정책을 입안했단 말인가. 얼굴색 하나 안 변하며 거짓말하는 위선자들에게 아이들의 안전과 미래를 맡겼단 말인가. 국민은 분노했지만 정작 권력의 정점에 있는 '그녀'는 웃음소리밖에 들려주지 않았다. 정상으로 가는 길은 여전히 험난해 보입니다.

병이 낫는 과정이니 고통이 따르는 것이겠죠. 괜찮다고 스스로를 토닥여도 마음 한구석이 자꾸만 메말라가는 걸 막기는 힘들었습니다. 이 무렵 다시 찾은 노래가 이문세 씨의 노래였고 우연히 발견한 것이 바로 두 사람의 듀엣 무대였습니다. 얼핏 봐서는 어울리지 않는 한 쌍이었지만 한 소절 한 소절 주고받는 모습은 하나의 수도꼭지에서 나오는 물처럼 구분할 수 없었습니다. 아름답다는 말로도 모자랐습니다.

이후로도 셀 수 없이 보고 또 들었습니다. 지나가는 말에 상처받은 어느 아침, 이유 없이 온몸이 쳐지고 마음이 가라앉은 어느 저녁, 보름달을 보며 문득 앞날이 불안해졌던 어느 한밤에도 이 노래를 찾았습니다. 심장이 박동을 편하게 바꾸고 눈은 맑아지며 때로는 눈물이 흘렀습니다. 따로 찬바람을 쐬지 않았지만 속이 후련해지기도 했습니다. 이제라도 자석처럼 끌리는 그런 노래를 찾았으니 다행입니다.

5분 글쓰기, 지금 써봐요

힘들 때마다 듣는 노래나 음악이 있나요? 그렇다면 지금 바로 두 눈을 감고 그 노래 속으로 빠져들어 보세요. 노랫말의 주인공이 되어, 가수가 마치 내 이야기를 대신 해주는 것이라 생각하고 목소리와 멜로디를 느껴보세요. 그리고 느낌을 그냥 써보는 겁니다. 누구도 보지 않습니다. 감독이나 검열 따위는 없으니 그냥 써보는 겁니다. 첫사랑이 생각날 수도, 돌아가신 누군가가 떠올라도 상관없어요. 아무렇게나 손이 가는 대로 써보세요.

그런 곡이 없다면 듣고 싶은 노래 하나를 틀어보세요. 그리고 천천히 흥얼거리는 겁니다. 가사를 몰라도 됩니다. 멜로디에 따라 고개를 끄덕이고 가끔 발을 굴러주면 충분하니까요. 얼마나 마음을 열어주느냐가 중요합니다. 그런 다음 연필을 잡고 한 문장 써보는 겁니다.

좋다. 참 좋다. 어쩜 저리 시원하게 내지르는지.
답답했던 가슴이 뻥 하고 소리를 내며 뚫리는구나.

시인 흉내 내기

움직일 것인가 기다릴 것인가
건드릴 것인가 지켜볼 것인가

상념과 번뇌를 반복하며
벌어질 일들을 그려본다

화가보다 섬세하게
피아니스트보다 부드럽게
그러면서도
스프린터처럼 신속하게

과연 이것은
기회인가 위기인가

_카시트에서 잠든 아들

간혹 이런 욕망에 휩싸일 때가 있습니다. 충동에 가까운 이 욕망은 바로 눈앞의 대상을 아름다운 몇 개의 단어에 담아두고 싶다는 겁니다. 시를 쓰고 싶어질 때인데요. 종종 시인의 공구상자가 내게도 있으면 얼마나 좋을까 생각한답니다.

그런데 이렇게 거창한 마음이라면 시를 쓰는 건 사실 불가능하지 않을까요. 왜냐하면 우리는 평범한 사람이잖아요. 물론 시인들 스스로는 그렇게 생각하지 않겠지만 이들이야말로 이슬 같은 낱말과 문장을 먹고 사는 표현의 신이기 때문이죠. 이왕 부끄러워진 김에 다른 시 하나 더 써볼게요. 작품성을 따지지는 않습니다. 눈 돌리면 사라지는 순간의 감정을 몇 개의 단어로 잡아두는 데 의미가 있으니까요.

사랑처럼
기척 없이 찾아온 너
어찌 할 수 없어
그저 바라본다
너도 떠나겠지

_또 가을

날짜도 정확히 기억이 납니다. 2016년 8월 28일. 공원에 그늘막을 치고 주제 사라마구의 《눈먼 자들의 도시》를 펼쳤습니다. 세 아들은 멀찌감치 떨어져 개미굴을 찾고 있었죠. 소설은 중반을 넘었습니다. 눈먼 자들 중에서도 권력이 생기고 식량의 공급권을 두고 여성을 착취하는 일이 일어났습니다. 사라마구는 그 과정을 조금의 과장이나 숨김없이 CCTV처럼 들췄습니다. 관련자들의 심리를 미묘한 행동의 변화로 알렸습니다. 저는 소설에 푹 빠졌습니다. 인간 본성의 구질함, 사랑과 연대의 힘에 관한 무거우면서도 희망적인 이야기였습니다. 아이들이 저렇게 잘 놀아주니 책읽기가 얼마나 좋았던지요. 하지만 의도치 않은 녀석이 치고 들어왔습니다. 가을 하늘이었습니다. 문득 고개를 들었는데 눈이 부셔 눈을 끄기 어려웠습니다. 반투명의 치약을 짜놓은 듯 온통 푸른 하늘에는 하얀 휘핑크림 같은 구름이 포인트 벽지처럼 군데군데 붙어 있었습니다. 저는 책에서 손을 놓고 아예 누웠습니다. 한동안 하늘을 봤습니다. 들이키거나 뛰어들고 싶은 정체불명의 선명한 파랑. 한편으로는 바람처럼 금세 떠나는 가을이라 아쉬웠습니다. 볼 수 있을 때 보자 생각했죠. 놓치지 않았으니 그래도 행운이다, 그런 마음으로 쓴 시였습니다.

새벽녘 한기에
닭살이 돋았다
열어둔 창으로
그렇게 들어왔다

아무런 기척 없이
사랑처럼

_가을

이번에도 또 사랑이고, 또 가을입니다. 그러고 보니 가을은 사랑과 많이 닮은 듯합니다. 발그레 물드는 것도 그렇고 아차하면 놓치기 쉬운 찰나의 속성도 그렇습니다. 이 시는 공원에서 하늘을 보기 하루 전에 쓴 겁니다. 평소처럼 창문을 열어놓고 자다가 한기가 느껴져 깼는데 그 느낌을 담은 겁니다. 저는 가을이 왔다기보다 아, 더웠던 여름과 이렇게 작별하는구나 생각했습니다. 가을은 굳이 손 내밀어 인사하지 않지만 여름과 이별하면서 가을이 왔음을 짐작할 수 있습니다. 아무런 기척 없이 오는 건 사랑과 닮았죠.

가끔은 이렇게 짧은 글이 좋습니다. 운율을 맞추고 단어도 대비되는 것들로 골라 넣다 보면 노래를 만드는 느낌이랄까요. 정해진 분량은 없지만 다소 제약을 갖춘 조건 안에 할 말을 다 넣는 게 쉽지는 않지만 간혹 하나 걸리는 경우가 있습니다. 그럴 땐 시인이라도 된 것처럼 우쭐해집니다.

글 한번 써보겠다는데 난데없이 시를 쓰라니 땅이 꺼지는 한숨 소리가 들립니다. 자, 편하게 생각해요 우리. 시인이 되자는 게 아니고 그냥 흉내 내 보자는 겁니다. 앞에서 제가 쓴 [카시트에서 잠든 아들]처럼 주변에 눈에 띄는 어떤 것도 소재가 될 수 있습니다. 달달한 사랑을 노래하지 않아도, 인생의 무게나 고비를 담지 않아도 좋아요. 마음이 흔들렸고 눈이 한 번 더 갔다면 충분합니다. 그 이야기를 몇 개의 단어와 두세 줄의 문장에 담아보세요. 각오하세요. 결과는 유치하고 촌스러울 테니까요. 그러나 그렇게 시작하는 겁니다. 누구나 처음에는 병아리였잖아요. 저처럼 껍데기도 못 깬 사람이 수두룩합니다. 그러니 걱정 말고 해보세요. 알 밖으로 나가지 않을 거야, 이 생각만 말아 주세요.

5분 글쓰기, 지금 써봐요

오늘 마음이 흔들렸던 일을 하나 떠올려보세요. 제가 먼저 해보겠습니다. 저는 오늘 도서관에서 시간을 보낼 생각이었는데 예상과 달리 하루 종일 막내를 봤습니다. 그래서 아내에게 화가 났습니다. 이렇게 써볼게요.

정말 너무하다. 오냐오냐하니까 이걸 당연하게 생각하는 것 같다.

지금 감정 그대로 썼습니다. 그럼, 이제 이걸 시로 바꿔볼게요. 어이없다 생각마세요. 아주 간단합니다. 적당히 줄을 바꿔 다시 쓰면 그만입니다. 단어를 조금 고쳐도 좋습니다. 이렇게요.

정말
너무하구나
매번
오냐오냐 하니
언제나
당번은 나구나

– 독박육아

이제 여러분 차례입니다. 어렵게 생각 마시고 한 문장 써보세요. 그리고 그냥 줄 바꾸고 조금 손을 보면 됩니다. 다른 사람은 시라고 안 부를지 몰라요. 중요한 건 자신입니다. 내가 봤을 때 OK면 OK입니다. 눈을 뜨고 마음을 여세요.

사소하지만 내겐 너무 중요한

점심이나 같이 하자는 친구의 말에 냉장고를 뒤져 급하게 김치볶음밥을 준비했다. 그런데 운동 끝나자마자 온다던 녀석이 오매불망 기다려도 오질 않고 밥만 점점 식어 갔다. 배가 고픈 막내는 급기야 식탁을 습격했지만 제 밥그릇은 못 봤는지 어른들의 시뻘건 밥 앞에서 숟가락만 빨았다.

보통, 저녁때도 이와 비슷한 상황이 벌어진다. 먼저 먹을까? 야근이 많은 편이라 아내에게 늘 물어본다. 아이들은 엄마랑 밥 먹고 싶다 투덜거린다. 엄마보다는 아마도 엄마의 밥이 그립기 때문일 것이다. 이놈들아! 아빠도 엄마가 왔으면 좋겠는데 전화를 안 받는다. 저녁을 준비할 무렵 가장 신경 쓰이는 것은 바깥일 하는 사람이 언제쯤 도착하느냐이다. 같이 먹을까, 먼저 먹을까, 밥은 언제 풀까, 국은 언제 뜨지, 고기는 언제 데울까. 이 사소한 질문이 주부에게는 저녁 메뉴를 고르는 일 다음으로 중요하다.

바깥일 하는 분들은 아무리 바빠도 저녁을 어떻게 하면 좋을지 고민하는 아내에게 적시적절한 정보를 주었으면 한다. 이때 가장 중요한 것은 타이밍이다. 아, 그리고. 식당 문 닫았는데 들어와서 밥 달라, 라면 끓여라, 심지어 국이 없냐 같은 소리는 하지 않았으면 한다. 당신이 아무리 돈을 많이 벌어도 식당 주인에 대한 매너는 지켜야 하지 않을까. 참고로, 이 이야기는 아내에게 하는 말이 절대 아니다.

_지금 아내에게 하고 싶은 말

여기서부터는 각오하고 쓰는 글입니다. 제 아내가 볼 수도 있으니까요. 저녁을 준비하는 입장에서 가장 답답한 일은 밥 먹을 사람이 도대체 언제 식탁 앞에 도착하느냐입니다. 제가 아내에게 한 가지 불만이 있다면 이겁니다. 이 사람은 퇴근 무렵이 되면 감감무소식입니다. 전화를 몇 통씩이나 하면 그제서야 미안하다, 먼저 먹어라 연락이 옵니다. 물론 그 시간에 일이 몰리고 회의도 잡히고 여러모로 정신이 없는 것을 압니다. 그래서 저도 아무 말 않죠. 아는데도 따지면 속 좁은 사람 되잖아요. 그럴 순 없습니다. 천하의 A형인데.

그래서 오후 3시부터 저녁은 어떻게 할 건지 틈틈이 물어봅니다. 바쁠 때는 답장이 없습니다. 그럴 땐 아이들부터 먹입니다. 일찍 온다고 답이 오면 기다렸다가 같이 먹습니다.

제가 밥시간에 집착하는 이유는 저녁시간을 잘 쓰기 위해서입니다. 저녁밥이 늦어지면 씻기고, 숙제하고, 가방 싸고, 누워서 얘기하는 등의 일정이 모두 뒤로 밀립니다. 결국 잠자는 시간이 줄어들죠. 아이들 성장에도 나쁘고 다음날 컨디션도 떨어집니다. 무엇보다 아침에 아이들 챙겨서 보내는 일이 힘들어집니다. 그러니 저녁식사를 일찍 끝내야 하죠.

밖에서 일할 때는 이런 거 고민한 적 없었습니다. 밥때가 다 되어 아내의 전화를 받고 나서야 기다리지 말고 먼저 먹으라고, 저녁 먹고 들어간다고 했던 적도 많습니다. 새옹지마라고 했나요. 제 인생이 이렇게 달라질 줄 누가 알았을까요. 사소했던 그 일이 이제는 한 편의 글에 담을 만큼 소중한 일이 되었습니다.

방송을 본 많은 분들이 묻는다. 어떻게 집이 그렇게 깨끗하냐고. '깔끔'하기는 한데 그렇다고 '깨끗'한 수준은 아니다. 가능하면 눈에 안 띄게 수납하고, 아이들 장난감은 방 밖으로 나오지 않도록 교육하고 있다. 그보다 중요한 건 수시로 치우고, 수시로 닦고, 수시로 정리하는 거다. 어떻게라는 질문에 대한 답은 이렇다. 비결은 따로 없다.

남편들에게 한 말씀하자면. 퇴근하고 돌아왔는데 집이 깔끔하다면 오늘 하루 아내가 엄청 바빴다는 거다. 반대로 퇴근했는데 집이 어수선하다면? 정리도 못할 만큼 바빴다는 거다. 더 나쁜 경우, 정리하고 싶지 않을 정도로 기분이 별로였다는 거다.

그러니 집이 어떻든 아내를 이해하고 사랑하자. 회사에서든 집에서든 고단한 건 마찬가지니까. 남편과 아내 모두! 함께 있을 때 웃으며 격려하고 힘을 주자는 말이다.

추신) ○ ○에게. 나도 글 쓰고 밥하고 청소하느라 무지 바빠. 남편 올림.

_퇴근했는데 집이 깔끔하다면

우연한 기회에 모 방송국의 다큐멘터리에 출연한 적이 있습니다. 17년 입은 군복을 벗고 군을 떠난 남자가 갑자기 아이 셋을 키우는 아빠로 변신했으니 이야기가 될 만했던가 봅니다. 저희 다섯 식구의 모습은 아름다운 영상으로 담겨 전국으로 날아갔습니다. 많은 분들이 응원과 격려를 보내주셨습니다. 어떤 어르신은 길 가다가 저를 보고는 "어, 집에서 애 보는 그 중대장 아닌가? 젊은 친구가 대단해." 하며 엄지를 척하고 세워주셨습니다.

그런데 이구동성으로 하신 말씀이 어쩜 그렇게 집이 깨끗하냐였습니다. 너저분한 것을 싫어해서 잘 치우는 편이긴 한데 카메라가 좋아서 훨씬 더 깔끔하게 나온 것 같았습니다. 거기에 답하려다 쓴 글이 바로 '퇴근했는데 집이 깔끔하다면'입니다. 바깥일 하는 사람들은 집 안에서 일어나는 일을 잘 모릅니다. 저도 그랬거든요. 늘 정돈되고, 깔끔하고, 아무 일 없이 평온한 것을 당연하게 여겼죠. 그런데 입장을 바꿔보니 알겠더군요. 그 안에 얼마나 많은 노동의 시간이 축적되어 있는지를요.

여러분에게도 이런 일이 있나요? 자신에게는 중요한 일인데 가족이나 누군가가 봤을 때는 별거 아니라며 대수롭지 않게 여기는 일이요. 속상했던 경험이 있지 않나요? 눈에 띄지 않아도 많은 일을 하고 있는데 그 고생스러움을 인정받지 못해 섭섭했던 날 말입니다. 그 일을 글로 옮기세요. 답답했던 마음을 한 편의 글에 담아 날려보내세요.

5분 글쓰기, 지금 써봐요

남편에게 소심하다는 얘기를 들었던 기억을 떠올려보세요. 뭐 그런 거 가지고 그렇게 신경을 쓰냐며 핀잔을 들었다면 그날의 감정을 더듬어보세요. 이야기가 됩니다. 여러분에게는 중요한 이유가 있는데 말이죠. 왜 그걸 몰라주는 걸까요. 하소연해보세요. 글로 쓰면 누구에게나 닿을 수 있습니다.

글선생의 글쓰기 처방전 02

• 좋은 글을 쓰고 싶다면 •

1. 좋은 글은 삼박자를 갖추고 있다

☑ 재미있다

— 너무 심각해서는 안 된다. 글쓴이는 진지할 뿐인데 독자는 숨막힐 때가 있다.

— 글마다 웃음 포인트를 만들어라. 한두 번 '피식' 할 정도면 충분하다.

— 힘든 상황조차도 긍정적으로 접근하는 태도가 우리를 성장시킨다.

— 재미있는 글을 쓰려면, 스스로 유쾌한 사람이 되어야 한다.

초고		재미를 고려해 고쳐쓴 글
일이 복잡하게 꼬였다. 좀처럼 쉽지 않았다. 해법이 없었다. 결전의 시간은 다가왔다. 난 할 수 있는 게 없었다.	⇨	일이 복잡하게 꼬였다. 좀처럼 쉽지 않았다. 해법이 없었다. 결전의 시간은 다가왔다. 차라리 다리를 빌빌 꼬며 볼일을 참는 게 낫겠다고 생각했다. 난 할 수 있는 게 없었다.

☑ 흥미 있다

— 뻔하면 끝이다. 궁금하게 해야 한다. 글에도 소위 '밀당'이 필요하다.
— 한 번에 모두 말하지 말라. 약간은 숨기고 나중에 보여주자.
— 숫자, 뜬금없는 소리, 전문가의 조언 등은 독자의 눈길을 다음 문장으로 이끈다.
— 공식이나 요령은 없다. "이 글이 흥미롭고 다음 내용이 궁금한가?" 끝없이 자문하라.

초고

2015년 8월의 어느 날, 우리 가족은 영종도에서도 배를 타고 더 들어가야 하는 외딴섬, 무의도를 눈앞에 두고 있었습니다. 그런데 아내가 깜빡하고 젖병을 집에 두고 왔다며 소리를 질렀습니다. 모유만으로는 생후 7개월된 막내의 허기를 채울 수 없을 때였습니다. 이렇다 할 대책도 마련하지 못한 상태에서 배는 부두에 정박했습니다.

⇨

흥미를 고려해 고쳐쓴 글

"어떡해, 젖병 안 챙겼나 봐!"
아내가 이 말을 한 것은 부둣가에 곧 도착한다는 안내 방송이 나온 직후였습니다. 2015년 8월의 어느 날, 우리 가족은 영종도에서도 배를 타고 더 들어가야 하는 외딴섬, 무의도를 눈앞에 두고 있었습니다. 모유만으로는 생후 7개월 된 막내의 허기를 채울 수 없을 때였습니다. 편의점 하나 없는 작은 섬에 젖병을 파는 구멍가게가 있을까. 영종도로 돌아가 마트를 가보는 게 낫지 않을까. 이렇다 할 대책도 마련하지 못한 상태에서 배는 부두에 정박했고 우리 가족은 엄마를 믿고 일단 해수욕장으로 향했습니다.

☑ **의미 있다**

— 독자에게 의미를 주지 못하는 글은 일기 수준을 벗어나지 못한다.

— 재미있어도 남는 게 없으면 허무하다. 메시지가 필요하다.

— 메시지가 독자의 중요한 가치와 연결될 때, 그들은 공감하고 달라진다.

— 드러내지 않더라도 글쓴이만큼은 왜 이 글을 쓰는지 분명히 알아야 한다.

초고

아내에게 아이들 클 때까지는 해수욕 안 가겠다고 선언을 했지만 어디가 좋을지 또 찾아보고 있습니다. 이번에는 조금 수월하지 않을까요.

⇨

의미를 고려해 고쳐쓴 글

지금이 아니면 할 수 없는 일들이 많습니다. 그런 일들을 인식하지도 못한 채 흘려 보내는 것도 하나의 실패가 아닐까요. 아내에게 아이들 클 때까지는 해수욕 안 가겠다고 선언을 했지만 어디가 좋을지 또 찾아보고 있습니다. 이번에는 조금 수월하지 않을까요.

2. 좋은 글은 머리로 들어가지만 가슴에 남는다.

☑ **아래는 두 글로벌 기업 회장의 신년사이다.**

○○는 지난 20년간 그룹 이익이 200배 성장하는 성과를 올렸지만 여전히 '올드 비즈니스'를 열심히 운영하거나 개선하는 수준에 안주. 미래 생존이 불확실한 서든 데스(Sudden Death) 시대에서 지속 성장하려면 딥 체인지(deep change)가 반드시 필요. _○○○ 회장 2018년 신년사	vs	삶은 공중에 다섯 개의 공을 돌리는 저글링 게임. 일이라는 공은 고무공. 그러나 가족, 건강, 친구, 영혼이란 공은 유리공. 인생은 경주가 아니라 음미하는 여행. 어제는 역사, 내일은 비밀, 오늘은 선물. 그래서 우리는 현재를 선물이라 부른다. _더글러스 태프트, 2000년 신년사

☑ 더글러스 태프트는 코카콜라의 회장이었다. 2000년은 코카콜라의 아성이 무너지고 펩시콜라의 추격이 목전까지 치고 올라온 시점! 절박하던 코카콜라야말로 올드 비즈니스를 버리고 서든 데스하지 않기 위해 딥체인지를 해야 하지 않았을까?

☑ 좋은 글은 머리를 향하지 않는다. 오히려 읽는 이의 마음을 어루만진다.

3. 감정 표현에 신경 써라

☑ **감정을 보여주라. 형용사를 버리고 동사를 취하라.**

일상의 표현	너무 좋았다.	너무 슬펐다.
↓		
글 속의 표현	소리를 질렀다 펄쩍 뛰었다. 친구와 손뼉을 치며 발을 굴렀다. 엄마에게 전화를 걸었다. 입이 귀에 걸렸다. 목소리가 커지고 걸음이 빨라졌다.	얼마나 울었는지 눈이 아팠다. 이렇게 많은 눈물이 어디에 들어 있었을까. 이따금 이유도 없이 숨이 막혔다. 그럴 때면 아무 일도 손에 잡히지 않았다.

☑ 은근히 내비추라. 곳곳에 감정을 심자. 독자를 은밀히 유혹하라. 예를 들어, 생전 처음 제주도 여행을 떠난 사람의 마음은 감정적인 어휘를 쓰지 않아도 표현할 수 있다.

무심한 문장	→	설렘이 느껴지는 문장
운전을 못하는 나는 대중교통을 이용하기로 했다.		운전을 못하는 건 문제가 안 됐다. 버스로도 충분했다.

누구나 저마다의
향기를 뿜는다

글선생의 수다

그 남자는 왜 여학생 앞에 앉았을까

집 앞 도서관을 자주 찾습니다. 지은 지 얼마 되지 않아 시설이 깨끗하고 찾는 이가 적어 조용합니다. 공원 속에 자리하고 있어 신선한 공기 마시며 산책도 할 수 있지요. 어린이집에서 나들이 나오는 날에는 꼬맹이들 재잘거리는 소리에 귀가 즐겁습니다. 느릿느릿 걷는 노부부의 잡담 소리도 살갑고 운동화 바닥에 흙이 갈리는 소리도 포근합니다.

가끔 무료해질 때는 주변 사람을 구경합니다. 어떤 책 보나, 무슨 공부하나, 메모는 하나, 손톱을 물어뜯나, 생수를 마시나, 정수기 물을 받아 마시나. 뭐 그런 잡스러운 행동을 보며 그 장면을 문장으로 옮겨봅니다. 일종의 글쓰기 산책입니다.

한번은 문득 그들의 눈에 비친 나는 어떨까 생각해봤습니다. 글 쓰는 사람이 있다면 나를 어떻게 묘사할까. 대낮에 도서관을 찾은 중년의 남자. CCTV처럼 구석탱이에 앉아 이따금씩 열람실을 훑어보는 남자. 뭔가 끄적이는 듯싶더니 팔자 좋게 산책을 떠나는 남자. 하릴없이 공원 벤치에 드러누워 하늘을 보는 남자. 어느 순간 보면 다시 뭔가를 쓰고 있는 남자. 뭐야, 간첩이야.

그런 생각이 든 어느 늦은 여름에 남겼던 세 편의 짧은 글입니다.

조카뻘의 여학생이 맞은편에 앉더니 공부를 한다. 중급회계. 대학생인가. 난 아들도 셋이고 마누라도 있고 해야 할 일은 많고 읽어야 할 책은 옆에 잔뜩 쌓여 있다. 그런데도 그 학생이 자꾸 신경이 쓰인다. 힐끔힐끔 나를 보는 것 같다. 예쁘장하게 생겼다. 앞자리가 이렇게 가까웠었나. 갑자기 책상 길이를 한번 재보고 싶어진다.

_도서관에서1

빈자리가 없다. 삼촌뻘의 아저씨 앞에 앉았다. 또래 옆에 앉는 것보단 낫다. 책은 보지도 않으면서 잔뜩 쌓아둔 걸 보니 아직 취업을 준비 중인가 보다. 나처럼 젊은 애들도 취업이 어려운데 이런 사람들까지 보태다니. 절망적이다. 오늘따라 도서관에 아저씨가 많다.

아. 대한민국이여. 정녕 제게 어울리는 일자리는 없는 건가요.

_도서관에서2

자원봉사를 한 지 3개월이 되었다. 잊을 만하면 찾아오는 젊은 아저씨는 읽지도 않는 책을 스무 권 뽑아다가 오늘도 창가 쪽 자리로 갔다. 이따금 쳐다보면 조는 경우가 많고 책을 보더라도 대충 훑어보는 게 대부분이다. 요즘 젊은 사람들은 책만 파면 밥이 나오는 줄 안다. 일할 생각은 않고 무슨 놈의 생각만 한다. 게다가 오늘은 젊은 처자의 앞자리를 꿰찼다. 의심스럽다.

_도서관에서3

눈치 볼 필요는 없지만 남들은 어떤 생각으로 살아가는지 상상하는 것은 즐겁습니다. 세 사람의 눈을 통해 하나의 대상을 보면, 아! 그럴 수도 있겠구나 하는 생각이 듭니다. 짧은 상상력에 의존할 수밖에 없지만 해보기 전에는 몰랐던 관점을 경험할 수 있습니다. 도서관에서 글을 쓰는 세 아이의 아빠는 젊은 처자의 앞자리를 차지한, 어딘가 의심스러운 취업준비생이 될 수도 있습니다.

한 솥에서 뜬 국이라고 해도 누구는 짜다, 누구는 싱겁다고 합니다. 같은 곳을 다녀와도 기억에 남는 부분은 다릅니다. 한 사람을 놓고도 저마다 내리는 평가가 다릅니다. 우리 삶도 그렇죠. 비슷한 듯 다릅니다. 이 세상 어디에도 나와 같은 삶은 없습니다. 내 향기는 내가 만드는 겁니다. 오직 나만이 할 수 있어요.

자기 인생의 사관이라고 생각하세요. 글 쓰는 비서를 하나 뒀다고 치세요. 그리고 그냥 쓰는 겁니다. 일기라고 생각해도 좋고 에세이라고 해도 좋습니다. 자기가 주인공인 소설이라고 해도 문제될 건 없습니다. 어차피 제작, 각본, 연출 모두 자신이 하는 거니까요. 날 기억할 사람, 나 말고는 없습니다. 내 역사를 내가 기록하는 거죠. 거기에 의미를 부여하세요. 기왕이면 재밌게 쓰는 겁니다.

남들과 다를 게 없다고 단정 짓지 마세요. 살펴보면 다르지 않은 게 없습니다. 내 생각과 감정을 알아가고 그것을 삶의 한 장면으로 남기는 게 중요합니다. 누구나 저마다의 향기를 품고 있습니다. 감추고 싶어도 향기는 퍼집니다.

이토록 멋진 장모님이라면

여전히 글쓰기를 주저하는 분들에게 소개하고 싶은 사람이 있습니다. 그녀를 처음 만난 그날의 이야기로 시작해보겠습니다.

이런 설렘은 오랜만이었습니다. 그녀는 단풍처럼 스며들었습니다. 지금도 먼저 손 내밀어준 그녀에게 고마울 따름입니다. 누군가를 만나는 건 오랜만이라 장소를 고르는 게 신경이 쓰였습니다. 게다가 뭘 좋아하는지, 아니 어떤 것을 싫어하는지 잘 몰랐으니까요. 하지만 선택의 순간에 고조되는 망설임이 저를 더 설레게 했습니다.

어렵게 찾은 조용하고 색감 좋은 카페에서 우리는 어색한 인사를 나누고, 평소 즐기던 차를 하나씩 주문하고, 지문처럼 가슴에 새겨진 서로의 이야기를 풀어냈습니다. 세월이 스쳐지나갔다는 생각이 들 만큼 곱게 나이든 그녀는 편하게 저를 이끌었고, 저는 이내 젖어들었습니다. 아, 글 쓰는 삶이란 이런 것이구나. 글은 사람을 이렇게 변화시키는구나.

이 책을 작업하며 저는 '진짜' 글을 쓰는 사람을 만나고 싶었습니다. 글쓰기가 일상의 한 부분이 된 사람, 평범한 사람이었다가 글을 쓰며 전혀 다른 삶을 사는 사람 말이죠. 사회경제적 지위의 상승을 말하는 게 아닙니다. 이미 수북한 책 더미에 얄팍한 처세를 담은 책 한 권 얹어 인생을 새롭게 포장하는 데 성공한 사람 말고요. 제가 바랐던 건 금세 밑천이 드러나는 변장의 성공담이 아니라 변화의 성장담이었습니다. 어제와 다른 삶은 세상을 보는 눈이 바뀌고 생각이 성장해야 가능하죠. 그러므로 낱말과 문장마다 고민의 땀 냄새가 나고 글쓴이의 삶이 홀로그램처럼 솟아나는 글이어야 했습니다. 자질구레한 일상을 엮어 삶을 문학으로 바꾸고 있는 사람이어야 했습니다.

작업이 중반에 접어들 즈음 저는 제 블로그에 사람을 소개해달라며 이런 사정을 이야기했고 얼마 안 돼 한 여인으로부터 연락이 왔습니다. 찾고 있던 사람이 맞을지 모르겠는데 자신의 이야기가 도움이 될 수도 있겠다고 말이죠. 게다가 저를 잘 알고 있는 사람이라고 자신을 소개했습니다. 도대체 누구지. 궁금했습니다.

의문과 호기심을 품고 만난 그녀, 저를 단풍처럼 물들게 한 그녀는 여전히 소녀였습니다. 그녀의 생각과 말, 신중히 내뱉는 단어 하나하나는 그녀가 한 세대를 앞선 사람이라는 생각을 무색하게 했죠.

글과는 무관한 삶을 살던 그녀가 일상의 무게에 짓눌리고 앞으로도 변함없이 반복될 오늘이 지겨울 때 시작한 것은 '끄적거림'이었습니다. 그녀에게는 연필과 공책이 유일한 친구이자 대변인이었습니다. 속으로만 끓이던 이야기를 풀어놓는 해우소였습니다. 그 '끄적거림'이 눈을 바꾸고 생각을 바꾸고 결국 마음까지 바꿔놓은 겁니다. 그녀는 바로 《엄마의 주례사》를 쓴 김재용 작가입니다. 이 글을 쓰며 그녀의 삶을 상상해봅니다. '나무'라는 필명처럼 새순이 끝없이 돋아나는 큰 느티나무가 그려집니다.

스물셋, 결혼을 약속한 어느 날 그녀의 남편은 이렇게 물었습니다. 우리 엄마가 나랑 살고 싶어 하시는데 함께 살면 어떨까? 그녀는 한 치의 망설임도 없이 좋다고 했고 꽃다운 나이에 시집으로 들어갔습니다. 시어머니를 모신다는 건 시동생, 시누이도 함께 산다는 것임을 그때는 몰랐던 거죠. 밤 12시가 넘어 퇴근하는 남편만 기다리며, 친정엄마한테 배운 게 없어 살림이 서툴다는 시어머니의 핀잔을 삼키며, 시댁 식구 사이에 굴러 든 돌맹이 같은 처지를 한탄하며, 연년생 남매의 뒷바라지로 고된 몸을 이끌며 빠듯한 살림을 챙겼습니다.

시어머니는 과일 껍질을 두껍게 깎는다, 설거지 할 때 수돗물 받아서 쓰지 않는다, 빨래를 널 때 각을 잡지 않는다, 음식에 넣는 대파를 반쪽으로 갈라서 썰지 않는다며 핀잔을 주고 트집을 잡았습니다. 시간이 흐르고 시어머니도 그녀도 나이를 먹었습니다. 그녀는 아픈 시어머니가 움직일 때마다 우두둑 떨어지는 살비듬을 청소기로 빨아들이며 "이렇게 살아 뭐하나, 사는 게 너무 지겹다."는 넋두리를 들어야만 했던 때가 가장 힘들었다고 합니다. 심지어 배변이 불편한 시어머니를 위해 비닐장갑까지 껴야 했던 그녀는 그럼에도 불구하고 시집살이를 인생의 훈장으로 생각합니다. 둘째 며느리임에도 자신이 감내한 그 긴 세월을 원망하지 않고 복이라 여깁니다. 지금도 밥을 먹다가, 길을 걷다가 문득문득 시어머니가 마지막으로 남긴 그 말이 축복처럼 떠오른다고 합니다. "고맙다, 내 딸."

그녀는 글쓰기 전과 후를 지옥과 천국에 견줬습니다. 겉으로는 열심히 사는 것 같았지만 마음은 늘 현실에 발을 못 붙이고 방황했는데, 우연히 꺼내들며 시작된 '끄적거림'이 공중부양하던 그녀의 일상을 충만하게 해줬던 것이죠. 불구덩이 같던 시집살이, 끝없이 밀려드는 집안일, 상처를 주는 날카로운 언어들이 새로운 모양과 향기로 다가오기 시작했습니다. 그때는 글쓰기라고 생각지도 않았고 낙서쯤으로 여겼다고 합니다. 하지만 그 기록이 지금은 생생한 글감이 될 뿐 아니라 글쓰기의 기초체력이 되었습니다.

아이들이 학교에 다니면서 직장도 다니고, 카페도 운영해 봤지만 결국은 집으로 다시 돌아왔습니다. 자신의 자리가 아니라 생각했습니다. 그럼에도 그녀가 놓지 않았던 것이 바로 글쓰기입니다. 그렇게 오랜 시간 내공을 다진 그녀가 낸 첫 책이 바로 《엄마의 주례사》라는 에세이입니다. 사랑에 서툴고 결혼이 낯선 딸에게 해주고픈 이야기를 모은 책인데 생생한 에피소드가 익살스러우면서도 깊이 있게 삶의 본질을 건드립니다.

그녀는 이 책을 하늘이 내린 선물이라고 했습니다. 너무나도 사랑스럽고 듬직한 사위를 보내준 것도 이 책 덕분이라는 겁니다. 사위는 《엄마의 주례사》를 읽고 나서 "아, 이런 분의 딸이라면 꼭 결혼해야겠다." 확신하게 되었다는 거죠. 그녀는 저와 얘기를 나누는 내내 사위 자랑을 멈추지 않았습니다. 세 번째 책을 준비 중인 그녀를 보니 이런 생각이 들었습니다. 대한민국에 이렇게 행복한 엄마가 있을까.

감정을 있는 그대로 써라. 말이 곧 글이다. 편하게 쓰라. 두려움이 글을 막는다. 두려워 말라. 글쓰기를 주저하는 엄마들에게 '한 말씀' 부탁하자 그녀가 건넨 말입니다. 저의 생각과 너무 닮아 놀라울 정도였습니다. 그렇습니다. 이미 우리의 삶은 한 편의 장편소설입니다. 다만 잉크가 없어서 써놓지 않았을 뿐입니다. 그러니 쓰면 그만입니다. 어떻게 쓰냐고요? 감정 그대로, 편하게, 두려워 말고 쓰면 됩니다. 처음부터 작품을 염두에 두면 어려우니 그냥 '끄적인다'고 생각하면 어떨까요? 자신의 삶에 대해 스스로 묻고 답해야 비로소 내 인생이 됩니다. 살아가며 글쓰기보다 더 강력한 무기는 없습니다. 이보다 더 탁월한 친구는 없습니다.

아, 그녀가 저를 어떻게 알고 있었냐고요? '이토록 멋진 장모님'의 사위가 알고 보니 제 후배더라고요. 제가 그녀를 만나기 2년 전, 그러니까 2015년 겨울 어느 날, 졸업 후 12년 만에 만난 후배와 저는 소주잔을 기울이며 수다를 떨었습니다. 군인이 아닌 전혀 다른 길에 들어선 우리는 서로의 앞날을 응원했습니다. 그때 후배가 했던 말이 어렴풋이 기억납니다. 장모님 되실 분도 작가예요.

여러분도 글 한 번 써보는 거 어때요. 또 누가 아나요? 키가 187cm나 되고 훤칠한 얼굴에 번듯한 직업까지 가진 남자가 이토록 '멋진 장모님'이라고 외치며 사위 되겠다고 나타날지.

엄마를 위한 글쓰기 특강

타인의 문장에서 시작하기

어리석음이야말로 인간의 위대한 결함이 아닐까. 인간은 어리석기에 조건 없이 마음을 주고, 어리석기에 눈물 흘리고 아파한다. 그러나 그 어리석음이 우리를 따뜻한 존재로 만들어준다. 날카로운 고드름으로 자기 구역임을 드러내는 것보다는 후회할지언정 어리석은 사람이 되는 게 낫다. 사람이 사람을 사랑하는 것보다 아름다운 일이 있단 말인가. 어리석어 보지 않은 사람은 세상의 절반을 보지 못한 셈이다.

_어리석음 예찬

저는 글쓰기를 따로 배운 적이 없는데도 지금은 글로 먹고살게 되었습니다. 다만 마음속으로 스승이라 여기는 사람은 미국의 시인인 나탈리 골드버그입니다. 제가 입버릇처럼 하는 말이 '쓰다 보면'인데 나탈리 골드버그의 '무조건 쓰라'는 지침과 일맥상통합니다. 이것저것 따지지 말고 무조건 쓰다 보면 평소에는 가보지 못한 내면의 보물섬에 이를 수 있다는 것이죠.

글을 쓰거나 강의를 준비하다 보면 저부터 생각이 복잡해질 때가 있습니다. 눈길에서 미끄러지는 자동차처럼 가야 할 곳이 분명한데도 방향을 잡지 못하는 거죠.

그때마다 독서노트를 꺼내 그녀의 책에서 옮긴 문장을 읽으며 필사 당시의 느낌을 떠올려봅니다. 부족하다 싶으면 아예 책을 폅니다. 모서리가 접힌 곳만 쭉 훑어봐도 어느새 마음이 다시 방향을 찾아갑니다. 저는 책을 읽다가 마음에 자국이 남는 문장을 만나면 우측 모서리를 접어놓습니다.

'어리석음 예찬'은 그녀의 책 한쪽에 날아가는 글씨로 메모를 해둔 겁니다. '어리석다'를 긍정적인 낱말로 재해석하는 그녀의 관점에 수긍했기 때문입니다. 그녀의 책에는 이런 문장이 있었습니다.

> 나는 문학전공자들을 존경한다. 문학을 전공하는 것은 어찌 보면 어리석은 일이다. 졸업하고 나면 직업을 찾기 힘들기 때문이다. 하지만 그 어리석음은 아무 이유 없이 뭔가를 사랑하게 해주는 커다란 장점

도 가지고 있다. 그런 사랑이야말로 최고의 사랑이 아닐까 싶다.

_나탈리 골드버그, 《글 쓰며 사는 삶》 중

출간된 지 20년도 더 되었으니 문학 전공자들의 '순수한 어리석음'이 요즘 상황과는 맞지 않을지도 모릅니다. 그녀의 말이 조금은 순진하다고 볼 수도 있겠죠. 어쨌든 저는 이 글을 읽으며 '어리석다'라는 단어가 눈에 강하게 남았습니다. 우연히 바라본 백열등의 주황색 코일이 오래도록 잔상으로 남듯, 그 단어는 한동안 제 눈에 머물러 떠나지 않았습니다.

고생길이 훤한데, 돈이 안 될 게 뻔한데 그 길로 들어가는 사람이 있습니다. 끌린다는 이유 하나를 등불 삼아 어둠 속에서 길을 찾는 이들 말입니다. 저도 그런 사람 중 하나이기 때문인지 '어리석다'라는 단어에 끌렸습니다. 그녀에 따르면 내 삶을, 내 일을 진정으로 사랑하기 위해서는 어리석을 필요가 있다는 거잖아요.

사람에 대해서도 마찬가지라고 생각합니다. 어리석어본 적 있나요? 누군가를 뜨겁게 사랑해본 사람은 한때 자신이 어리석었다는 사실을 인정할 겁니다. 무엇을 가졌는지 조건을 따지지 않고, 오고 가는 거래의 총량을 비교하지 않고, 미래에 대한 불확실함은 잠깐 덮어두고, 그래서 결국 몸과 마음을 모두 줬잖아요. 이것은 어리석지 않았다면 설명이 불가능한 일이지요. 어쩌면 사랑의 첫 번째 조건은 어리석음이 아닐까요. 어리석음의 결말은 다양하겠지만 사랑이 사람을 사랑하는 것보다 아름다운 일은 없다고 생각합니다.

우리는 누군가의 말에서 힘을 얻습니다. 나를 향한 문장이 아니었는데도 나를 위한 위로라고 생각하죠. 문학을 찾는 이유 중 하나가 아닐까요. 작가들이 단어의 바다에서 험한 파도를 헤치며 건져 올린 문장은 독자들에게 건강한 한 끼 식사가 될 겁니다. 제 글도 그렇게 될 수 있다는 생각을 하게 됩니다. 건강한 문장이 누군가의 눈을 타고 들어가 마음을 적시고 손발을 녹이는 모습을 상상합니다. 그게 글이고 그런 글을 써야 하는 게 바로 글 쓰는 이들의 숙명이 아닐까요.

그런 문장을 떠올려보세요. 기억이 나지 않는다면 소설이나 시집을 한 권 들어보세요. 수많은 문장의 집단에서 내 눈에 그을음을 남기는 뜨겁고 묵직한 문장을 하나 꺼내보세요. 그걸 왜 골랐는지는 분명하지 않지만 그 문장에서 출발해 쓰다 보면 본질이 드러날 겁니다. 자신이 무엇에 목마른지 궁금하지 않은가요? 타인의 문장에서 출발해 내 속으로 깊숙이 들어가보는 겁니다.

5분 글쓰기, 지금 써봐요

마음에 간직하고 있는 한 권의 책을 꺼내보세요. 곁에 없다면 검색을 해서 찾아도 좋습니다. 블로그에 누가 올린 서평을 참고하는 게 좋겠네요. 그곳에도 수많은 문장들이 있을 테니까요. 갯벌처럼 펼쳐진 그곳에서 싱싱한 조개를 캔다고 생각해요. 분명 마음을 때리는 문장이 나타날 겁니다. 그 문장에서 시작해요. 노트에 또박또박 쓰고 다음 문장을 쓰는 겁니다. 뭘 쓰냐고요? 일단 마음을 할퀸 그 녀석부터 쓰세요. 짭짜름한 맛이 느껴지면 다음 문장은 저절로 생각이 나니까요.

눈에 띄는 책이나 시집을 집어 들어보세요. 쭉 훑어도 좋고 중간쯤을 펼친 뒤 천천히 읽어가도 좋습니다. 한 문장만 찾으면 됩니다. 또는 하나의 단어라도 괜찮습니다. 거기에서 출발하는 거니까요.

뒤꿈치의 굳은살이 말해줄 거야

생전 처음 병원에 간 날. 주먹에는 피가 흐르고 뼈가 드러났다. 날 놀리고 도망가는 그 녀석을 잡지 못해 홧김에 출입문 틀을 주먹으로 내리쳤다. 유리창이 다 깨지는 통에 덜컥 겁이 났던 나는 열어놨던 문이 바람에 닫히며 부딪혔다고 거짓말을 했고 그 덕에 열다섯 소년은 선량한 피해자가 될 수 있었다.

그 녀석과는 초중고를 함께 다녔다. 모의고사를 치면 늘 내 시험지를 들추며 자기보다 얼마나 잘 봤는지 가늠해보던 얄미운 녀석이었다. 어느덧 중년에 다다른 우리는 이따금 안부를 묻고 소주잔도 기울이는 친구가 되었다.

상처는 흉터를 남긴다. 흉터가 어떤 의미로 모습을 바꿀지 당시에는 알 수 없다. 시간이 어루만지면 흉터는 옅어지고 원래 그 자리에 있었다는 듯 아무렇지 않게 된다. 손등의 상처는 어린 시절의 치기를 말해주지만 지금 우리 사이의 우정을 뜻하기도 한다. 그 오랜 시간, 우리는 서로를 잊지 않고 이렇게 함께했다.

몸이든 마음이든 상처를 입었다면 우선 잘 아물도록 정성을 다하자. 치유가 우선이다. 베이고 찢기고 벗겨진 상처는 시간이라는 양념과 버무려지며 흉터로 바뀔 것이다. 하지만 상처가 아문 뒤에는 흉터에 집착하지 말자. 오히려 흉터가 들려주는 이야기에 귀를 기울여보자. 상처는 순간의 아픔이지만 흉터는 내 삶의 고전이다. 오늘을 어떻게 살아가야 할지 흉터가 답해줄 것이다.

_흉터로 뭘 할 수 있지

오른쪽 손등에는 네 번째 손가락이 시작되는 부근에 2cm 정도의 흉터가 있습니다. 주먹을 쥐면 선명하게 드러납니다. 가끔 그 부분을 쓰다듬으며 시간을 거꾸로 돌려봅니다. 찰나에 불과한 시간 여행이지만 그땐 그랬구나 생각하죠. 쫓아가서 죽도록 패주고 싶었던 울분이 어렴풋이 기억납니다. 그러면서도 지금 이렇게 잘 지내는 걸 보면 신기하기도 합니다. 별거 아니지만 이것도 내 인생을 이루는 하나의 퍼즐 조각이라고 생각합니다. 전혀 예상치 못한 곳에서 까마득한 조각 하나를 발견하면 그 쾌감은 이루 말할 수 없죠. 그 감동은 오늘을 더 뜻깊게 살아가는 자극이 됩니다.

흉터는 20년 이상 어디 가지도 않고 제 손등에 붙어 있었습니다. 매일 눈이 마주쳤을 텐데도 의식해서 흉터를 바라본 적은 없습니다. 그런데 흉터에 대한 글을 쓰자 숨겨진 의미가 수면 위로 떠올랐습니다. 글이 꼭 길 필요는 없습니다. 흉터가 들려주는 만큼만 쓰면 됩니다.

우리의 몸은 수많은 이야기를 담고 있습니다. 무릎의 흉터를 보면 일부러 어린 시절을 떠올리지 않아도 거친 모래가 깔린 운동장, 가을 운동회와 이어달리기, 손등에 찍힌 1등 도장, 공책 선물 같은 옛 기억이 그림책처럼 펼쳐집니다. 달리기를 하다 넘어졌던 그날의 맑은 하늘이 떠오르고 엄마의 걱정과 한숨과 약간의 원망 같은 것도 보입니다.

평생을 나라는 인간과 붙어살았던 몸. 그 몸이 얼마나 많은 일을 해왔는지 생각해본 적 있나요? 이제 막 숟가락질을 하는 아기가 밥 먹는 모습을 보면 참 웃기면서도 예쁩니다. 반 이상은 입으로 가는 길에 다 떨어지고 때로는 빈 숟가락을 입에 넣기도 하죠. 국물은 언감생심 꿈도 못 꿉니다. 그런데 어느새 밥을 더 달라고 빈 그릇을 내밀고, 빨간 떡볶이를 함께 먹고 있습니다. 사람은 태어나서 죽는 순간까지 먹어야 하죠. 혀, 턱, 그리고 이가 어마어마한 일의 최일선을 책임지고 있는 겁니다.

중2 때 충치를 치료하고 때웠던 오른쪽 어금니의 충전제가 얼마 전에 떨어졌습니다. 꼼꼼한 치과에서 치료한 덕분에 20년 이상을 버텼던 겁니다. 튼튼한 치아는 오복 중의 하나라는데 저는 그러지 못했습니다. 그런데도 양치질을 제대로 하지 않았으니 이래저래 목돈이 들었습니다. 어린 나이였지만 그놈의 돈 걱정에 며칠 밤잠을 못 잤습니다. 다행히 지금은 건강한 편입니다. 모두 다 양치질 덕분이죠. 입속에 돈을 쏟아부은 뒤로 저는 양치질 국가대표가 되었습니다.

오랜만에 치아에 문제가 생기며 옛 생각을 했습니다. 회상은 치과에서 시작되었지만 어느새 체육관을 함께 다니던 친구와 치과 앞에서 버스를 기다렸던 일로 이어졌습니다. 계란을 구울 때 참기름을 두르던 그 녀석은 참 부자였는데 어디에서 뭘 하고 있을까. 친구의 할머니가 하셨던 정육점은 어떻게 되었을까. 결혼은 했을까. 아빠가 되었을까.

기억은 다시 생도 시절에 럭비를 하다 부러졌던 앞니로 번집니다. 동기생의 머리에 부딪혔다는 걸 안 건 한참이 지난 뒤였습니다. 쌉싸름한 핏물이 입안을 가득 채웠을 때도 무슨 상황인지 몰랐으니까요. 눈앞이 캄캄했습니다. 뭔가 잘못 되고 있다는 걱정만 들었습니다.

참 많은 일들이 우리를 지나갑니다. 그리고 몸 어딘가에 흔적을 남기죠. 곡절 있는 삶일수록 그 흔적은 선명할 겁니다. 때로는 눈에 보이는 흉터가 아닐 수도 있습니다. 다치지 않았다면 훨씬 큰일을 해냈을 어깨, 모양이 조금 다른 어느 한 손가락, 양반다리를 하고 방바닥에 앉는 바람에 딱딱해진 오른쪽 복숭아뼈, 나이가 들면서 자연스레 생기는 뒤꿈치의 굳은살처럼 말이죠. 이 모든 존재들에게 말을 걸어보세요. 인생의 소중한 퍼즐조각입니다. 잃어버리지 않길 바랍니다.

이런 작업이 여러분을 과거 속에 가둘 것이라 염려하지 않아도 됩니다. 우리가 하는 글쓰기는 오히려 현재를 충실하게 살아가도록 돕습니다. 한 번도 주의 깊게 보지 않았던 자신의 몸을 살펴보세요. 몸을 탐험하는 겁니다. 그 속에 자신의 삶이 오롯이 녹아 있습니다. 공룡의 화석을 발굴하는 고고학자처럼, 이제까지 누구에게도 발견되지 않은 심해 생물을 찾아 나선 생물학자처럼 자신의 몸을 살피세요. 살짝 덮여 있던 자신의 역사를 캐내세요. 오늘을 더 의미 있고 성실하게 마주할 수 있습니다. 여기까지 읽은 것만으로도 충분히 그렇게 되고 있습니다. 이제 펜을 드세요. 이번에는 쓰는 겁니다.

5분 글쓰기, 지금 써봐요

두 손을 펴세요. 손등이 보이도록 엄지손가락 부분을 딱 붙여보세요. 초록색 핏줄도 보이고 엄지와 집게 사이에는 두툼한 근육도 튀어나왔습니다. 반질거리는 피부와 단단한 손톱도 있습니다. 거기에서 시작하는 겁니다. 흉터가 아니어도 좋습니다. 어떤 경험이라도 좋습니다. 뭔가 떠오른다면 거기에서 멈춰 쓰는 겁니다. 넘어지면서 생긴 팔꿈치의 흉터, 칼에 베였다가 꿰맨 흔적 등도 좋습니다.

나이가 들었다는 것을 말해주는 신체의 변화가 있나요? 저는 새치가 아주 많아졌거든요. 뭐든 좋습니다. 나이듦에 대한 신호를 찾아 자신의 생각을 써보세요. 피부가 건조해졌다거나 탄력이 줄었다고 생각할 수도 있습니다. 그걸 찾아 글로 키워보세요. 나이듦에 대한 자신만의 관점과 생각을 만드는 겁니다.

짜증이 난다고? 최고의 글감이다

누구에게도 말하고 싶지 않아요
부끄러워 혼자만 보고 싶어요
섭섭해도 어쩔 수 없어요
누구나 그런 게 있잖아요

_수챗구멍

모든 일에는 시작과 끝이 있습니다. 이 표현이 정확할지 모르겠지만 한번 살펴보죠. 하루는 기상과 취침 사이의 공간입니다. 그렇죠?

일어나면 시작이고 잠자면 끝입니다. 물론 잠자는 일도 중요하지만 의식을 염두에 둔다면 눈 뜬 시간으로 압축할 수 있습니다. 태어남과 죽음 사이의 공간이 삶입니다. 동의하실 겁니다. 이야기가 무겁죠? 본론으로 들어가겠습니다.

식사의 시작과 끝은 뭘까요? 식자재를 다듬는 일 혹은 장을 보는 것이 시작일 겁니다. 어쩌면 "오늘 반찬은 뭘 하지?" 고민하는 것도 식사의 시작이 될 수 있겠네요. 그럼 끝은 뭘까요? 디저트, 차 한잔? 네, 그럴 수도 있습니다. 하지만 저는 식사의 끝은 설거지라고 생각합니다. 그럼 설거지의 끝은? 바로 수채통입니다. 개수대에서 음식물 찌꺼기를 걸러주는 그물망. 느낌이 오나요? 이 짜증나는 물건을 깔끔하게 유지하기란 여간 귀찮은 일이 아닙니다. 특히 미역이나 김처럼 부드럽고 잘 펴지는 음식물을 바로 치우지 않으면 이내 그 자태가 아주 곱게 펴진다는 걸 아실 겁니다.

지겹도록 반복되는 설거지도 그렇지만 사실 저를 가장 짜증나게 했던 것은 따로 있습니다. 바로 똥인데요. 세 아들 중 아직 혼자 해결하지 못하는 두 녀석의 뒷일을 봐주는 게 당연하지만 이게 꼭 밥때와 겹친다는 게 문제입니다. 아내는 장예민(장이 예민한 아빠) 씨를 닮았다고 이게 모두 저 때문이라고 핍박까지 줍니다. 아내의 눈총까지 받으며 밥 먹던 손으로 그 일을 처리하고, 다시 그 손으로 밥을 먹는 일이 유쾌하지만은 않습니다.

힘들 때는 짜증도 밀려오고 화도 납니다. 이게 뭐하는 짓인가. 손에 똥 묻히는 건 일도 아니고 설거지 쌓이는 모습에 화가 나다니. 치워도 또 더러워지는 방은 왜 매일 닦아야 하며 오후 간식으로 뭘 줄지가 도대체 왜 이렇게나 신경 쓰이는 거야. 누구는 지금 연봉이 얼만데, 다음 달에 유럽 여행 간다고 하는데, 집을 샀다고 하는데. 이성을 잃으면 평소 관심도 없던 일들이 저를 괴롭히려고 비온 뒤 죽순 나듯이 마구 올라옵니다. 가슴속에서 시뻘건 용암이 끓습니다. 내뿜지 않으면 내 몸이 녹아내릴 것 같은 기분이 엄습합니다. 귀에서는 증기가 터져 나오고 눈이 핑핑 도는 것도 모자라 심장의 RPM은 점점 높아집니다. 어금니를 꽉 물고 입술을 벌립니다. 에이 시베리아 개장수야!

_'욕실(浴室)은 욕실(辱室)이다' 중

이 글은 제 책《아이 셋 키우는 남자》에 있는 글 중 일부를 발췌한 것으로 탄생 배경은 이렇습니다. 한번은 18개월 된 막내와 함께 점심을 먹고 있었는데요. 어렵사리 다 먹인 후 저도 좀 먹어보자며 숟가락을 뜨는데 막내가 똥을 쌌더라고요. 밥 먹기를 중단하고 똥 싼 녀석을 번쩍 들어 화장실로 가다가 바닥에 깔린 블록을 밟았습니다. 어찌나 아프고 짜증이 나던지요. 게다가 씻기는 도중에 이 녀석이 팔을 뻗어 세면대 위에 놓인 세안제를 집더니 변기에 빠뜨렸습니다. 아내에게 몇 번이나 얘기를 했는데도 늘 그 자리에 두더라고요. 분노 게이지가 또 한 칸 올라갔습니다. 하지만 애써 웃음 지으며 기저귀를 채웠습니다. 그런데 웬걸. 바지를 입히려는데 허리춤에 똥이 묻어 있는 겁니다. 한숨을 쉬며 아이들 방으로 가 적당한 바지를 하나 꺼내왔습니다. 하지만 이미 비극은 절정을 향해 달리고 있었습니다. 식탁을 습격한 승냥이는 이미 양손과 온몸에 밥풀과 양념을 도배해 놨더군요.

전의를 상실한 아빠를 보며 킥킥거리던 모습은 지금도 생생합니다. 목욕을 시키고 엉망이 된 밥상을 치우고, 움푹 파인 기분도 다시 추스른 뒤, 끼니를 대충 때웠습니다. 아무리 육아 중이라고 해도 제가 처한 상황을 납득하기 어렵더라고요. 마음대로 되는 일은 거의 없었고, 욕심을 부리면 오히려 상황만 나빠지기 일쑤였습니다. 아무리 마음을 다잡아도 짜증나는 상황은 어김없이 돌아왔습니다.

그래도 상처주지 않고, 또 상처받지 않고 견뎌낼 수 있었던 건 글쓰기 덕분이었습니다. 짜증이 하루를 꽉 채운 날에는 할 말이 많았습니다. 쓰레기통으로 곧장 들어갈지언정 써 내려갔습니다. 그러지 않으면 정말 쓰레기가 될 것 같았거든요.

짜증을 유발하는 것은 최고의 글감입니다. 이야기는 곧 감정입니다. 우리가 무슨 역사에 길이 남을 사마천의 《사기》를 쓰자는 게 아니잖아요. 자신의 감정을 충분히 담아낼 소재가 있으면 그걸로 되는 겁니다. 거기에 무궁무진한 감정이 들어 있습니다. 오랜 시간 나를 괴롭히고 귀찮게 했던 그 녀석. 쳐다보지 않아도 선명하게 그려지는 그 녀석을 글로 옮겨보세요. 하품처럼, 재채기처럼 숨길 수 없는 이야기가 샘솟을 겁니다.

5분 글쓰기, 지금 써봐요

오늘 아침에 있었던 불편했던 경험을 글로 옮겨볼까요. 남편이나 아이들의 지나가는 말도 좋습니다. 뭔가 내 마음을 무겁게 했다면 문장에 담아보세요. 엄마와 아내의 조언을 귀찮은 잔소리로 치부하는 도발에 대해 써보세요.

에너지를 많이 빼앗는 일, 귀찮게 하는 일을 떠올려보세요. 먹고 다니며 온 집안에 부스러기를 흘리고, 기름 묻은 손으로 가구를 만지거나 아무 데나 쓰레기를 던져두는 식구들의 만행을 이야기로 풀어보세요.

옛 생각 앞에 그대로 멈춰라

왼손에 커피, 오른손에는 둥글게 말아 쥔 교과서. 팝송을 강조했던 선생님은 독특한 캐릭터였다. '이따시만 한 햄버거에 콜라도 막 먹고 싶으면 영어 잘해야 합니다. 알았나요? 아이스크림 막 그냥 먹고 싶다면 영어 잘해야 합니다. 알았나요?' 선생님은 카투사 시절을 떠올리며 이런 식으로 우리의 식욕을, 아니 공부욕을 자극했다. 지금 생각해보면 우스꽝스러운 말이지만 한창 배고팠던 그 시절, 카투사로 입대해 이따시만 한 햄버거를 한입 가득 베어 무는 상상을 하며 팝송을 외웠다. 배트맨에 나오는 악당 펭귄 같은 몸매는 우스꽝스러움 그 자체였지만 제자들에 대한 사랑, 영어에 대한 열정, 자신의 교수법에 대한 자신감은 누구도 따라올 수 없었다. OHP 필름에 가사를 써 칠판에 띄운 뒤, 우리는 모두 입을 모아 'The Power of Love' 따위를 열창했다.

선생님이 그립다. 유창하진 않았지만 영어로 고생하지 않은 것은 모두 팝송 덕분이다. 지금도 멜로디만 들리면 최면에 걸린 것처럼 가사가 나온다. 코즈 아임 유어 레이디~ 앤 유아 마이 맨~ 그때가 그립다. 덩치만 컸지 마음은 여렸던 열아홉의 남자 아이. 햄버거와 콜라 생각만으로도 의욕이 하늘을 찔렀던 그 순수의 시대가 그립다.

하지만 세월의 덧없음에 아파하진 말자. 소설 같은 순간을 추억하며 미소 한 번이면 충분하다. 오늘을 힘차게 살아내야 10년 뒤에는 또 이날을 생각하며 노래를 부를 테니까. 미소로 충분하다.

_팝송 어디에서 배웠어요?

고등학교 시절이 떠올랐던 것은 이웃 블로거의 글 때문이었습니다. 'Sad Movie'라는 노래의 가사를 설명해주셨더라고요. 경쾌한

멜로디에 발바닥을 두드리며 흥얼거리지만 정작 이야기는 슬프다는 게 이 노래의 매력입니다. 오오오 새~~~드 무비 올웨이즈 메이크 미 크라~~~~이!

옛 생각. 글쓰기에 아주 좋은 소재입니다. 좋았던 시절로 다시 돌아가 그때의 사건, 느낌, 감정, 관계 등을 구경하고 돌아오는 일은 문자 그대로 활력이 됩니다. 그런데 이걸 누구에게 이야기하면 재미있어 하는 사람은 별로 없거든요. 처음에는 들어주던 사람도 자기 이야기를 하고 싶어 입이 근질거립니다. 누구에게나 화려했던 젊은 시절이 있으니까요. 그러니 맘 편하게 글로 쓰는 겁니다. 기쁜 마음으로 기꺼이.

옛 생각이 났다면 그대로 멈추십시오. 완전한 글이 아니어도 좋습니다. 정겨운 글감을 찾아 친구와 대화를 나누듯 써 내려가면 그게 또 하나의 글이 됩니다. 그래, 그랬었지. 맞아, 그런 적도 있었지. 이런 식으로 기억을 더듬어 가보는 겁니다. 아마, 넌 몰랐을 거야. 난 그 사람 좋아했었거든. 그동안 밝히지 못했던 비밀도 은근히 꺼낼 수 있습니다. 그 시절로 잠깐 시간여행을 떠나는 거라 생각하면 좋겠어요. 깜빡했던 스토리를 다시 꺼내 오는 겁니다. 누구도 뭐라 할 사람 없잖아요. 그 시절의 당신과 잠깐 이야기를 나누는 것뿐입니다.

오늘의 나는 어제의 내가 만든 결과물입니다. 내일의 나 역시 오늘의 내가 만드는 겁니다. 지금 커피 한 잔을 마신다면 5분 뒤의 내 배 속에는 커피가 들어 있을 겁니다. 과거와 미래는 관념 속에서만 존재한다고 합니다. 우리가 살아가는 건 현재, 지금 이 순간뿐이라는 겁니다. 사실이지만 저는 조금 다르게 받아들이고 싶어요. 과거는 끝없이 현재를 재구성한다고 생각해요. 과거는 바뀌지 않지만 지난 일을 어떻게 해석하느냐에 따라 현재의 내가 달라지잖아요. 그러면 미래도 달라질 수 있는 겁니다. 옛 생각을 이따금 떠올리는 것은 지금의 내가 그때의 나를 바라보는 겁니다. 먼지를 툭툭 털어내고 뭔 일이 있었는지, 그게 지금의 내게 어떤 의미가 있는지 살펴보는 거죠. 나쁜 기억도 괜찮습니다, 아무튼 그때로 돌아가는 겁니다. 돌아올 때, 이야기를 한 보따리 들고 오면 됩니다. 그 이야기가 우리를 또 다른 존재로 바꿀지도 모릅니다.

5분 글쓰기, 지금 써봐요

어린 시절에 즐겨먹던 아이스크림이 있나요? 이따금 생각나는 그 시절의 군것질거리를 나열해볼까요. 생각지도 않았던 이야기들이 줄줄이 끌려나오는 기적을 경험할 수 있습니다.

중2 때 담임선생님을 떠올려보세요. 특별히 마음 가는 사람이 있다면 그분을 쓰세요. 친했지만 오래도록 연락을 하지 않았던 친구와의 추억은 어떨까요? 첫 문장부터 일단 써보는 겁니다. [참, 좋았다. 그 시절 우리는 부러울 게 없었다.] 이렇게 말이죠.

엄마나 아빠와 함께 여행을 한 적이 있나요? 처음으로 외식을 한 기억. 또는 처음으로 선물이나 용돈을 드린 기억. 거기에도 많은 이야기가 숨어 있지 않을까요?

나는 똥이면서도 된장이다

동물원의 원숭이도 이보단 나을 것이다. 점심을 마치고 다시 수업을 받으러 가는 길에는 수많은 관광객들이 우리 생도들의 행진을 신기하다는 듯 쳐다본다. 유치원생부터 걸음이 불편한 어른들까지 환호와 함께 박수를 보낸다. 하지만 정작 행진을 하는 나는 불편하다. 바로 뒤에서는 상급생도가 줄을 맞추라고, 팔을 힘차게 흔들라고, 턱을 바싹 당기라고, 웃지 말라고(감히 웃는 1학년이 있을까) 낮은 목소리로 하지만 끝없이 지적을 한다. 관광객의 무리가 멀어지면 누군가 이렇게 소리친다. 1학년 생도 전부 분수대 앞으로 집합. 폼나게 행진하는 무리들의 속사정은 사실 이렇다.

_속사정

생도 시절에 써놓은 글을 조금 고쳐 쓴 겁니다. 15년이나 간직해 온 다이어리에는 옛 생각을 끌어오는 많은 단서들이 있지요. 아직 생도생활을 잘 모르던 1학년의 어느 봄날로 기억합니다. 그날따라 식당가는 길에 어찌나 많이 혼났는지 점심도 제대로 못 먹고 다시 수업을 받으러 갔습니다. 육사에서는 공부하는 교수부 지역과 내무 생활을 하는 생도대 지역이 약 500m 정도 떨어져 있습니다. 오전 수업을 마치고 생도대 지역으로 돌아갈 때는 용모나 제식 등을 점검합니다. 반대로 오후 수업을 위해 생도대에서 교수부로 갈 때는 중대 단위로(120명 규모의 부대) 분열(행진)을 연습합니다. 관광객들은 이 모습을 보며 박수를 치고 환호를 보내는 겁니다.

그런데 속사정은 위에서 써놓은 바와 같습니다. 박수를 받는 대상은 10분 전까지만 해도 상급 생도에게 얼차려를 받고 땀을 비 오듯 쏟았습니다. 그것도 모자라 분열하는 내내 지적을 받죠. 밖에서 보면 일국의 사관생도이지만 하나하나 놓고 보면 박수 받을 만한지 의구심이 드는 겁니다. 자괴감이 들던 시절이었습니다. 아직 덜 여물었던 거였겠죠. 그러니 사관생도이면서도 자신을 동물원의 원숭이라고 표현했을 겁니다. 끝없이 지적받고 혼나는 병아리이면서, 상급자를 피해 어두운 곳으로 숨고 싶은 두더지 같던 시절이었습니다.

이번에는 비유에 관한 것입니다. 학창시절에 직유와 은유를 배웠을 겁니다. 드러내놓고 비유하면 직유이고 숨기고 비유하면 은유다. 저도 이런 걸 가지고 시험 문제를 푼 기억이 납니다. 유치환 시인의 '깃발'을 보면 이런 표현들이 나옵니다. '저것은 소리 없는 아우성'. 이건 깃발을 간접적으로 비유한 것이라 은유라고 부릅니다. '애수는 백로처럼 날개를 펴다'. 이 표현에는 '~처럼'이라는 격조사가 나옵니다. 비교를 의미하지요. 따라서 이것은 직유라고 부릅니다.

그런데 은유니 직유니 같은 것을 배우자고 제가 이렇게 글을 쓸까요? 물론 아니겠죠. 저는 비유의 본질을 말씀드리려고 합니다. 비유는 곧 연결성입니다. 무슨 말이냐 하면. 여러분, 관찰에 재미가 들면 신기한 경험을 하게 될 겁니다. 하루를 보내며 만나게 되는 사소한 물건이나 현상이 나와 무관하지 않다는 걸 깨닫게 됩니다. 그러므로 글 쓸 거리는 넘쳐난다는 사실에 행복해집니다. 때로는 시간이 부족하고 표현력이 딸리는 게 걱정스럽습니다. 연결성! 유치환 시인에게는 깃발이 곧 백로의 날개이고 소리 없는 아우성입니다. 아무 관련도 없는 것들이 시인의 눈에는 모두 연결되어 있는 것이죠.

비유의 본질은 이 세상 모든 것들이 관점에 따라 모두 연결이 된다는 겁니다. 자, 우리는 똥이면서도 된장이 될 수도 있습니다. 왜 똥이 될 수 있을까요? 먼저 똥이 어떤 느낌을 주는지 한번 써볼까요. 더럽다, 냄새난다, 의외로 쓸모 있다(거름), 질퍽거린다, 따뜻하다, 긴박하다. 이외에도 여러 가지 느낌을 떠올리게 합니다. 물론 어느 것이 더 익숙한 느낌인지는 사람마다 다를 것입니다.

그러므로 나는 똥이 될 수 있습니다. '사람들이 나를 힐끔거리며 슬슬 자리를 뜬다. 얼굴에 뭐라도 묻었나. 셔츠에서 냄새가 나나. 오감을 총 동원했지만 그건 아니다. 그럼에도 불구하고 오만 표정을 지으며 눈을 흘긴다. 똥을 피하는 모양새다. 나중에 안 사실이지만……' 이런 상황이라면 나도 충분히 똥이 될 수 있습니다. 된장은 어떻게 될까요. 된장이 어떤 느낌을 주는지 떠올려볼까요. 사실 우리는 그 어떤 것도 될 수 있습니다.

나를 스치는 사건이나 현상, 잠시라도 눈에 들어왔다 나가는 물건들에 조금만 관심을 가지면 그 모든 것들이 곧 나와 연결됨을 알 수 있습니다. 그들에게서 내 모습이 보이고 내게서 그것들이 보입니다. 이런 감수성은 곧 사람과 사람 사이의 온도를 높여주는 애정으로 성장하기도 하죠. 글을 쓰면 이렇게 좋다는 걸 알아주셨으면 합니다.

자, 주변을 한번 둘러볼까요. 수많은 물건, 사람, 장면이 포착될 겁니다. 그것이 어떤 느낌을 주나요? 그 느낌은 나와 어떻게 연결이 되나요? 그것이 오늘의 글감이 됩니다. 이 세상에 존재하는 모든 것이 다 연결될 수 있습니다. 쓸거리는 넘쳐나는데 재능과 시간이 부족할 따름입니다.

5분 글쓰기, 지금 써봐요

제가 몇 가지 비유를 들어봤습니다. 여러분은 우선 그 이유를 한번 달아보세요. 공통된 속성을 찾아 쓰기만 하면 됩니다. 뭐든 좋으니 비슷한 점을 하나 찾아보세요.

- **남편은 설거지다. 왜냐하면________________이기 때문이다.**
- **아이들은 보온병이다. 왜냐하면____________이기 때문이다.**
- **집안일은 흑백사진이다. 왜냐하면__________이기 때문이다.**
- **인생은 시험이다. 왜냐하면________________이기 때문이다.**

연습이 끝났습니다. 이번에는 자신의 글을 하나 씁니다. 첫 문장은 바로 위에서 연습한 양식으로 쓰겠습니다. 저는 이렇게 해볼게요. [인생은 볼링핀이다. 왜냐하면 넘어지기 싫어도 누군가가 와서 자꾸 날 쓰러뜨리려 한다. 하지만 넘어져도 다시 일어난다. 어쩌고저쩌고.] 세상 모든 것들은 연결되어 있습니다. 글 속에서 인연을 맺어주세요.

장면 묘사하기

불 꺼진 방. 커피 얼룩이 남은 흰 커피 잔이 책상 중앙을 차지하고 있다. 오른쪽 옆에는 문자가 떨어져나간 키보드, 연필로 낙서가 된 독서대가 놓여 있다. 손때가 가득한 마우스는 오른쪽 구석에 처박혀 있고 깨끗한 A4 몇 장이 아무렇게나 포개져 있다. 왼편에 위치한 스탠드의 밝은 주황색 빛 덕분에 책상 상판에는 오랫동안 닦지 않은 물얼룩이 선명하게 드러났다.

이해를 넘어 협력으로. 파란색 글씨의 구호가 원통 모양 청자필통의 표면을 둥글게 감싸고 있다. 연필, 볼펜, 붓펜, 지우개, 트라이앵글 막대, 유성펜 따위가 들쑥날쑥 꽂혀 있는 모양은 숭숭 구멍 뚫린 음각의 전통 문양과 묘하게 어울린다. 그 왼편에 자리한 달력에는 동그라미 세 개만 덩그러니 그려져 있는 2월이 펼쳐져 있다. 기억을 더듬었지만 무슨 날인지 떠오르지 않는다. 수리비만 18만 원이 든다는 고장 난 25만 원짜리 복합기는, 유일하게 작동하는 스캔 기능이 필요하길 기다리며 책상 아래에서 한 자리를 차지하고 있다. 쓸모에 비해 너무 큰 공간을 쓰는 듯해 볼 때마다 고민이다.

문득 밖을 봤다. 베란다로 나가는 창에는 빛에 반사된 내 모습이 감독관처럼 나를 바라보며 일거수일투족을 따라 하고 있다. 그의 머리맡에는 이따금 깜빡이는 주황색 달이 걸려 있다. 오늘이 보름인가. 진짜 달이 궁금해진다.

_작업실

글 쓰는 게 일이지만 정신없이 하루를 보낸 날은 연필도 못 잡을 때가 많습니다. 호기롭게 책상 앞에 앉아도 이내 고개가 꺾이기 일쑤입니다. 아침부터 밤까지 아들 셋과 함께하는 게 쉬운 일은 아니잖아요. 그때마다 아내는 안타깝다는 표정으로 저를 깨우며 말합니다. 자기야, 잘 거면 와서 안마나 해줘.

얼마나 기다렸던 시간인데. 천금 같은 시간을 안마나 하며 보낼 수는 없죠. 어, 안 잤어. 생각 좀 하느라고. 그러고는 바로 뭔가를 써 내려갑니다. 뭘 쓰냐고요? 그냥 씁니다. 눈에 보이는 대로. 아무 생각 없이 그저 눈에 보이는 대로 쓰면 그만입니다. 눈에 포착된 광경을 글로 옮기는 것이라 어렵지 않습니다. 키보드, 마우스, 연필, 책상 위의 먼지, 유리창의 얼룩에 대해 아무렇게나 쓰는 거죠.

글 쓰는 게 일이지만 까마득하게 글이 안 써지는 날도 있습니다. 할 말은 많은데 가위에 눌린 것처럼 손이 움직이지 않습니다. 책상 앞에서 연필만 만지작거리다가 몸을 돌려 책장을 째려보기도 합니다. 그러다 손이 가는 책을 꺼내들어 몇 장 훑어봅니다. 타인의 문장을 마중물 삼아 글을 쓰는 방법도 이런 날에는 효과가 없습니다. 그놈의 글이 어디에 숨었는지 좀처럼 나오질 않습니다. 안 나오는 글을 기다리느니 뭐라도 쓰는 게 낫겠다 생각합니다. 눈에 보이는 거나 쓰자고 마음을 고쳐먹습니다. 그래, 이게 좋겠다. 너무나 익숙해 문득 낯선 느낌이 드는 내 책상에 대해 써보는 거야. 스탠드와 독서대. 그리고 또 시시껄렁한 잡동사니에 대해. 아무렴 어때. 그냥 손목이나 풀어보는 건데 뭘.

이른바 묘사하기입니다. 눈이 가는 대로 손을 움직이는 것이니 메시지를 찾을 필요도, 다듬을 필요도 없습니다. 준비운동이라고 보는 게 맞을 겁니다. 글에 생각을 담아야 한다는 부담에서 벗어나 자유롭게 자신의 문장을 만드는 것이죠. 본 것만 써야 한다거나 감정을 배제해야 한다는 등의 기준을 세우지 마세요. 아무런 도움이 안 됩니다. 그저 손이 가는대로 쓰십시오. 이를테면 김이 올라오는 커피잔과 그 잔을 감싼 두 손을 이렇게 써보는 겁니다. 커피의 아우성이 모락모락 사방으로 퍼진다. 귀담아 들으려 두 손을 감쌌다. 아, 따뜻하다.

조금 엉뚱하고 유머러스하게 쓰는 것도 가능합니다. 시커먼 커피에서 하얀 김이 올라온다. 물 만난 커피의 향기가 코를 찌른다. 그 모습이 아프도록 향기롭다. 두 손 모아 빈다. 내 뱃속에서는 아프지 말기를.

이번에는 약간 심심하게 써보겠습니다. 뜨거운 커피가 잔을 데운다. 내 손도 덩달아 온기를 얻는다.

하나를 두고도 얼마든지 가능하죠.

쓰는 행위 자체를 멈추지 않는 게 중요합니다. 글쓰기는 머리를 쓰는 일이면서도 몸을 쓰는 일입니다. 글 쓰는 이가 가장 경계해야 할 것은 두 가지입니다. 첫 번째는 손이 무거워지는 겁니다. 글은 머리와 가슴에서 나오는데요, 어디를 통해 나오는 걸까요? 바로 손입니다. 손이 움직이지 않는다면 아무리 좋은 생각도 문장이 되지 않으니까요. 손이 둔해지지 않도록 수시로, 아주 조금이라도 움직여야 합니다. 두 번째로 주의할 것은 엉덩이가 가벼워지는 겁니다.

글을 쓸 때는 머릿속에서 갑론을박이 일어나고 수많은 물음표가 꼬리를 물고 얼굴을 내밉니다. 그래서 글 쓰는 일은 끝없는 이어달리기의 유일한 선수가 되는 겁니다. 바통을 넘길 다음 주자가 없습니다. 스스로 답을 찾아야 하는 것이죠. 들썩이는 엉덩이로는 깊이 있는 답을 찾지 못합니다.

눈앞에 펼쳐진 광경을 묘사하는 일. 간단하지만 이 일의 효과나 역할은 결코 간단하지 않습니다. 쓰는 행위 자체를 이어가게 해주는 일종의 산소호흡기입니다. 글이 써지지 않을 때의 고통은 이루 말할 수 없죠. 그럴 때 마음을 비우고 묘사하기 같은 연습을 해보면 손이 굳지 않고 엉덩이도 두툼하게 단련시킬 수 있습니다. 몇 시간씩 하라는 뜻은 아닙니다. 쓰는 행위가 끊이지 않게만 하면 됩니다. 문장력이 좋아지는 것은 두말 할 필요가 없겠죠. 사물을 바라보는 다양한 관점도 경험할 수 있습니다.

한 가지만 추가하자면, 어느 장면을 상세히 묘사하다가도 그 장면을 원거리에서 보는 것처럼 느끼게 해주는 게 필요합니다. 예를 들어, 무뎌진 칼날 때문에 신경질이 난 심리를 쓰면서도 창밖의 하늘, 바람이 열고 들어오는 창문의 흔들림 등을 알려주는 거죠. 우리는 결국 이 세상 속에 있으니까요. 아무리 화가 나는 아침이어도 하늘과 바람과 구름이 옆에 있다는 걸 잊지 않는 게 중요합니다.

5분 글쓰기, 지금 써봐요

하나의 사물을 정하세요. 아무것이나 괜찮습니다. 본 대로 써보세요. 컵이라면 색깔, 모양새, 놓인 위치, 내용물, 느낌 등을 떠오르는 대로 쓰는 겁니다. 테이블 위의 그릇이나 가정통신문 더미도 괜찮습니다. 테이블 자체를 써도 좋습니다. 눈에 띄는 대로 쓰면 그만입니다. 어차피 정답도, 기준도, 감독관도 없습니다. 내가 쓰고 내가 읽어보면 됩니다.

한 곳을 바라보세요. 눈에 포착된 한 장면을 글로 옮기는 겁니다. 전체적인 모습이나 이미지를 쓴 후 세부적으로 기술해보세요. 쓸 게 많아서 힘들다는 생각이 들 겁니다.

제가 위에서 커피에 대해 쓴 것처럼 하나의 사물이나 장면을 서너 문장으로 써보세요. 그리고 이것을 다양한 문장들로 바꿔보는 겁니다. 무궁무진한 표현이 가능하다는 사실에 놀랄 겁니다.

글선생의 글쓰기 처방전 03

• 고쳐쓰기가 진짜 글쓰기다 •

1. 자신의 글을 보며 아래의 질문에 답해보자. 세 번만 보면 전혀 다른 글이 된다.

☑ **아낌없나?**

'며칠 뒤'보다는 '이틀 뒤', '여러 명'보다는 '여덟 명', '자동차보다는 빨간색 스포츠카'가 좋다. 상황 속으로 끌어들여야 한다. 그림을 그리며 읽을 수 있도록 소스를 충분히 주는 것이다. 물감을 아끼면 안 된다.

☑ **꾸밈없나?**

강조하기 위해 부사를 많이 쓰면 오히려 의미가 퇴색된다. '나는 김밥을 정말이지 너무나 좋아한다.'보다는 '나는 김밥을 좋아한다'가 깔끔하다. 힘든 하루를 보냈을 때, '어제는 진짜 너무 힘들었다'고 쓰지 말라. '힘든 하루였다.'로 시작하고 뒤 따르는 문장에서 감정을 담아 승부를 보라.

☑ **틀림없나?**

문장은 생각과 일치해야 한다. 인지부조화를 경계하라. 하려는 말을 문장으로 정확하게 옮겼는지, 다르게 해석되지는 않을지 따져보자. 정확한 어휘와 표현을 선택하자. "그런 뜻이 아니었어!" 비겁한 변명이다. 글은 내 손을 떠나면 그만이다.

☑ **거침없나?**

단문과 장문이 적절히 어울려야 한다. 비슷한 음절이 반복되면 멈칫하게 된다. 내 입에 찰싹 붙어야 남도 읽기 쉽다. 좋은 글은 목구멍으로 술술 넘어간다. 정답은 없다. 낭독하며 최대한 다듬자.

2. 평범한 엄마들의 글을 고쳐 쓴 여러 사례를 아래에 제시했다. 고쳐 쓸 곳을 알아차리는 감각을 먼저 길러야 한다.

☑ **평소 대화에서 사용하는 말을 쓰자.**

정신없는 주중을 보내고

→ 정신없이 한 주를 보내고

언니들은 나에게 먹을거리를 제공해주고

→ 언니들은 틈틈이 먹거리를 날라주고

☑ **익숙할수록 표준어인지 확인하자.**

내 오늘밤에 사단이 날 줄 알았어

→ 내 오늘밤에 사달이 날 줄 알았어

☑ **추측, 짐작보다는 단호한 표현이 어울릴 때가 있다.**

나는 죽을 때까지 신앙을 버리지 않을 것 같다.

→ 나는 신앙을 버리지 않을 것이다.

인내와 끈기가 나를 강하게 만드는 것 같다.

→ 인내와 끈기가 나를 강하게 만들었다.

☑ **주어 서술어 맞추기**

서랍장에는 옷이 아닌 인형과 인형 물품들로 가득했습니다.

→ 서랍장은 옷이 아닌 인형과 인형 물품으로 가득찼습니다.

서랍장에는 옷이 아닌 인형과 인형 물품이 가득했습니다.

☑ **명사와 어울리는 서술어 쓰기**

엄마의 불만은 불쑥불쑥 찾아왔습니다.

→ 엄마의 불만은 저를 괴롭혔습니다. / 그칠 줄 몰랐습니다. / 나날이 커졌습니다.

익숙하지 않은 솜씨로 머리를 단정하게 손질하다.

→ 익숙지 않은 손으로 머리를 손질하다.

☑ '~서'를 반복하면 의미가 불분명해지고 읽기도 어렵다.

퍼즐을 다 맞춰서 보너스로 하나 더 먹을 수 있다면서 웃었다.

→ 퍼즐을 다 맞춰 보너스로 하나 더 먹을 수 있다며 웃었다.

☑ 가능하면 줄이자.

결국 부장님이 이겨야 우리는 게임을 끝낼 수 있었다.

→ 결국 부장님이 이겨야 게임은 끝났다.

☑ 상황에 어울리는 표현 고르기

자격증을 따겠다는 말에 남편은 이렇게 말했다. '꼭 성공하길 바랄게.' 갑작스런 말에 놀랐지만……

→ 자격증을 따겠다는 말에 남편은 이렇게 말했다. '꼭 성공하길 바랄게.' 예상 못한 따뜻한 반응에……

☑ 단문을 적절히 배치하면 문장이 역동적으로 변한다

옷장을 열고 즐겨 입지 않던 스커트를 입어본다. 신발장을 열어 운동화가 아닌 뾰족 구두를 신고 내가 아끼는 가방을 들고 외출을 한다.

→ 청바지와 운동화를 밀어 넣는다. 스커트와 뾰족구두를 고른다. 아끼는 가방을 손에 들고 현관문을 나선다. 얼굴에 부딪히는 바람이 톡 하고 터진다.

☑ **반복되는 표현은 대체한다.**

자꾸 쳐다보게 된다. 자꾸 웃음이 나온다

→ 자꾸 쳐다보게 된다. 피식 웃음이 나온다.

☑ **의미가 중복되는 수식어는 삭제한다.**

고요한 적막이 흐르는 가운데

→ 적막이 흐르는 가운데

☑ **비슷한 음운이 반복되면 적절히 수정**

나에게 새로운 환경에 적응해 나가기란 너무나 버거웠다.

→ 나에게는 새로운 환경에 적응하는 일이 너무 버거웠다.

☑ **문장이 길면 감정 전달이 어렵다**

모두가 간절히 원하는 좋은 회사에 합격해 다니기만 하면 다 될 줄 알았던 나의 어리석은 판단 때문에 참 많이도 울었던 시절이다.

→ 모두가 간절히 원하는 좋은 회사에 합격하면 다 되는 줄 알았는데. 어리석었다. 우는 날이 많았다.

☑ **중복되는 경우 대명사를 활용**

지금 행복하나요 물으면 요즘 사람들에게 행복하다는 대답을 듣기는 힘들다.

→ 지금 행복하나요 물으면 그렇다는 대답을 듣기 어렵다.

☑ **대칭 구조는 이해가 쉽다**

행복해야 할 어린 시절을 팔아서 어른의 행복을 살 수 있을까?

→ 어린 시절에 행복을 팔면 어른이 되어 다시 살 수 있을까?

☑ **늘, 항상, 제일, 너무 같은 부사는 오히려 공감의 정도를 줄인다. 표현을 달리 하자.**

내가 만난 상사 중에 가장 최악이었다.

→ 내가 만난 상사 중 최악이었다.

너무나 더워서 에어컨을 켜지 않은 날이 하나도 없었다.

→ 에어컨을 켜지 않고는 하루도 보내기 힘들었다.

3. 우리말에는 일상에서 혼용하지만 뜻이 다른 낱말이 많다. 어감을 따져 글의 의도에 맞게 정확히 사용하자

☑ **가르치다와 가리키다**

가. '가르치다': 동깨닫거나 익히게 하다. 일깨우다. 일러 주다.

1) 용례: 자기 자식부터 제대로 가르쳐야지.

2) 오용 예: 대부분의 사람들이 강 너머 붉은 집을 가르쳤다.

나. '가리키다': 동 손가락 따위로 지시하거나 알리다. 특별히 집어서 지적하다.

1) 용례: 손가락으로 북쪽을 가리키다. 자네 같은 사람을 가리켜 벽창호라 하네.

2) 오용 예: 선생님께서 가리켜 주신대로 했더니 문제가 풀려요.

[참고] 자주 목격되는 오류는 '가르키다'와 '알으키다'인데 두 가지 모두 비표준어임. 그러므로 '가르켜 주다' 또는 '알으켜 주다' 또한 틀린 표현임. 특히 쓰기는 바르게 하나 발음 시 오류가 많으므로 주의가 요구됨(예, 학교에서 학생을 가르키다 보니).

☑ 머지않다와 멀지 않다

가. '머지않다': 형 시간적으로 오래지 않다.

1) 용례: 머지않아 해가 솟을 것이다. 성공할 날이 머지않았다.

2) 오용 예: 서울이 여기에서 머지않다.

나. '멀지 않다': 형 '멀다'의 부정적 표현.

1) 용례: 학교가 집에서 멀지 않은 곳에 있다. 서울이 더 멀지 않아요?

2) 오용 예: 멀지 않아 나라의 간성이 될 사람이다.

☑ 틀리다와 다르다

가. '틀리다': 형 셈이나 사실 · 이치 따위가 맞지 않다.

1) 용례: 계산이 틀리다. 답이 틀리다.

2) 오용 예: 이것 보세요. 약속이 틀리잖아요. 가방끈이 기니까 생각하는 게 틀리군.

나. '다르다': 형 서로 같지 않다. 두드러지게 표 나는 데가 있다.

1) 용례: 취미가 다르다. 역시 천재라 다르군.

☑ 알맞은과 맞는

가. '알맞다': 형 일정한 기준 · 조건 · 정도 따위에 넘치거나 모자라지 않다. 적당하다.

1) 용례: 내게 알맞은 상대. 알맞게 준비해라. 아래 빈칸에 알맞은 답을 쓰세요.

2) 오용 예: 다음에 알맞는 답은 무엇입니까?

나. '맞다': 동 틀리지 않다. 어울리다. 조화롭다. 일치하다.

1) 용례: 이치가 맞다. 옷이 너한테 꼭 맞는다.

[참고] '알맞다'와 '맞다'는 의미가 완전히 같지 않고, 품사가 다르기 때문에 구분해서 사용해야 함. 특히 동사가 '-는', '-은' 활용형이 모두 가능한 반면 형용사는 '-는' 활용형만 가능함. 그러므로 형용사 '알맞다'의 활용형인 것으로 오용되는 '알맞는'은 '알맞은'으로 고쳐 써야 함.

☑ 빨리와 일찍

가. '빨리': 부 걸리는 시간이 짧게 ↔ 느리게.

1) 용례: 빨리 걸어가다. 손놀림을 빨리 하다. 일을 빨리 끝내다.

2) 오용 예: 오늘은 30분 빨리 출근했다.

나. '일찍': 부 이르게. 늦지 않게 ↔ 늦게.

1) 용례: 일찍 출발하다.

2) 오용 예: 일찌기 출발하다. ('일찍이'가 맞는 표현임)

☑ 너무와 아주·매우

가. '너무': 부 알맞은 정도를 넘게. 정도나 한계를 지나치게.

1) 용례: 할 일이 너무 많다. 너무 걱정하지 마. 장소가 너무 멀다.

2) 오용 예: 그 남자 너무 잘 생겼더라.

나. '매우': 부 대단히, 몹시, 썩

1) 용례: 영민이는 매우 착하다. 노래를 매우 잘 부른다.

2) 오용 예: 요즘 매우 바빠서 시간이 없어.

[참고] '너무'에는 알맞은 정도를 넘은 것이 매우 못마땅하다는 의미가 깔려 있음. 따라서 부정적이거나 못마땅한 의도를 나타낼 목적이 아니라면 '매우', '아주', '무척', '참', '정말'을 사용하는 것이 타당함. 그러나 '그 이론은 너무 심오해서 일반 사람이 이해하기 어렵다'와 같이 '너무'가 '매우'나 '아주'보다 더 적절한 경우도 있으므로 상황에 맞게 선택해서 적절히 사용해야 함.

☑ 여부와 유무

가. '여부': 명 그러함과 그렇지 않음. (있다 · 없다와 함께 쓰여) 틀리

거나 의심할 여지.

1) 용례: 건강기록카드에 흡연 여부를 표시하시오. 아무렴, 여부가 있나.

2) 오용 예: 잘못의 여부를 따지다.

나. '유무': 명있음과 없음.

1) 용례: 우리 회사는 엄격한 심사를 통해 신입사원의 자격 유무를 가려낸다.

2) 오용 예: 사장님의 음주 유무에 따라 회식 분위기가 달라진다.

[참고] '여부'는 일반적으로 그 앞에 명사를 요구하기 때문에 '반달곰이 야생인지 여부'와 같은 표현은 바람직하지 않음. '반달곰이 야생인지 아닌지'와 같이 표현.

☑ 껍데기와 껍질

가. '껍데기': 명달걀 · 조개 등의 겉을 싼 단단한 물질. 알맹이를 빼내고 겉에 남은 물건.

1) 용례: 굴 껍데기. 베개 껍데기. 알맹이는 없고 껍데기만 남다.

2) 오용 예: 사과 껍데기는 잘 처리해야 해.

나. '껍질': 명딱딱하지 않은 물체의 겉을 싼 질긴 물질의 켜.

1) 용례: 사과 껍질을 벗기다. 양파 껍질.

2) 오용 예: 딱딱한 껍질을 깨고 나왔어.

[참고] 조개의 경우 '조개껍질'과 '조개껍데기' 모두 표준어로 인정.

☑ 납부와 수납

가. '납부': 명세금이나 공과금 따위를 냄.

1) 용례: 납부 고지서. 등록금을 납부하다.

2) 오용 예: 납부 창구로 오세요.

나. '수납': 명돈이나 물품 따위를 받아 거두어들임.

1) 용례: 수납 창구. 세금을 수납하다.

2) 오용 예: 오늘 2시까지 수납하셔야 합니다.

☑ 보존과 보전

가. '보존': 명보호하고 간수해서 남김.

1) 용례: 종족 보존. 보존 상태가 양호하다.

나. '보전': 명온전하게 보호해서 유지함.

1) 용례: 목숨을 보전하다. 대한 사람 대한으로 길이 보전하세.

[참고] '보존'은 '있는 그대로를 간직한다는 의미가 강한 반면 '보전'은 '잘못된 것이나 이지러진 것이 있으면 그것을 바로잡고 채워서 간직한다는 의미가 있음. 따라서 '보전'이 '보존'보다 더 적극적임.

☑ 주의와 유의·유념

가. '주의': 명마음에 새겨 두어 조심함. 곁에서 귀띔해서 일깨워

줌. 관심을 집중함.

1) 용례: 요주의(要注意). 주의 사항. 주의를 기울이다.

나. '유의': 명마음에 새겨 두어 조심하며 관심을 가짐.

1) 용례: 건강에 유의하다.

다. '유념': 명잊거나 소홀히 하지 않도록 마음속 깊이 간직하여 생각함.

1) 용례: 다시는 이런 일이 없도록 내 말을 유념하세요.

[참고] 세 단어 모두 뜻이 비슷하나 '주의'는 어떤 일을 함에 있어서 이것만은 안 된다는 다소 객관적이며 강제적인 입장을 표현할 때 적합한 반면 '유의'나 '유념'은 어떤 일을 함에 있어서 이것만은 알고 있어야 한다 또는 이 정도는 알아야 한다는 입장을 표현할 때 적합함.

☑ **결재와 결제**

가. '결재': 명상관이 부하가 제출한 안건을 검토하여 승인함.

1) 용례: 결재 서류. 오늘 결재가 났습니다. 결재를 올렸습니다.

2) 오용 예: 결재 대금은 2만 원입니다.

나. '결제': 명증권이나 대금의 수수에 의해 매매 당사자 간의 거래 관계를 끝맺음.

1) 용례: 납품을 해주셔야 대금 결제가 가능합니다.

2) 오용 예: 사장님 결제를 받아야 대금 지급이 가능합니다.

☑ 강연과 강의

가. 강연: 일정한 주제로 청중 앞에서 이야기함.

* 강연을 듣다.

나. 강의: 글이나 학설의 뜻을 강설함. 대학 등에서 교수가 학문 · 연구의 일단을 강설함.

* 철학 개론을 강의하다.

[참고] '강연'은 특정 주제에 대해 불특정 다수를 대상으로 하는 경향이 있음. 또한 강연 주제와 관련된 폭넓은 이야기를 공유하며 시연, 청중과 대화 등등 활동성이 강한 반면 '강의'는 대학에서 이뤄지는 수업과 같이 하나의 주제를 집중적으로 교수하는 성격이 강함.

☑ 경신과 갱신

가. 경신: 이미 있던 제도나 기구 따위를 고쳐 새롭게 함. 이미 세운 기록을 깨뜨림.

* 기록을 경신하다, 주가가 사상 최고치를 경신했다.

나. 갱신: 법적인 문서의 효력이나 기간이 끝났을 때, 그 기간을 연장하거나 새로 바꾸는 일.

* 운전면허를 갱신하다, 자동차 보험을 갱신했다.

☑ 주관과 주최

가. 주관: 어떤 일을 실제로 책임지고 맡아 계획하고 관리함.

* 주관 단체, 주관 업무.

나. 주최: 행사나 모임을 주장하고 기획해서 엶.

* 걷기 대회를 주최하다.

☑ 참석과 참여, 참가

가. 참석: 모임이나 회의 따위를 하는 자리에 참여함.

* 회의에 참석한 인원, 파티에 참석하다.

나. 참여: 어떤 일에 끼어들어 관계함.

* 행사에 참여하다, 의사결정 과정에 참여하다.

다. 참가: 어떤 모임이나 단체에 참여함.

* 참가 인원, 행사에 참가하다, 올림픽 경기에 참가하다.

☑ 추돌과 충돌

가. 추돌: 기차 · 자동차 따위가 뒤에서 들이받음.

* 추돌 사고, 여러 대의 차량이 추돌하다.

나. 충돌: 서로 맞부딪침. 의견이나 이해가 맞지 않아 서로 맞섬.

* 충돌 사고, 열차가 충돌하다, 의견 충돌, 시위대와 경찰이 충돌했다.

☑ 포함과 반영

가. 포함: 함께 들어 있거나 함께 넣음.

* 여러 가지 뜻이 포함된 말, 출국 금지 대상에 포함시키다.

나. 반영: 다른 것에 영향을 받아 어떤 현상이 나타남. 또는 어떤 현상을 나타냄.

* 대학 입시에 내신 반영 비율이 높아졌다, 지휘관의 의도가 반영되었다.

☑ 함양과 배양

가. 함양: 능력이나 성품을 기르고 닦음.

* 도덕심을 함양하다

나. 배양: 인격이나 역량 따위가 발전하도록 가르치고 키움.

* 실력 배양, 국력 배양, 수학 능력을 배양하다.

[참고] 함양은 자신이, 배양은 타인이 하는 것이므로 어감의 차이가 있음. 또한 함양은 성품을, 배양은 능력을 기르고 키우는 데 주로 사용됨.

☑ 햇빛과 햇볕

가. 햇빛: 해의 빛. 태양 광선. 일광.

* 햇빛에 눈이 부시다, 이슬방울이 햇빛에 반사되어 반짝인다.

나. 햇볕: 해에서 내리쬐는 뜨거운 기운.

* 피부가 햇볕에 그을다, 햇볕이 쨍쨍 내리쬔다.

☑ 협찬과 후원

가. 협찬: 어떤 일에 찬동하여 재정적으로 도움.

* 방송국의 협찬을 받다.

나. 후원: 뒤에서 도와줌.

* 뒤에서 도와줌, 독지가의 후원, 후원을 받다.

4. 틀린지 모르고 쓰는 말도 많다. 평생 잘못 써왔다. 이번 기회에 바로잡고 기억하자.

☑ 육계장

가. 표준어: '육개장' 명 쇠고기를 삶아서 알맞게 뜯어 넣고 양념을 하여 얼큰하게 끓인 국.

1) 용례: 육개장 한 그릇 주세요. 닭개장도 만드시나요?

2) 오용 예: 육계장 한 그릇 주세요. 닭계장도 만드시나요?

나. 비표준어: '육계장', '닭계장'

[참고] 개장은 개장국의 준말로서 오늘날의 보신탕을 가리킴. 그러나 개고기를 기피하는 사람들을 위해 개고기 대신 쇠고기를 넣어 만들기도 하였는데 이를 육개장이라 불렀음. 닭개장도 계(鷄)라는 한자 때문에 닭계장으로 표기하는 사례가 많으나 위와 같이 낱말이 만들어진 배경을 따져본다면 닭개장이 바른 표기임.

☑ **찌게**

가. 표준어: '찌개' 명 고기나 채소에 고추장 · 된장 따위를 넣어 바특하게 끓인 반찬.

1) 용례: 김치찌개, 된장찌개, 순두부찌개

2) 오용 예: 김치찌게, 된장찌게, 순두부찌게

나. 비표준어: 찌게

[참고] 'ㅐ'와 'ㅔ'의 발음을 구분하지 않는 현대 한국인의 특징에 기인하는 것으로 보임.

☑ **풍지박산**

가. 표준어: '풍비박산' 명 사방으로 날아 흩어짐.

1) 용례: 사업 실패로 집안은 풍비박산이 나고 말았다.

2) 오용 예: 화산 폭발로 마을이 풍지박산 났다.

나. 비표준어: '풍지박산'

[참고] '풍비박산'은 '바람에 날려 우박이 흩어지다' 또는 '바람이 날고 우박이 흩어지다'로 풀이됨.

☑ **홀홀단신**

가. 표준어: '혈혈단신' 명 의지할 데 없이 외로운 홀몸.

1) 용례: 전쟁 때 혈혈단신으로 월남했다.

2) 오용 예: 이제는 홀홀단신으로 세상을 살아야 하나.

나. 비표준어: '홀홀단신'

[참고] '단신'이라는 말이 '딸린 사람이 없는 혼자의 몸'을 의미하고, '홀홀'이 '홀로'를 연상시켜 '홀홀단신'으로 오용하는 사례가 많음. 혈(孑)은 외롭다는 뜻으로 '혈혈'과 '-하다'가 결합하면 '의지할 데 없이 외롭다'는 뜻의 형용사 '혈혈하다'가 됨.

☑ 가치·개피

가. 표준어: '개비' 명가늘게 쪼갠 나무토막의 조각이나 기름한 토막의 낱개

1) 용례: 장작 한 개비. 담배 한 개비. 성냥갑에서 개비를 하나 뽑아 들었다.

2) 오용 예: 담배 한 가치만 빌립시다. 장작 두어 개피만 갖고 와라.

나. 비표준어: '가치', '개피', '까치'

☑ 바램

가. 표준어: '바람' 동바라는 마음. 소망

1) 용례: 간절한 바람.

2) 오용 예: 올해에는 큰돈을 버는 게 가장 큰 바램이지요.

나. 비표준어: '바램'. '바래'. '바래도'. '바래야'. '바랬다'

[참고] '원(願)하다'의 의미와 통하는 표준어는 '바라다'임. 그러므로 '바라다'의 어간 '바라-'를 '바래-'와 같이 활용하는 오류를 주의해야 함.

☑ 부숴지다

가. 표준어: '부서지다' 동깨져 여러 조각이 나다. 깨지거나 헐어지다. 기대가 무너지다

1) 용례: 장난감이 부서지다. 문이 부서지다. 기대가 산산이 부서졌다.

2) 오용 예: 책상이 몽땅 부숴졌다.

나. 비표준어: '부숴지다'

[참고] 타동사 '부수다'와 어미 '~어지다'를 결합하여 피동으로 활용하는 잘못에 기인함.

☑ 서슴치 않다.

가. 표준어: '서슴다' 동결단을 내리지 못하고 머뭇거리며 망설이다.

1) 용례: 서슴지 말고 얼른 대답해라. 극단적인 발언도 서슴지 않았다.

2) 오용 예: 서슴치 말고 대답해라.

나. 비표준어: '서슴하다'. '서슴치'

[참고] '서습치'로 잘못 사용하는 이유는 기본형을 '서슴하다'로 오해하고 있기 때문임. 그러나 기본형이 '서슴하다'이므로 어미 '-지'가 붙으면 '서슴지'가 됨.

☑ 설레이다

가. 표준어: '설레다' 동 마음이 가라앉지 않고 들떠서 두근거리다.

1) 용례: 나는 설레는 마음으로 원고를 읽었다. 시작, 그 설렘의 아름다움.

2) 오용 예: 그 설레임이 그립다. 나를 설레이게 하는구나.

나. 비표준어: '설레이다'. '설레임'. '설레이게'

☑ 염두해 두다

가. 표준어: '염두' 동 생각의 시초. 마음속

1) 용례: 염두에 두다.

2) 오용 예: 염두해 두다.

나. 비표준어: '염두해 두다'

☑ 목메이다

가. 표준어: '목메다' 동 기쁨이나 설움 따위가 북받쳐 목구멍이 막히다.

1) 용례: 목멘 소리. 목메어 울다.

2) 오용 예: 목메이게 불러봅니다. 왜 이렇게 목이 메이지.

나. 비표준어: '목메이다'. '목메이게'. '목메이면'

☑ **낯설은**

가. 표준어: '낯설다' 동 얼굴이 익지 아니하여 어색하다. 어떤 사물이 눈에 익지 않다.

1) 용례: 낯선 사람은 조심하세요. 낯선 땅에서 정착하기가 쉽나.

2) 오용 예: 낯설은 아쉬움. 낯설은 분위기.

나. 비표준어: '낯설은'. '낯설음'

[참고] 'ㄹ'로 끝나는 어간에 '-으니', '-은'이 이어질 때에는 'ㄹ'이 탈락한 형태가 표준임. 예, '졸+으니 → 조니', '졸+은' → '존', '울+으니' → '우니', '낯설+은' → '낯선'임. 한편 파생명사인 '졸음'이나 '울음'처럼 '낯설다'도 '낯설음'으로 사용할 수 있을 것이라 생각하지만 '낯설음'은 현재 표준어로 인정하지 않고 있음. 따라서 '낯설다'는 용언의 명사형 활용 규칙을 따라서 '낯섦'이라는 형태로 활용 가능함. '졸다'와 '울다' 역시 '수업시간에 자주 졺', '아이가 많이 욺'과 같이 명사형 활용이 가능함.

일상이 스토리고
삶이 문학이다

글선생의 수다

모든 일상은 스토리가 된다

제가 아무리 여러분의 삶이 특별하다 해도 쉽게 수긍하기 힘들 겁니다. 길가다 마주치는 그 흔한 아줌마들이 대부분 엄마잖아요. 맞습니다. 하지만 절반은 틀렸어요. 특별하다는 말에 기죽지 마세요. 아침 방송에 나오는 연사들처럼 삶의 굽이굽이마다 깊은 그늘이 있어야 하는 건 아닙니다. 그늘에서 벗어났음을 증명하듯 해상도 높은 칼라 화보집 같은 하루를 보내야 하는 것도 아닙니다.

넘버원이 아니라 온리원을 추구하라는 말이 유행하고 있습니다. 치열한 경쟁에서 살아남은 1등이 되기보다는 독특한 자신만의 영역을 개척하는 선구자가 되라는 거죠. 그런데 이것이 비즈니스에서만 통하는 말일까요? 우리의 삶은 그 자체로 이미 온리원입니다. 바다 너머 다른 곳에 여러분의 인생이 또 있나요? 당신의 삶을 살아주는 다른 누군가가 있나요? 여러분은 이 세상에 유일합니다. 그걸 받아들이는 게 우선입니다. 특별하다는 건 바로 이겁니다. 내 삶은 내게 아주 특별한 거죠.

앞에서 임신과 출산의 경험을 얘기했습니다. 엄마들이라면 누구나 겪었을 일입니다. 시간이 지나면 기억조차 흐려지죠. 이따금 사진으로만 만나는 추억이 됩니다. 그러나 여러분의 삶에서는 몇 번 없는 대단한 경험입니다. 아이가 생긴 후 달라진 삶을 생각해보세요. 엄마라는 이름이 허락된 그날 이후 바뀌지 않은 게 없을 정도잖아요.

약간만 물러서서 바라보면 내 삶에도 소중한 순간이 많았다는 것을 알게 됩니다. 내세울 정도는 아니어도 자신에게는 충분히 의미가 있죠. 기승전결이 딱 부러지고 고개가 절로 끄덕여지는 다른 이의 삶은 말 그대로 그들의 삶입니다. 영감을 얻으면 되는 것이지 내 삶이 그렇지 못하다고 속상할 이유는 없습니다.

당신의 삶에 집중하세요. 내가 성장하고 행복하고 가슴 아팠던, 결국 나를 바꾸어놓은 내 삶의 작은 붓질에 집중하세요. 그런 붓질이 하나하나 모여 삶이란 거대한 그림을 그려내는 겁니다.

그 물이 흐르고 또 흐르고
끊임없이 흐르지만,
그러면서도 그곳에 언제나 존재한다.
언제나 똑같은 존재이며
그러면서도 매 순간 새로운 것이다.

_헤르만 헤세, 《싯다르타》 중

헤르만 헤세의 소설 《싯다르타》에서 주인공 싯다르타는 세속적인 삶에 강한 회의를 품은 뒤 강물이 들려주는 이야기에 귀를 기울이기로 마음을 먹습니다. 그는 강물이 들려준 첫 번째 비밀을 바로 이렇게 표현했습니다. 늘 변하는 것 같지만 언제나 그 자리에 있고 또 항상 같아 보이지만 늘 새롭다고 말이죠.

육아를 책임졌던 초기에 저는 완전히 쪼그라들었습니다. 허드렛일의 무한반복은 자존감마저 할퀴어놨습니다. 그러다 우연히 헤세의 글을 곱씹게 되었죠. 몇 줄 안 되는 문장이 저를 온몸으로 감싸고 토닥여줬습니다. 언제나 똑같지만 매 순간 새롭다는 그의 통찰에 눈물을 흘렸습니다.

그때부터 일상을 기록하며 의미를 찾았습니다. 유리감옥에서 매일 조금씩 말라가던 저는 일상의 기록에서 공기와 물을 얻었습니다. 철 지난 유행가처럼 지루하다고 느꼈던 내 하루가 수십 년째 찾는 명곡처럼 다가왔습니다. 다시 오지 않을 하루를 마감하며 웃을 수 있었습니다.

언제나 똑같지만 매 순간 새로운 것, 저는 우리의 일상이 바로 그렇다고 생각해요. 어떤 일상이든 스토리가 될 수 있고 우리의 삶은 그런 스토리가 가득 찬 문학입니다. 매일 수많은 자극이 우리를 관통하지만 습관에 길들여진 우리는 그저 같은 일상이라 여기며 아무 의미를 찾지 못합니다. 감수성이 사라진 삶은 물안경 없이 물속에 뛰어든 것과 같습니다. 감수성을 찾으세요. 눈을 뜨세요. 하루에 하나의 스토리면 충분합니다. 그것만으로도 오늘 하루는 충분히 값지니까요.

우리 대부분은 고만고만한 하루하루를 보냅니다. 내 생에 최고의 순간이라고 해봐야 어디 내놓기 민망할 정도입니다. 아이가 처음으로 '엄마'라고 말했던 날, 자기 먹을 것을 남겨 엄마에게 내민 날, 친구들도 좋은데 여전히 엄마가 최고지라고 말해준 날, 바라던 대학에 들어가고 내로라하는 곳에 취직한 날, 군대 간 아들이 보낸 편지를 읽으며 눈물 흘린 날, 친구 같아진 딸이 혼자 있는 엄마를 걱정해준 날, 일밖에 모르던 남편이 결혼 20년 만에 먼저 여행 이야기를 꺼내 흥분했던 날. 고작 그런 일들이 내 인생의 몇 안 되는 하이라이트입니다.

그러니 그런 이야기를 쓰는 겁니다. 왜 글을 쓰시려 하나요? 놓쳐왔던 일상의 행복을 되찾기 위해서 아닌가요? 나를 둘러싼 수많은 관계와 현상을 바르게 이해하기 위해서 아닌가요? 나만의 철학과 가치관을 정립하기 위해서 아닌가요? 내 삶의 주인이 바로 나라는 사실을 깨닫기 위해서 아닌가요? 그러니 내 이야기, 내 주변에 일어나는 일들이 글감이 되어야 합니다. 그래야 내 삶을 더 깊이 사랑할 수 있습니다.

먼지 덮인 옛 이야기를 현재로 가져와 숨을 불어 넣어 주세요. 임신을 확인했던 그날의 설렘, 출산의 두려움과 경이로움부터 더듬어 보세요. 그리고 그 느낌을 담담하게 문장으로 옮기세요. 그 문장이 바로 당신의 오늘을 말해줄 겁니다. 일상이 스토리입니다. 삶이 문학입니다.

글쓰기는 커피 나누며 떠는 수다

우리가 쓰려는 글은 죽을 때까지 혼자 간직할 일기가 아닙니다. 지극히 개인적인 글이라 해도 그 글을 통로 삼아 이웃의 공감을 얻을 수 있습니다. 그런 교감을 염두에 두고 써야 자신을 더 세밀하게 들여다 볼 수 있습니다. 읽는 사람이 이해할 수 있을까 하는 고민이 글 쓰는 이의 생각과 감정을 더 명료하게 해줍니다. 하지만 단어와 문장으로 멋진 그림을 완성해 놓아도 누가 쳐다보지 않으면 그만입니다. 글도 소비되어야 하는 상품이니까요.

누군가 수고를 무릅쓰고 읽으면, 그걸로 끝일까요? 글은 그때부터 끝없이 재생산됩니다. 결코 죽지 않습니다. 독자의 머리와 가슴에 자리를 잡고 그의 사고와 감정에 영향을 미칩니다. 형태는 부서질지라도 글에 담긴 메시지는 쉽게 사라지지 않죠. 자신의 글이 어떤 상처를 보듬을지, 어떤 궁금증을 해소해줄지, 어떤 통찰을 줄지, 어떤 생각을 잉태할지 예측할 수 없습니다. 그것은 어디까지나 독자의 몫입니다.

내 손을 떠난 글은 더 이상 손 쓸 방법이 없습니다. 아차, 잘못 썼구나. 지금 보니 이렇게도 해석될 수 있구나. 아무리 부연 설명을 해도 독자의 귀에 닿지 않습니다. 어디에서 누가 읽었는지 알 길이 없죠. 활자화된 글에는 변명의 기회가 없습니다.

그래서 글에는 무거운 책임감이 따릅니다. 행하지 않은 것을 경험한 것처럼 쓸 수 없고, 모르는 것을 아는 것처럼 담을 수 없습니다. 내 철학과 맞지 않는데도 대중의 입맛에 맞춰 문장을 다듬어서도 안 되죠. 거짓말을 기록할 필요가 있을까요? 얼마나 오래 또 멀리 전해질지 아무도 모릅니다. 글을 쓰는 게 간단하지 않은 이유 중 하나입니다.

이런 소리를 들으니 글 쓰는 일이 더 어려워 보이지 않나요? 방금 전까지 들고 있던 연필마저 내려놓게 만드니까요. 그깟 글 하나 쓰는데 왜 이렇게 겁을 주는 걸까요. 제가 말씀드리고 싶은 것은 두 가지입니다.

우선 진실해야 합니다. 대중에게 내놓는 글일수록 이런 고민이 커집니다. 내 글을 본 사람들이 나를 이상하게 생각하면 어떡하지. 내 생각이 좀 촌스러운가. 나만 이런가. 글을 쓴다는 것은 꼬리에 꼬리를 물고 이어지는 이런 질문에 스스로 답을 찾는 과정입니다. 힘든 문답의 길 끝에 진정한 자신이 있습니다. 자신이 아닌 다른 사람을 글에 담지 마세요. 포장할 필요 없습니다. 그대로 담으면 됩니다. 정리가 덜 되었다면 덜 된 채로, 아직 답을 찾는 중이라고, 생각이 여전히 복잡하다고 말이죠. 글 속에 삶이 드러나야 독자도 마음을 엽니다.

다음으로 드릴 말씀은 부담감입니다. 초보 운전자에게 복잡한 교차로 통과와 차선 변경은 그야말로 식은땀이 흐르는 과제입니다. 사고도 많이 나죠. 하지만 대부분 머지않아 익숙해집니다. 글도 마찬가지라고 생각해요. 요즘 글씨를 쓰기 위해 손목을 얼마나 움직이나요? 장 볼 목록, 전화번호나 계좌번호, 집안 어른 생신 같은 행사를 메모하는 일 외에는 별로 없을 겁니다. 조금 긴 글이라고 해야 아이들 학교에서 온 가정통신문에 회신을 하거나 몇 줄 되지 않는 일기를 쓰는 걸 겁니다.

당연하게 생각하세요. 글을 쓰는 게 편하지 않는 건 당연한 겁니다. 남들은 잘하는데 왜 나는 못하지 생각하시나요? 지난 삶이 그렇게 만들어놓은 겁니다. 자책할 필요 없어요. 이상하게 생각하지 말자는 거죠. 이제부터 시동을 걸고 기어를 넣고 천천히 나가면 됩니다. 편하게 마음을 먹으세요. 답답할 겁니다. 평소 쓰지도 않는 고상한 단어를 고민하게 되고 머리는 복잡해지고 손목은 굳어 갑니다.

부담을 더는 가장 좋은 방법은 한 사람의 독자를 정하는 겁니다. 하고 싶은 이야기에 가장 어울리는 사람을 생각해보세요. 이 글을 쓰고 있는 저는 글쓰기 수업에 참여했던 한 엄마를 떠올리고 있습니다. 편의상 진희라고 부르겠습니다. 그리고는 그 사람에게 말해주듯이, 앞에 앉아서 차를 함께하는 그 사람에게 얘기하듯 쓰는 겁니다. 이렇게요.

진희 씨, 글 쓸 때는 말이죠, 마음을 편하게 먹으세요. 누가 보는 거 아니잖아요. 이 글은 진희 씨가 공개하지 않으면 아무도 보지 않습니다. 지금 마음속에 떠오르는 이야기를 그냥 글로 그대로 옮기면 됩니다. 아무 생각이 안 난다고요? 그럼 그걸 문장으로 옮기세요. “아무 생각이 안 난다.” 쓰고 나면 다른 생각이 떠오릅니다. 앞뒤 따지지 말고 생각나는 대로 써보세요.

여러분은 지금 바쁜 아침을 보냈습니다. 설거지도 끝내고 청소도 대충 마무리했습니다. 친한 언니에게서 연락이 와 카페에서 만났습니다. 커피 한잔 하며 수다를 떨고 있죠. 언니와 나누는 대화를 토시 하나 바꾸지 않고 글로 옮긴다고 생각하세요. 일단 써보면 엄청난 분량의 글이 나올 겁니다. 말하는 것도 부담되나요? 그렇다면 이번에는 마음에 떠오르는 생각을 그대로 옮기세요. 다듬을 필요 없어요. 그냥 꺼낸다고 생각하세요.

이런 방식으로 쓰면 글의 문체가 경직되는 것도 예방할 수 있습니다. 입말에 익숙하지만 막상 부드럽게 쓴다고 해도 써놓은 글을 보면 딱딱하거든요. 그러니 대화한다, 이야기 나눈다, 속삭인다는 느낌으로 써보세요. 친한 친구나 형제자매를 떠올려도 좋습니다. 구체적인 한 사람을 정해서 그 친구와 몇 마디씩 주거니 받거니 하는 느낌으로 써 내려가면 됩니다. 이렇게 써도 글의 품격이 떨어지지는 않습니다.

말은 잘하는데 글은 못 써! 하는 분들이 있습니다. 입말과 글말을 너무 구별하기 때문인데요. 말하듯 글을 쓴 뒤 약간만 고치면 아주 좋은 글이 됩니다. 친절하고 구체적이면 더 좋겠죠! 친구와 편하게 수다 떠는 장면을 상상해보세요. 할 말이 줄 서서 기다리잖아요. 바로 그겁니다. 그런 글이 잘 읽힙니다. 잘 읽혀야 좋은 글입니다.

정리해 볼까요. 이제부터는 누구라도 한 명을 정해서 그 사람에게 말하듯 쓰는 겁니다. 아니, 그냥 말한다고 생각하세요. 여러분의 이야기를 너무 듣고 싶어 안달이 난 친구가 앞에 앉아 있는 거예요. 부담을 버리고 친절한 이야기꾼이 되어 주세요. 단, 거짓말은 빼고. 어때요? 쉽죠?

엄마를 위한 글쓰기 특강

일상이 스토리다

긴 겨울로 접어들었다. 아이들의 방학도 시작했다. 그 덕에 겨울은 더 길어졌다. 아이들과 함께하는 시간이 많아졌는데도 마음은 그리 반가운 눈치가 아니다. 반나절이면 깜찍할 테지만 하루 종일은 끔찍하다. 24시간 이놈들과 붙어 있을 걸 생각하니 손에 땀이 난다. 추운 날씨에 집 안에서 시간 보내는 것도 문제지만 밥상 차리고 간식 챙기는 일이 더 걱정이다. 아내는 매번 휑한 접시를 보며 메뚜기 떼가 지나갔다고 놀란다. 번번이 양념도 남기지 않고 접시를 비우는 녀석들은 무섭기까지 하다. 어제는 시도 때도 없이 배고프다, 뭐

먹을 거 없냐는 아이들을 달래며 마트라도 차리자고 아내에게 실없는 소리를 했다.

이런 상황에서 그나마 우리 부부의 숨통을 트이게 해주는 건 귤이다. 달달한 데다 신맛이 적당히 어우러지니 제법 먹을 만하다. 껍질도 쉽게 까지고, 지저분하게 손에 묻지도 않으니 아이들 주기에 딱 좋다. 막내도 껍질을 살살 까더니 오물오물 씹어 먹는다. 한 소쿠리 내놓기만 하면 배고프다고 구시렁거리는 소리가 싹 사라진다. 살다 살다 귤에게 고마움을 느낄 줄이야. 쓰레기봉투가 귤껍질로 가득 찼다. 생각해보니 여름에는 수박으로 버텼다. 자기야, 과일가게 차릴까. 아내에게 또 실없는 소리를 한다. 아내는 그냥 웃고 만다.

사는 데 특별할 게 있을까. 맛있는 것 먹고 재밌게 놀고 편히 쉬며 하루하루 보내는 거 아닐까. 즐겁고 배부르면 그만이다. 고생한 사람에게 가장 먼저 하는 말이 뭔가. 밥 한번 먹자 아닌가. 오랜만에 집에 돌아온 자식에게 어머니가 해주는 가장 큰 선물은 밥 아닌가. 고단한 하루 중 가장 행복한 순간은 저녁밥상 앞에서 숟가락을 들 때 아닌가.

살기 위해 먹는가, 먹기 위해 사는가. 어느 하나를 고를 필요는 없다. 우리 인간은 두 가지 경우 모두에 해당하니까. 어쩌면 이 극단적인 대립각이 우리 삶의 본질을 흐리게 하는 건 아닐까. 우리는 잘 먹고 편하게 쉬는 일을 사치라고 생각해왔다. 가치를 부여하지 않았다. 심지어 죄악시했다. 귤껍질을 까며 고민이 시작됐다. 잘 산다는 건 뭘까.

_글껍질을 까며

글을 쓰기로 결심하고 연거푸 세 권의 책을 출간했습니다. 에세이 풍이기는 하지만 전반적으로 인문교양서적입니다. 쓰는 입장에서는 책의 전반적인 얼개를 구성한 뒤 필요한 자료를 찾아가며 써야 합니다. 집에서 아들 셋을 보면서도 이게 가능했던 이유는 첫째와 둘째를 학교와 어린이집으로 보낸 뒤 혼자 있는 시간이 많았기 때문입니다. 물론 새벽에 글 쓰는 일이 훨씬 많았지만.

《포기하는 힘》의 원고를 넘기고 바로 작업하려 했던 주제는 '야광사회'였습니다. 밤이 밝을수록 우리의 내일은 어두워진다. 밤을 밝히는 정책, 문화, 인식이 우리의 삶을 우울하게 만든다는 주제로 책을 쓰고 싶었습니다. 시민의 편의를 위해 지하철을 새벽 1시까지 연장 운행한다는 뉴스를 접한 뒤였습니다. 뭔가 거꾸로 간다는 생각이 들었거든요. 필요에 의해 제도를 만들고 있는데 이게 오히려 우리를 옭아매고 있으니까요.

하지만 그 무렵 막내가 일어서고, 걷고, 달리기 시작하니 아이에게서 한시도 눈을 뗄 수가 없었습니다. 자료 조사부터 할 일이 많은데 막내를 보니 엄두가 안 나더라고요. 아기띠를 한 채 서서도 작업을 했는데 이젠 이것도 힘들겠더라고요. 글 쓰는 게 일인 사람이 글을 못 쓰니 참 답답했습니다.

그러다가 생각을 조금 바꿨습니다. 육중일기를 쓰자고 결심한 거죠. 육아의 기술을 나열하는 육아일기가 아니라, 전쟁 같은 육아 중에도 아빠는 끝없이 성장한다는 이야기를 담고 있는 육중일기 말입니다. 작업은 일사천리로 진행되었고 쓸 거리는 넘쳐났습니다. 낮에 막내를 보면서도 뭘 쓸지 메모하는 정도는 가능했으니까요. 아이들이 모두 잠든 밤이면 장작들을 꺼내 불을 지폈습니다. 똥 싸는 일부터 두꺼운 옷을 입히고 외출하는 일. 설거지하다가도 아이들이 소리 지르면 달려가는 일 등 육아대디의 일상이 스토리로 다시 태어났습니다.

아마 제가 '야광사회'를 고집했다면 우리 가족 모두 힘들었을 겁니다. 하지만 현재의 조건에서 내가 할 수 있는 것을 찾으니 그게 또 하나의 스토리가 되었습니다. 그리고 이게 지금 이 순간의 저를 만들어놓은 거죠. 글을 쓰지 못하는 순간은 있어도 글을 쓸 수 없는 사람은 없습니다. 누구에게나 어떤 사건이 늘 새롭게 일어나고 있으니까요. 꼭 굴곡진 삶이어야만 좋은 글이 나오는 건 아닙니다. 우리 대부분의 삶은 잔잔한 일상으로 채워졌습니다. 어떤 의미를 건지느냐가 관건입니다. 그게 바로 스토리이죠. 바라보는 방향에 따라 전혀 다른 이야기가 나올 수 있습니다. 약간의 입김만 불어넣어주면 환하게 불이 들어올 것이라 확신합니다. 뭔가를 거창하게 구상하지 않아도 좋습니다. 지금 하고, 먹고, 생각하고, 느끼고, 보고 있는 일상적인 것들을 문장에 담으세요. 그렇다면 애써 글감을 찾으려고 노력하지 않아도 되겠죠. 지금 가장 자주 접하는 것, 고민하는 것, 상심에 빠뜨리는 것. 그것이 바로 글감 그 자체입니다.

우선은 관점을 바꿔야 합니다. 자신에게서 벌어지는 다채로운 사건을 스토리로 인식하느냐 못하느냐는 결국 글쓰기에 대한 관점이 결정합니다. 졸졸 흐르는 시냇물도, 세차게 흐르는 강줄기도, 거센 파도가 부서지는 바다도 모두 이야기의 소재가 될 수 있는 겁니다. 어떤 일도 글로 표현할 수 있습니다. 이제는 조금 다르게 바라보세요. 일상이 스토리입니다. 삶이 문학입니다.

5분 글쓰기, 지금 써봐요

오늘 하루 한 일을 써보세요. 만약 지금이 오전이라면 아침에 했던 일을 몇 가지만 써보세요. 세수, 아침 준비, 아이들 가방 챙기기, 인사하기, 현관 청소 등 주부라면 늘 해오는 그런 일상적인 것들도 좋습니다. 문화센터에서 뭘 배웠을 수도 있고 오랜만에 친구를 만났을 수도 있습니다. 괜찮아요. 오늘 한 일을 쓰는 거니까요. 자, 이제 그중 하나를 선택해서 글로 써볼까요.

막막하다면 육하원칙을 떠올려보세요. 언제, 어디에서, 누구와 어쩌다가 왜 그 일을 한 것인지 쓰는 겁니다. 글 같지도 않다 생각지 마시고 한번 해보세요. 일단 써보면 그다음은 앞에 쓴 문장들이 끌어줄 겁니다.

세상에서 가장 맛있는 상상

매콤한 게 당겼다. 아이들 치다꺼리하다 끼니를 거르면 몸은 유독 혀끝을 자극하는 캡사이신을 요구했다. 그럴싸하게 만들 재간은 없으니 매번 찾는 게 비빔면이다. 꼬맹이 낮잠 자는 시간에 맞춰 비빔면 두 봉지를 꺼낸다. 하나는 아쉽고 둘은 부담이다. 잠깐의 고민 끝에 부담을 떠안기로 결정한다. 먹을 수 있을 때 먹어둬, 스스로 찾은 이유고 격려다.

물을 올리고 양파와 오이를 꺼내 찬물에 씻는다. 어슷썰기를 한 뒤 가늘게 채를 낸다. 두꺼우면 탱글탱글한 면발의 식감을 느낄 수 없다. 물이 펄펄 끓으면 반으로 갈라 면을 넣고 뜨거운 김을 후후 불며 면을 들었다 놨다 반복한다. 이렇게 해야 면이 쫄깃해진다고 하는데 비교해보거나 찾아보진 않았다. 마음 급한 나는 그저 빨리 익으라 재촉하는 것일 뿐. 면발이 적당히 풀려 흐느적거리면 체에 부은 뒤 바로 찬물을 쏟아낸다. 풀기가 싹 빠질 때까지 씻어낸 다음 정수기에서 냉수를 받아 마지막 세수를 시킨다. 물기를 짜낸 뒤 냉면그릇에 담는다. 한겨울 내린천의 빙어처럼 싱싱하다. 그 위에 미리 채를 낸 오이와 양파를 수북하게 담는다. 막내의 밥상을 책임지는 김은 봉지째 두어 번 비빈 다음 채소 위에 뿌린다. 양념장을 짜내면 전투준비가 끝난다.

아차, 참기름! 참기름이 빠졌구나. 장모님이 신문지에 둘둘 말아 고이 건넨 참기름. 한 번 쭉 따르고 주둥이를 닦는다. 그 향이 콧구멍을 시원하게 뚫고 들어와 뇌 한 가운데를 고소하게 자극한다. 양념이 잘 퍼지도록 골고루 비빈다. 큼직하게 한 젓가락을 떠 한입 가득 넣는다. 쌉쌀한 양파와 시원한 오이, 어금니를 간지럽히는 쫄깃한 면발, 침샘의 뚜껑을 열어젖힌 양념. 미동도 않고 낮잠을 주무시는 막내. 이보다 더 환상적인 점심은 없다. 우울했던 기분은 고작 비빔면 한 그릇에 모조리 날아갔다. 인생 뭐 있나. 잘 먹고 잘 자고 가끔 웃어주면 그게 행복이다.

_비비고 비비면

먹고 죽은 귀신이 때깔도 좋다는데 밥도 제때 못 먹는 신세가 처량할 때가 있습니다. 아니, 화가 납니다. 평소에는 아무렇지 않은데 문뜩 그럴 때가 있잖아요. 사람의 마음은 뚜렷한 이유 없이도 화산처럼 폭발하거나 먼지처럼 가라앉습니다. 따지고 보면 사소한 일이라 겉으로 봤을 때는 영문을 알 수가 없습니다. 스스로도 감추려는 본능 때문에 왜 그런지 잘 모릅니다. 하지만 험한 말이 나오고, 얼굴은 싸늘해지고, 행동에는 불쾌함이 가득 묻어납니다.

더위가 최고조에 달했던 2017년 여름. 소강기에 접어들었던 막내의 저지레가 다시 부흥기를 맞았습니다. 책장의 책과 CD를 바닥에 끌어내리는 것은 예삿일이고 의자를 끌고 다니며 장식장 위의 액자도 내동댕이쳤습니다. 모래알만 한 물고기밥도 바닥에 다 쏟았습니다. 용감해진 이 녀석은 어느 틈엔가 욕실로 침투해 비누를 깨물고 변기물로 세수를 했습니다. 욕실과 현관에 안전문을 설치한 게 바로 이 무렵입니다.

얼마나 더 지켜봐야 할지 가늠이 되지 않았습니다. 차라리 마음껏 해보도록 내버려두면 좀 나아질까 했지만 망할 놈의 저지레는 장르를 넘나들며 끝없이 새롭게 개발되었습니다. 옷장을 뒤지던 일은 그 옷을 숨기는 단계로 발전하고 어느새 걸레로 활용하는 수준으로 발전했습니다. 켜질 때마다 나는 작동음이 마음에 들었던지 프린터의 전원을 마구잡이로 껐다 켰다 하는 바람에 수리비를 몇 만 원씩 쓰게 만들었습니다.

그런 날들이 이어졌습니다. 때운다는 표현처럼 점심은 이것저것 눈에 띄는 걸로 대충 해결했습니다. 입맛은 없는데 허기는 졌습니다. 매일 반복되는 저지레와 뒷정리에 지쳐갔습니다. 우울했습니다. 그런데 별 생각 없이 집어든 비빔면이 몰랐던 기쁨을 알게 해줬습니다. 처음에는 간단히 배를 채울 생각이었지만 점차 요리로서 구색을 갖추어 갔습니다.

오전 내내 아무 생각 없이 막내 뒤만 졸졸 따라다니다가 배가 고

파지면 그늘진 놀이터를 찾아 땀을 내게 했습니다. 손바닥이 시커멓게 변하면 집으로 들어와 씻기고 토닥여 재웠습니다. 비비고 비비면 기분이 좋아지는 비빔면을 만들어 먹을 시간이 온 겁니다.

한 끼 식사를 무시하면 안 됩니다. 저야 인스턴트 비빔면을 이야기했지만 맛있는 음식을 먹는 건 단순히 배를 채우는 게 아닙니다. 생명 유지 활동이면서도 육감을 발휘하는 중요한 경험입니다. 동시에 좋은 글감이 되기도 합니다. 눈을 감고 침샘이 열리는 걸 느껴보세요. 먹을 준비에 분주한 몸 구석구석을 차례차례 둘러보세요. 침이 나오고 위산이 분비되고 소화기관으로 혈액이 모이는 게 느껴지나요. 향긋한 냄새가 코를 마취시킵니다. 예쁘게 담아낸 음식은 헤집어놓는 게 미안할 정도입니다. 이 얼마나 아름다운 순간인가요.

먹는 순간도 좋습니다. 요리하는 과정도 당연히 이야기가 됩니다. 누군가를 위해 음식을 마련하는 장면을 담아도 괜찮습니다. 세상에서 가장 맛있는 상상을 해보세요. 어울리는 단어를 찾고, 알맞게 배열해서 적당한 문장을 만들어보세요. 글 쓰는 게 요리와 비슷하지 않나요.

5분 글쓰기, 지금 써봐요

지난 일주일 동안 먹은 것 중에 가장 맛있었던 음식에 대해 써볼까요.

남편이나 아이들에게 즐겨 해주는 요리나 반찬을 소재로 써보는 것도 좋습니다. 재료를 사서 다듬고 준비하는 과정, 불을 이용해 조리하는 과정도 함께 문장으로 옮겨보세요. 맛있는 글을 쓰면 음식도 맛있어집니다.

상상만으로도 쓸 수 있습니다. TV나 잡지에서 보기만 하고 먹어보지 못한 음식을 생각하며 쓰는 겁니다. 일종의 기대평이라고 해두죠. 설레는 마음으로 상상하는 겁니다. 기억에 존재하지 않는다면 상상해도 좋아요.

아버지께서 말씀하셨다

2시쯤 출발할게요. 바쁜데 뭐하러 오노? 안 바빠요. 둘은 데리고 가요. 어머니 생신에 맞춰 내려가겠다고 연락을 드렸다. 어머니는 괜한 고생이라면서도 조심히 내려오라 하셨다. 전화기 너머에서 아버지의 잔소리가 이어진다. 조용히 넘어가나 했는데 이번에도 어김

없다. 왕복하면 통행료에 기름값이 얼만지 아느냐. 애들도 고생이고 그냥 집에 있어라. 생일이 뭐라고 내려오노. 신경 쓰이니까 내려오지 마라. 왜 이리 말을 안 듣노. 좀 조용히 하소! 어, 조심히 내려온나.

고향 가는 일은 매번 시끄럽다. 특별한 일이 아니면 늘 이렇다. 아버지에게는 매년 돌아오는 생일 따위야 아무런 일도 아닐 테니. 집을 좀 치우고 강의 자료를 보고 있는데 전화가 왔다. 아버지였다. 추석 때 갖고 간 도라지는 다 먹었나? 예, 그건 애들도 같이 먹어서 벌써 다 먹었죠. 그러면 내려올 때 통 갖고 와라. 예, 그럴게요.

우리 시대 아버지의 사랑법은 이렇다. 행간을 잘 읽어야 이해할 수 있다. 그래야 멀어지지 않는다. 사랑은 그렇게 이어진다. 내려갈 길이 막막했는데 뻥 뚫린 듯 시원해진다.

_아버지의 사랑법

중학교 1학년 때였습니다. 시집간 큰 누나 내외가 집에 오는 날은 1년 중 가장 북적였습니다. 그래봐야 한 사람 더 느는 건데도 벌집 쑤셔놓은 것처럼 모두가 이 방 저 방 왔다 갔다, 주방을 들어갔다 나왔다 분주했습니다. 그때만 해도 휴대전화가 없었으니 언제 도착하는지 정확히 알기는 어려웠습니다. 출발한 시각과 이동 시간을 놓고 짐작하는 수밖에 없었죠. 누나가 도착할 때가 가까워지면 아버지는 늘 옥상으로 올라가셨습니다. 그리고는 낮은 주택가 사이로 난 골목길 끝자락을 말없이 지켜보셨습니다.

하릴없이 이쪽을 보시다가 또 잠시 뒤에는 저쪽을 보셨습니다. 매형을 기다리던 나는 옥상 빨랫줄에 걸린 빨래집게를 주먹으로 툭툭 치며 시간을 보냈습니다. 그때는 잠깐도 아닌데 왜 이렇게 기다리시는지 이해가 안 됐습니다. 어떤 날은 1시간이나 그렇게 서 있을 때도 있었으니까요. 길어야 1분인데 뭘 그리 먼저 보시려고 그러나 생각했습니다.

그런데 시간이 지나서 생각해보니 아버지가 옥상에 올라가셨던 건 다른 이유 때문이었습니다. 사위가 집 안으로 들어오기 전, 당신께서 먼저 집 밖에서 맞이하고 싶으셨던 겁니다. 그렇게 아버지는 먼 길을 달려온 사위에게 고마움을 표현했고 친정에 돌아오는 딸에게 사랑을 보여줬습니다. 별 다른 말도 없이 그렇게 사위를 맞이하고, 어색하게 술잔을 몇 번 기울이는 게 전부였지만 그래도 저보다 나이가 아홉이나 많은 큰누나는 아버지의 사랑을 충분히 느꼈을 겁니다.

어느덧 막내인 저도 집을 떠나 결혼을 하고, 가정을 꾸리고, 아빠가 되었습니다. 누나가 그랬듯 저 역시 종종 부모님을 찾습니다. 집이 보이는 골목길에 들어서면 아들을 기다리며 이쪽저쪽 고개를 돌리시는 아버지가 보입니다. 그 모습은 20년 전이나 지금이나 한결 같습니다. 다만 기다리는 장소가 옥상에서 집 앞으로 바뀌었죠. 아들의 차를 알아보신 아버지는 이쪽으로 주차하라며 신호를 보냅니다. 그러고는 제 차가 들어갈 공간을 만드시려고 어느새 당신의 차를 저 골목 끝으로 몰고 갑니다. 운동장만 했던 골목길이 주차도 어려울 만큼 좁아졌는데도 유년시절의 골목처럼 넓게 보이는 건 이 때문이겠죠.

그렇게 아버지는 언제나 당신만의 방식으로 사랑을 표현해 오신 게 아닐까요. 엄마라서 혹은 아빠라서 사랑이 깊거나 얕다고 생각하지 않습니다. 다만 그 사랑을 전달하는 방법에 약간의 차이가 있을 뿐입니다.

고향에 내려갈 때마다 아버지의 잔소리를 듣습니다. 아들의 결정이라면 별다른 말씀이 없으신데도 유독 고향 가는 일에 있어서만큼은 이유와 목적을 따지십니다. 자식이 부모를 찾는데 무슨 설명이 필요한가 싶습니다. 하지만 그게 아버지의 사랑법이라는 걸 알게 되었습니다. 이성적으로 이해가 안 될 때도 있지만 개의치 않습니다. 그냥 그렇게 하고 싶으신 거겠지. 이렇게 저 자신을 납득시키면 됩니다.

낙엽이 두텁게 쌓인 공원을 떠올려보세요. 마른 낙엽이 바스락 부서집니다. 우리는 그 위를 천천히 걷고 있습니다. 간지러운 그 소리를 귀에 담으려, 발바닥을 편하게 감싸주는 그 감촉을 기억하려 신경을 집중합니다. 입꼬리가 절로 올라가고 이게 행복이구나 하는 생각이 듭니다. 그런데 제대로 된 낙엽을 즐기기 위해서는 힘없이 부서지는 낙엽이 쌓이고 쌓여 축축하게 바닥에 깔려야 합니다. 바닥의 습기를 머금어야 스펀지처럼 포근해지니까요.

아버지의 사랑이 이렇습니다. 눈에 드러나지 않지만 늘 일상의 밑바탕에 깔려 있습니다. 아버지는 표현을 안 하시니까, 무뚝뚝하시니까, 도무지 속을 알 수 없으니까라는 말에 속지 마세요. 받은 게 없다고 단정하지 마세요. 아버지도 늘 표현하고 계십니다. 언제나 주고 있습니다.

전화 너머에서 잔소리를 늘어놓으셨지만 누구보다 반겨주시는 분이 아버지입니다. 반찬통에 도라지를 담을 때 꾹꾹 눌러 담는지 어깨 너머로 확인하시는 분도 아버지입니다. 혹시라도 두고 가는 게 없는지 집 안을 한번 둘러보느라 차가 떠날 때쯤 되어야 배웅을 나오시는 분도 아버지입니다. 여러분은 그분의 사랑법을 알고 계시나요?

아버지를 이미 보내드렸을 수도 있습니다. 아버지라는 이름이 저마다 다른 감정을 불러온다는 것도 알고 있습니다. 저와는 정 반대로 반감을 가질 수도 있죠. 또는 아무런 감정이 없을 수도 있습니다. 하지만 그것은 아버지에 대한 첫 감정입니다. 짧아도 좋습니다. 아버지와 함께했던 순간이나 나눴던 대화를, 마음에 남아 있는 이미지를 글로 옮겨보세요. 첫 감정이 어떤 무늬로 번져 나갈지 확인해보세요.

5분 글쓰기, 지금 써봐요

아버지에 대한 글을 쓰는 겁니다. 함께한 시간이 짧다고 겁먹을 필요 없습니다. 아주 어릴 적이라도 좋으니 기억을 더듬어보세요. 연락할 수 있다면 전화를 거세요. 어떤 말을 나누었는지 기록하고 글에 담아 의미를 부여하세요.

이 방법도 효과가 있습니다. 기억을 만들어보는 겁니다. 어떻게 생기셨나요? 눈은 컸나요? 목소리는 어땠나요? 여러분을 바라보는 눈빛이나 나눴던 대화를 떠올려보세요. 그런 작은 조각들을 모아 아버지를 지금 바로 옆자리로 모셔 오는 겁니다. 궁금한 걸 물어봐도 좋습니다. 혼자 묻고 답해도 괜찮아요. 아버지가 등장하는 글을 한번 써보는 거니까요.

계절이 바뀌는 길목에서

가을이 깊어갑니다
코끝이 찡해집니다
눈물이 살아납니다
당신이 떠오릅니다

_비염

태풍이 할퀴고 간 뒤라 그런지 여름의 흔적이 싹 달아났습니다. 햇볕이 강한 낮에만 훈훈한 기운을 느낄 수 있으니까요. 아침저녁으로는 제법 바람도 찹니다. 분명 이것은 우리의 일상에 변화가 생겼다는 말입니다. 창문을 스치는 싸늘한 바람소리. 자신의 이야기를 써 달라는 아우성 아닐까요.

어제 큰 녀석의 숙제는 낙엽을 열 장 주워가는 거였습니다. 밤 9시쯤 쓰레기를 버리러 가면서 둘째도 같이 줍고 들어왔습니다. 바싹 말랐던 것들이 최근 내린 비로 눅눅하게 몸집을 다시 키웠더군요. 부서지지 않을까 걱정했는데 다행이었습니다. 조심성이 부족한 아이들이 챙기기에는 오히려 더 나았습니다. 그런데 집에서 입고 있던 내의 차림으로 나갔다가 깜짝 놀랐습니다. 큰아들은 초가을이 초비상이라는 농담을 하더군요. 추웠습니다.

아침마다 아이들 챙기는 일이 힘들어지겠죠. 여름에는 반바지에 반팔, 그리고 양말도 없이 샌들 하나면 끝입니다. 그런데 겨울이 오면 내복부터 장갑, 마스크까지. 밖에 한 번 나가려고 하면 어느새 얼굴은 땀으로 반질반질합니다. 그날이 다가왔다는 신호가 곳곳에서 감지됩니다. 아들만 셋을 키우는 제게는 계절이 바뀐다는 게 이런 의미입니다 낭만이나 추억보다는 생활과 연결됩니다.

알레르기성 비염이 고개를 들고, 손발이 차지고, 옷장을 정리하고, 옷차림이 무거워지고, 행동은 움츠러들고 위축됩니다. 환절기를 거쳐 겨울로 들어가는 문턱에서 제가 겪어야 할 귀찮고 불편한 것들입니다. 여러분 주변에서도 늘 변화가 일어납니다. 그것을 놓치지 않고 바라보는 일, 때론 놓치더라도 아차 하며 다시 돌아보는 일. 그리고 그것을 한 편의 글로 남기는 일. 그것이 바로 내 삶을 제대로 살아가는 방법이고 그래야 삶의 깊이가 더 깊어지지 않을까요.

찰나의 모임이 삶입니다. 삶은 환희의 순간만 모아놓은 화보집이 아니라 순간이라는 조각을 맞추는 퍼즐과 닮았습니다. 아무 색깔도 무늬도 없는 조각일지라도 삶을 이루는 한 부분입니다. 미래의 어떤 시점도 지금을 대신할 수 없습니다. 순간에 의미를 부여하는 법. 그것이 바로 글쓰기이고 그래야 내 삶이 됩니다.

글쓰기는 배워서 나아지지 않습니다. 특히 우리가 지금 함께하고 있는 '성장하는 글쓰기', '내면을 두드리는 글쓰기'는 저마다의 연장으로 직접 다듬어야 합니다. 설계도가 없는 것은 물론이고 목표도 불분명합니다. 어떤 작품이 나올지 알 수 없는 것은 당연하죠. 그러므로 베스트셀러 작가의 강의를 듣는다고 해서 자신의 글이 더 빛날 거라 기대하지 마세요. 누구에게 배워야만 익힐 수 있는 글쓰기 방법이나 기술은 없습니다. 있다 해도 이미 그것은 그 사람의 체취가 묻어 있기 때문에 다른 사람과는 어울리지 않습니다.

좋은 글쓰기 수업은 학생이 여러 소재를 다양한 관점에서 직접 써보도록 글쓰기의 멍석을 까는데 집중해야 합니다. 습작과 고쳐쓰기의 끈적한 과정을 체험한 뒤에야 좋은 글장이로 성장할 수 있습니다. 그 속에는 쓰고, 고민하고, 고치고, 다시 쓰고, 또 고치는 문장과의 줄다리기가 있을 뿐입니다. 글은 그렇게 깊어집니다. 몇 시간의 강의와 실습으로 울림통이 단단해질 거라 기대하는 건 욕심입니다. 많이 쓰고 많이 고쳐보는 게 최선입니다. 그리고 이를 가능케 하는 것이 바로 '작은 변화'에 주목하는 겁니다.

눈으로만 이 책을 읽고 계시다면 연필을 들어 주세요. 고개만 끄덕이고 끄적이지 않는다면 바뀌지 않습니다. 작은 변화를 자신의 이야기로 연결하는 것이 중요하다는 겁니다. 작은 변화가 끝없이 일어나는 우리의 삶은 그야말로 뜨거운 문학이 되는 겁니다.

시간이 지나도 익숙해지지 않는 게 육아다. 나는 지금도, 여전히, 앞으로도, 변함없이 혼자 있는 시간에 목마를 게 분명하다. 막내가 어린이집을 다니는 3월이 오기 전까지는 특히 그럴 것이다. 육아해방절을 맞아 삼일절에는 집 앞 공원에서 만세 삼창이라도 해야 하지 않을까. 내게는 큰 사건임이 분명하다.

요즘 막내의 저지레는 신출귀몰하다. 리모컨이 쓰레기통에, 물컵이 빨래통에, 칫솔이 변기 속에, 연필이 신발 속에. 어디서 보물찾기를 배워 왔는지 조용히 작전을 수행하는데 막을 방법이 없다. 삼일절만 기다린다. 만세 삼창을 하고 다음날 바로 어린이집으로 달려갈 참이다. 26개월 만에 막내와 떨어진다. 비록 하루에 몇 시간이지만 어떤 기분일까.

설연휴가 끝났다. 언덕 꼭대기에 봄의 정수리가 살짝 걸쳐 있다. 한 달 뒤면 새싹이 돋아나고 막내는 어린이집으로 출근하겠지. 아빠와 헤어지는 게 어색하고 두렵겠지만 금세 익숙해질 거라 믿어. 봄날이 온다는 건 단단한 땅이 물러진다는 것이고, 물러진 틈으로 새

생명이 솟아난다는 거잖아. 인고의 세월 끝에 틈 사이로 비추는 햇빛과 눈이 마주치면 어떤 기분이 들까. 내게도 이번 봄은 특별하다. 온몸이 설렌다.

_봄날이 온다

막내와 떨어질 걸 생각하면 걱정이 되지만 설레는 마음을 숨기기 어렵습니다. 그간 미뤄왔던 일들을 하나씩 해볼 수 있겠다 생각하니 마음이 급해집니다. 이렇게 글로 풀어놓으면 설레는 심정을 짧은 이야기로 담아둘 수 있습니다. 언제라도 이 마음을 다시 꺼내 볼 수 있으니 부자가 된 기분이 듭니다.

늘 같을 수는 없습니다. 변화는 누구에게나 일어나니까요. 어제와 달라진 게 뭔지 한번 찾아보세요. 이제 곧 달라질 게 뭔지 상상해보세요. 기분이 좋아지나요? 아니면 우울해지나요? 플러스든 마이너스이든 상관없습니다. 중요한 것은 변화를 감지하고 기록하는 것이니까요. 명심하세요. 고개만 끄덕이고 끄적이지 않는다면 바뀌는 건 없습니다.

5분 글쓰기, 지금 써봐요

가까이에서 시작해봐요. 어제와 달라진 걸 먼저 찾아볼까요. 지금 입고 있는 옷이나 머리 모양에 대해 써보세요. 혹은 최근에 새롭게 시도해본 밑반찬이나 찌개에 대해 쓰는 것도 좋습니다. 여태 해오던 것과 조금이라도 달라진 게 있다면 글감으로 갖다 써보세요.

날씨나 계절을 소재로 삼는 것도 좋습니다. 이 녀석들은 비슷한 듯 싶으면서도 조금씩 다르니까요. 소나기 뒤의 쨍쨍한 햇볕. 발이 푹푹 빠지는 폭설 그리고 며칠 뒤 선물처럼 찾아오는 따뜻한 바람. 빨래가 하고 싶어질 정도로 햇살이 강한 날 또는 빨래가 밀리는 장마철. 지금 여러분의 마음은 흐린가요, 맑은가요? 바람이 부나요?

그 이야기는 내 이야기다

영화 <형>에서 형이 동생을 보며 내뱉는 애정 어린 말이 바로 '야이 개새야'이다. 시도 때도 없이 쏟아지는 이 말은 접속사가 되어 배우와 관객의 감정을 이어준다. 울다가 웃으면 ○○○에 털 난다는데 아내와 나는 웃다가 울다가 서로를 쳐다보고는 또 웃고 영화로 돌아가 다시 울었다. 시나리오도 그랬지만 배우들의 연기도 그랬고 아들만 셋을 둔 상황은 더 그랬다. 나 같은 사람은 울 수밖에 없는 영화였다.

이사하고 추워서 집에만 있던 어느 날. 여전히 어수선한 집을 정리하느라 바빴다. 심심하다, 놀아달라, 달달한 거 없냐는 둘째의 간청이 거듭되니 미안한 마음도 커졌다. 숙제 삼매경에 빠진 큰형만 남겨두고 나들이 삼아 길을 나섰다. 뽀드득 눈도 밟고 시원한 공기도 마시고 원하던 것도 손에 넣은 두 놈은 서로의 손을 잡은 채 집으로 향했다. 둘째는 혹시라도 넘어질까 동생을 얼마나 챙기던지.

영화를 보고 문득 이런 생각이 들었다. 혼밥, 혼술, 혼행이 유행하는 시대. 1인가구가 경제성장의 동력이 될 거라는 시대. 사람과 사람 사이가 멀어지는 요즘, 형제라는 고리를 만들어준 것은 참 잘한 일이다. 앞으로 내가 할 일은 그 고리를 통해 서로 의지하고 힘이 되고 결국 사람을 사랑해야 한다는 것을 깨닫게 해주는 것이리라.

"야이, 개새야!" 조금 더 크면 너희들도 이런 말을 하겠지. 욕을 가장 먼저 배운다고 하는데 안 쓰게 할 수는 있어도 귀를 막을 수는 없는 노릇이니. 아빠는 욕하는 사람을 싫어하지만 서로 아끼고 산다면 딱 그 정도는 눈감아줄 수 있다. 어떤 선택을 해도 서로 응원해줄 수 있는 형제가 되길.

_욕을 허락하는 조건

마감을 며칠 앞둔 원고에 진척이 없었습니다. 정체를 알 수 없는

거대한 장애물이 떡하니 눈앞을 막고 있었죠. 연필을 들어도 이내 낙서로 빠졌고 자판을 두드려도 몇 문장 쓰다가 지우기를 반복했습니다. 예고 없이 찾아온 슬럼프는 온몸에 그물을 쳐놓고 한 문장도 못 빠져나가게 저를 옭아맸습니다. 아이들은 깊이 잠들었고 아내도 조용히 쉬고 있었습니다. 그런데도 저는 쉬운 문장 하나조차 뽑아내지 못해 속을 태우고 있었죠. 시계를 보니 숫자 11 부근에 시침과 분침이 사이좋게 붙어 있습니다.

답답한 마음을 숨기려 했는데 잘 안 되었나 봅니다. 어슬렁거리는 저를 보더니 아내는 왜 그러냐고 물으면서 말을 흐렸습니다. 오늘 영화나 같이 볼까 했는데 안 되겠네. 에고, 혼자 봐야지. 사냥에 실패한 사자처럼 푹 처졌던 저는 아무렇지 않은 듯 아냐, 오늘 할 거 다 했어. 뭐 볼 건데. 속을 들키지 않으려 아내 옆에 앉았습니다. 푸~욱. 소파가 저를 대신해 한숨을 내뱉었습니다.

그렇게 본 영화입니다. 생각 없이 즐길 수 있는 액션 영화를 기대했는데, 웬 형제 이야기인가 했죠. 그런데 이 녀석이 제 마음속 장애물을 뻥하고 한 방에 날려줬습니다. 배우들의 수준 높은 연기에 마음을 열었고 조금은 뻔하지만 잔잔히 와 닿는 스토리에 눈물을 보였습니다.

영화를 보는 내내 곤히 잠들어 있는 돼지 삼형제가 떠올랐습니다. 달달한 것을 사러 나갔다 봤던 둘째와 셋째의 뒷모습이 마치 영화의 한 장면인 듯 텔레비전 화면에서 되살아났습니다. 앞서 걷던 두 녀석은 연인처럼 서로를 챙겼습니다. 성냥개비 같은 손가락으로 형의 손을 힘껏 잡은 막내는 연신 뭐라고 중얼거렸고, 둘째는 길이 좁아지면 자기가 앞서 걷고 다시 길이 넓어지면 나란히 걷기를 반복하며 동생이 넘어지지 않도록 살폈습니다.

영화 속 형제가 처음에는 서로의 존재를 부정했지만 결국 하나가 되어 우애를 보여준 것처럼 제 아이들도 그들처럼 서로 아끼고 위하는 관계로 커나가겠지 상상하니 괜히 가슴이 뜨거워졌습니다. 그 어떤 상상보다도 즐겁고 행복했습니다.

자식 키우는 일을 농사에 비유합니다. 이따금 잘 키운다는 게 뭘까 고민했지만 답을 찾는 게 쉽지 않습니다. 어쩌면 영원히 찾지 못할지도 모릅니다. 아니 답이 너무 많아서일지도. 공부 잘하고, 좋은 대학 나와 밥벌이하고, 자랑할 만한 배우자를 만나 가정도 꾸렸으면 합니다. 기왕이면 우리 사회에서 좋은 영향력을 행사했으면 합니다. 자식이 누군가에게 도움이 되면 좋겠습니다. 그러고 보면 자식농사는 눈을 감는 날까지 끝나지 않을 듯합니다.

그런데 이 영화를 보며 흘린 눈물에서 분명한 답 하나를 찾았습니다. 형제자매가 있다면 서로 간의 우애를 알게 해줘야 한다는 겁니다. 남보다 못한 가족이 얼마나 많은가요. 한 뱃속에서 나왔는데, 물보다 진한 피라는데 왜 이리 못 잡아먹어 싸우는 형제들이 많은 걸까요. 삼형제의 아빠로서 바라는 건 이겁니다. 서로를 사랑하고 아껴라.

'욕을 허락하는 조건'은 이런 배경에서 나온 글입니다. 꽉 막힌 상황에서 썼는데 오히려 생각지 못했던 것을 고민하게 해줬죠. 아내 덕분이고, 아내가 추천한 영화 덕분입니다. 쓴 글을 놓고 보면 의도했던 글보다 그렇지 않은 글이 훨씬 많습니다. 늘 새로운 자극이 우리를 건드립니다. 그걸 어떻게 받아들이느냐가 중요합니다. 그 과정에서 예상하지 못했던 것들이 보이고 떠오르기 때문이죠. 낯선 곳으로 여행을 하거나 생소한 운동을 시작하는 것도 비슷한 맥락입니다.

최근에 본 영화, 드라마, 책, 누군가에게 들은 이야기, 뉴스 어떤 것도 소재가 됩니다. 자신과 비슷한 부분이 있었다면 아주 좋은 글감이죠. 어떤 면에서 비슷하다고 느꼈는지 그 부분을 집중적으로 써보면 생각지 못했던 스토리를 발굴하게 될 겁니다.

5분 글쓰기, 지금 써봐요

최근에 본 영화 제목을 쭉 써보세요. 하나씩 곱씹어보며 어떤 영화였는지 기억을 더듬습니다. 그리고 그중 하나를 골라 쓰는 겁니다. 처음에는 자신의 이야기가 아니어도 좋습니다. 시시껄렁한 이야기도 좋으니 일단 써보세요. 끝부분에서 자신과 어떻게 연결이 되는지 발견할 수 있을 겁니다.

소설, 뉴스, 소문 등 이야기라고 할 수 있는 것들도 마찬가지입니다. 영화에 대해 쓰는 것처럼 비슷한 방식으로 옮겨보세요. 그 이야기 속 주인공들에게서 시작하세요. 마지막에 자신의 이야기로 건너오면 됩니다. 연필을 들고 시작해보세요. 어떤 이야기들을 듣거나 봤는지 써보세요.

모든 대화는 새롭다

누구나 그럴 때가 있다. 늘 하던 일이라도 갑자기 책임 소재를 따지고 싶은 순간 말이다. 아무런 불만 없이 하던 일, 이를테면 아이들 옷을 준비하는 일이나 간식을 챙겨주는 일이 어떤 이유 때문에 '왜 꼭 내가 해야 하지?'라는 물음으로 이어질 때가 있다. 이런 의구심은 짜증이나 화를 유발하기 마련이다.

아내의 오늘 아침 행동을 이해한다. 아내는 바쁜 출근길에도 삼형제의 옷을 일일이 다 챙겼다. 아이들이 깰까 도둑처럼 옷장을 열고 바지며 양말을 꺼냈다. 그런데 오늘따라 둘째의 체육복이 보이지 않았는지 한참을 찾았나 보다. 왜 늘 두던 자리에 두지 않았냐며 짜증을 냈다. 혼잣말이라고 하기에는 소리가 컸다.

새벽까지 작업하다 이제 막 2시간 정도 잠에 젖어 들었던 나는 그 소리에 화들짝 놀랐다. 침대에 불이 난 것처럼 튀어 올라 아내를 다독이며 출근시켰다. "어, 미안해. 내가 챙겨서 애들 잘 보낼게." 비몽사몽. 머리가 무거웠다. 더 자고 싶었지만 때마침 막내가 방문을 열고 나왔다. 10분 전도 기억이 안 날 정도로 정신이 없었다. 부지런히 움직인 덕분에 아이들은 가야 할 곳으로 제때 들어갔다.

숨을 좀 돌리고 나니 웃음이 났다. 툭 찌르면 팡 터지는 풍선처럼 반응한 내 모습에 살짝 화가 났다. 내가 가정부도 아니고. 하지만 이내 마음을 접었다. 나도 그랬던 적이 있지 않은가. 겨우내 추위로 움츠러들었다가 모처럼 외출을 하려던 그날. 옷을 챙기다가 갑자기 아내에게 화를 내지 않았던가. 소리를 지르고 악을 썼지 않은가. 심한 다툼의 시작이 바로 나였던 그런 날이 있었지 않은가. 그런 것이다. 약간만 물러서서 생각하면 이해할 수 없는 일도 대개 이해가 간다.

문제가 된 둘째의 체육복은 늘 있던 그곳에서 발견되었다. 10시쯤 아내에게서 카톡이 왔다. '아침부터 짜증내서 미안.' 아니라고, 수고하라고 답장했다. 부족하다 싶어 이모티콘을 하나 더 보냈다. 혼자 놀라고 혼자 다독이고 혼자 위로한 오늘 아침, 나는 아내의 행동을 이해한다.

_나는 아내를 이해한다

가끔씩 오해를 받았습니다. 정신없이 아이들을 보낸 뒤 침대를 정리하고 청소를 간단히 하면 시계 속 두 개의 바늘은 숫자 10 위에 하나로 포개져 있습니다. 아침인지 점심인지 모를 어정쩡한 식사를 때우고 설거지를 하면 11시. 세탁기 한 통 돌려놓고 커피 한 잔 타서

소파에 앉아 약간의 여유를 즐깁니다. 그러다가 여태 한 마디도 안 했다는 걸 알게 되죠. 느닷없이 걸려온 전화기에 대고 가래 끓는 소리를 한 뒤에 말입니다. "어, 안 아파. 목이 좀 잠겨서 그래."

막내가 먹고 자는 일만 반복하던 때에는 큰놈 둘을 보내고 나면 말할 일이 없었습니다. 창문 너머로 지나가는 사람 구경하며 큰아들이 오길 기다렸죠. 서너 시간씩 입을 다물고 있으려니 어색했습니다. 해도 잘 들고 바람도 시원했지만 그곳은 유리 감옥이었습니다. 우리는 혼자만의 시간을 갈망하면서도 누군가와의 접촉을 기대합니다. 정도에 차이가 있을 뿐, 사회적 존재로서 교감하지 않고 살 수 없는 것이죠. 아이들의 말에 익숙해지고, 아이들의 눈높이로 지내는 날이 많아질수록 그런 교감에 대한 욕구는 더 커졌습니다.

종종 어른의 언어를 잃어버릴 수도 있겠다고 생각했습니다. 말도 어눌해지고 표현이 어색해지는 거죠. 가슴속 말이 시원하게 나오지 않습니다. 무서운 것은 그걸 자기가 가장 잘 안다는 겁니다. '어, 내가 왜 이러지. 애들이랑만 지내다 보니 지능이 떨어진 건가.'

집에 있는 게 편해질수록 일부러 밖을 찾았습니다. 익숙해진다는 게 무서웠습니다. 홍시처럼 서서히 물러지는 자신을 보는 일은 괴로웠습니다. 밖으로 나가 한 마디라도 하려고 노력했죠. 아는 사람에게는 일부러라도 인사를 건넸고 물건을 살 때는 이것저것 물어봤습니다. 포인트 적립 따위를 물어보면 큰 소리로 또박또박 대답했지요. "네, 번호 입력할게요."

이상적인 아빠와 이상한 남자의 경계를 넘지 않으려 애썼습니다. 육아라는 본분에 충실하면서도 여태 가꾸어왔던 '나'다움을 잃지 않으려 했습니다. 말 한 마디에 상처받고 말 한 마디에 우울해지기 싫었거든요. 아이들과 함께하며 감수성이 예민해졌습니다. 입은 굳게 닫혔지만 귀는 점점 더 밝아졌죠. 아주 작은 소리도 그냥 흘리지 못했습니다. 밖을 찾기 전까지는 더더욱 그랬습니다.

'나는 아내를 이해한다'는 그 무렵 끄적여둔 낙서에 약간의 감정을 더 보탠 겁니다. 우리는 하루에도 수없이 많은 언어를 교환합니다. 하루 종일 방구석에서 꼼짝을 안 했다면 모를까 한 마디도 하지 않는 사람은 없습니다. 표정이나 손동작 같은 비언어적 수단으로 의사를 표현하기도 합니다. 경우에 따라서는 묵묵부답이나 무표정도 의사 표시가 됩니다.

유리 감옥에 스스로를 가둔 채 소통의 가뭄에 목말라하고 있다면 밖으로 나가, 누군가를 불러 교감하길 권합니다. 자신에게 어울리는 적절한 소통 환경을 갖추길 바랍니다. 인간은 누군가와 이야기를 나눠야 하는 존재입니다. 피가 흐르듯 말이 흘러야 합니다. 몸 밖으로 나의 언어가 나가고 다른 이의 언어가 내 안으로 들어와야 하는 것이죠.

모든 대화는 다릅니다. 그래서 새롭습니다. 어떤 대화도 동일하게 반복되지 않습니다. 그러니 오늘 나눈 짧은 대화 또는 한 마디의 인사라도 어떻게 해석하느냐에 따라 큰 의미를 잉태할 수 있습니다.

잔잔한 호수에 큰 물결이 일었다면 어떤 힘이 작용했다는 것입니다. 여러분의 마음에 물결을 일으킨 누군가의 말을 문장에 담으세요. 그 말이 가진 의미를 다듬어보세요.

5분 글쓰기, 지금 써봐요

"여보, 다녀올게." 출근하는 남편이 건네는 인사. 토시 하나 바뀌지 않는 오토리버스 같은 남편의 무뚝뚝한 말을 떠올려보세요. 늘 같지만 어떤 때는 느낌이 다르지 않나요? 그때를 떠올려보며 이렇게 써보는 겁니다. [남편이 이렇게 얘기했다. 오늘, 늦어.] 자, 다음은 여러분 몫입니다. 일단 써보세요.

오늘 나눈 대화 중 한 소절을 따봅니다. 한두 번의 주고받음이면 충분해요. [안녕하세요? 어디 가시나 봐요. 네, 자동차 엔진 오일을 갈 때가 되어서요. 아, 네! 들어가세요.] 이렇게 대화를 쓴 다음에 그냥 이 대화가 이뤄진 상황을 설명하며 써 내려가면 됩니다. 그다음은? 저도 모릅니다. 어떻게 대화가 이뤄졌는지 쓰다 보면 다음 문장이 떠오를 테니까요. 스토리는 여러분 마음속에 있습니다. 믿으세요.

• 글쓰기로 우리말 전문가가 되자 •

1. 알고 보면 우리말에는 재미있는 스토리가 담긴 말이 많다.

☑ 어처구니없다. / 어이없다.

가. '어처구니'의 사전적 의미는 '상상 밖으로 큰 물건이나 사람'을 가리키는 말이며 '어처구니없다'의 의미는 '일이 너무 뜻밖이어서 기가 막히다'이다.

나. 어처구니를 가리켜 '맷돌' 손잡이라고 알고 있는 이가 많은데 이는 얼핏 들으면 설득력이 있어 보인다. 맷돌을 돌리려는데 손잡이가 없으니 어떻게 맷돌을 돌리리. 참 어이없는 상황이지 않은가.

다. 그러나 이는 세간에 떠도는 근거 없는 이야기이며 가장 설득력 있는 주장은 반어법에 대한 표현이 통시적 쓰임을 통해 굳어졌다는 것인데. 즉, 눈앞에 큰 물건이나 사람(어처구니)이 있는 걸 보고 자신의 눈을 믿을 수 없다고 생각하면서 '어처구니없다, 어처구니없다.'고 했다는 것이다. 우리가 무슨 실수를 저지른 사람에게 '잘~한다.'고 비아냥거리는 것처럼 말이다. 그러나 이 또한 명확한 근거는 없다.

라. 어처구니를 맷돌의 손잡이로 주장하는 사람들은 어이를 절구의 방아라고 주장하기도 하는데 이는 정말 어처구니없는 주장이다. 얼핏 들었을 때 맷돌의 손잡이도, 절구의 방아도 없다면 굉장히 난감한 상황이니 매우 타당해 보인다.

마. 그러나 '어처구니', '어이'에 대해서는 국립국어원에서도 명확한 어원을 찾지 못하고 있으니 어처구니가 '맷돌'이라는 근거가 발견되지 않는 한 '어처구니없는' 주장은 잠시 접어두어야 할 것이다.

☑ 쑥대밭

가. '쑥대밭'이란 단어는 역사나 유래라고 할 만한 스토리가 없으나 간단히 짚어볼 필요가 있어 포함시켰다. 사전적 의미는 '쑥이 무성하게 우거진 거친 땅', '크게 파괴되어 못 쓰게 된 모양의 비유'이다.

나. 두 번째 사전적 의미 때문에 우리는 무엇인가가 완전히 파괴되어 회복 불가능한 상태가 되었을 때 '완전 쑥대밭이 되었네!'라고 하는 것이다.

다. 참고로 다년생 식물인 쑥은 뿌리로 번식하는데 번식력이 대단하다. 우리가 봄날에 뜯어먹는 부드러운 쑥만 생각하면 안 된다. 쑥이 왕성한 곳에서는 다른 다년생 식물이 자라질 못한다. 그래서 쑥이 자리 잡은 묵은 땅을 일컬어 '쑥대밭'이라고 일컬었으며 이 말이 못쓰게 된 상태에 놓인 대상을 지칭하는 말로 굳어지게 되었다.

☑ 가차 없다

가. 전혀 사정을 봐주지 않는 경우 우리는 '가차 없다'고 말한다. '가차'란 무엇일까?

나. '가차'의 사전적 의미는 '임시로 빌림', '사정을 보아줌', '뜻은 다르나 음이 같은 다른 글자를 빌려 쓰는 법'이다.

다. 인정사정없다는 의미의 '가차 없다'란 표현은 세 번째 사전적 의미에서 시작된 것이다. 한자를 만드는 방법인 육서(六書) 중 여섯 번째가 '가차'인데 글자의 뜻과는 관계없이 그 소리만 빌려 다른 사물을 나타내는 말이다. 예를 들면 중국인들이 프랑스 수도인 '파리'를 표기하기 위해 한자를 새로 만들 수는 없다. 그렇게 한다면 한자의 수가 무한대로 늘어날 것이므로. 가차의 예는 파리(巴利), 인도(印度) 등이다.

라. 그래서 '가차 없다'는 말은 임시로 빌려 쓸 한자도 없다는 것이니 그 가차도 없는 낱말은 어떻게 표기할 방법이 없다. 그야말로 빌려줄 수도 없는, 도무지 사정을 봐줄 수 없는 상황이 된 것이다.

☑ 감질나다

가. 먹고 싶거나 가지고 싶어 애타는 마음을 표현할 때 '감질나다'라는 표현을 쓴다.

나. '감질'은 '감병'이라고도 하는데 어린아이들에게 발병하는 것으로 음식을 잘 조절하지 못할 경우 얼굴이 누렇게 뜨고 야위는 증

상을 보인다.

다. '감질나다'는 '감병'의 증세에서 비롯된 것으로 뭔가를 가지지 못해 애태울 때의 모습이 마치 '감병'에 걸린 어린아이와 같아 보여 이를 빗대어 표현하던 것이 차츰 굳어져 현대에는 하나의 표현이 된 것이다.

라. 애간장 타는 심정을 빗대어 있지만 의미 자체는 매우 겁나는 표현이다.

☑ 까마귀 고기를 먹었나

가. 우리말 중에 무엇인가를 잘 잊어버리는 사람한테 '까마귀 고기를 먹었나'라며 비아냥거리는 표현이 있는데 까마귀 고기와 인간의 기억력이 무슨 관계가 있는 걸까?

나. 사실 이 둘 사이에 관계는 '없다'. '까맣다'는 단어는 아주 짙게 검은 걸 의미하는데 기억이 전혀 없다는 의미로도 쓰인다.

다. '까마귀 고기를 먹었나'는 일종의 언어유희가 만들어낸 표현으로 '까맣게'라는 부분이 '까마귀를 먹었나'로 발전한 것으로 보인다. 아쉽게도 이에 대한 정확한 근거는 없는 상태지만 까마귀 고기가 우리의 기억에 관여하는 것은 아니므로 까마귀를 먹을 기회가 생긴다면 주저하지 말기를.

☑ 을씨년스럽다

가. 날씨나 분위기 따위가 몹시 스산하고 쓸쓸하다는 의미로 '을씨년스럽다'는 말이 있다.

나. 정설은 아니지만 이와 관련된 유래가 있는데 을사년(乙巳年)과 관련이 있다.

다. 을사늑약이 맺어진 1905년이 을사년이었는데 이때 우리 선조들은 일본의 통치 하에 놓인 조국의 상황을 비통해했다. 그 후 스산하거나 분위기가 침울한 날이 되면 '을사년 같다'고 하며 그날을 떠올렸다. 이것이 차츰 변해 '을싸년스럽다'가 되었다고 한다.

라. 하지만 이것은 어디까지나 유래이지 사실은 아니다. 단지 이런 유래를 알고 있으면 이 단어가 가진 정확한 어감을 기억할 수 있을 것이다.

☑ 꿩 대신 닭

가. '꿩 대신 닭'이라는 표현은 쓰려는 것이 없을 때 그와 비슷한 것으로 대신 쓸 수 있음을 나타내는 속담이다. 그런데 왜 하필이면 꿩일까? 까마귀 대신 닭, 소 대신 돼지 등 여러 가지가 있는데 말이다.

나. 이 속담의 유래는 우리의 음식에서 찾을 수 있다. 예전에는 설날에 먹는 떡국에 꿩고기를 넣어서 먹었는데 이는 맛이 좋은 이유도 있지만 꿩을 상서로운 새로 보았기 때문이다. 일례로 농기(農

旗)의 끝에 꿩의 깃털을 꽂은 것을 들 수 있다.

다. 그런데 꿩은 구하기가 어려워(잡아야 하므로) 일반 가정에서는 집에서 기르는 닭을 잡아 떡국에 넣었다고 한다. '꿩 대신 닭'은 여기에서 유래된 것이다.

* 『이담속찬(耳談續纂)』(정약용, 1820)을 보면 "꿩을 잡지 못하니 닭으로 그 수를 채우라"고 적혀 있다.

☑ 말짱 도루묵이야

가. 기껏 노력한 일이 허사로 돌아갔을 때 '말짱 도루묵이야'라고 하는 것을 많이 들어보았을 것이다. 많은 사람들이 이 표현의 유래가 아래와 같다고 철석같이 믿고 있다.

임진왜란 시 선조가 피난길에서 '묵'이란 생선을 먹게 되었는데 그 맛이 아주 담백하고 부드러워 지친 몸에 큰 기운을 불어 넣어 주는 것 같았다고 한다. 그 맛에 감동한 선조가 '은어(銀魚)'라는 멋진 이름을 하사하였다. 전쟁이 끝나고 환궁하여 그 고기를 다시 맛보고 싶다 하여 이를 수라상에 올렸으나 예전 같은 맛이 아니었다. 크게 실망한 선조가 이 생선의 이름을 도로 '묵'이라고 해라~ 하여 현대까지 이르고 있다.

나. 그러나 이는 근거 없는 추리소설에 불과하다. 옛 문헌을 보면 '돌

목'이라는 생선이 나오는 데 함남 방언에 '돌묵어', '돌묵'이라는 표현이 남아 있고 '돌목'이 '도루묵'으로 변했을 것이라는 추측이 훨씬 설득력 있다. 특히 '돌'이라는 것은 매우 흔하고 볼품없는 것들에서 주로 발견되는 접두사로서 돌가자미, 돌배, 돌나물과 같은 이름에서도 확인할 수 있다.

다. 그러니 선조와 도루묵은 아무런 관계가 없을 가능성이 매우 높다. 선조와 도루묵을 연관 짓는 자들에게 '원래 돌목이었다'고 전해라~~~~.

☑ **거덜 나다**

가. 재산이나 살림 따위가 여지없이 허물어지거나 없어질 때 '거덜 났다'고 한다.

나. 그런데 도대체 거덜이 뭘까? 국어사전을 찾아보면 거덜[2]에 조선 때 사복시에서 말을 돌보고 관리해주던 하인이라고 되어 있는 것을 발견할 수 있다.

다. 조선 시대에 귀인이 행차를 하면 가마를 메고 가며 높은 소리로 귀인의 행차를 알리는 사람들이 있는데 이들이 바로 '거덜'이다. 이들은 예를 갖추라고 소리를 치는 권마성(勸馬聲) 외에도 온갖 악행을 자행했다고 한다. 이로 인해 조선 시대 수도의 주요 통로였던 종로 주변 백성들의 고통이 컸다고 한다.

라. 이제는 사라진 종로의 '피맛길'은 말을 피한다는 데서 온 말인데,

사실은 말을 따라오던 거덜을 피하기 위한 것이었다. 거덜들이 소위 '거덜을 내고 다녔다'는 뜻이다.

☑ 하룻강아지

가. '하룻강아지 범 무서운 줄 모른다'는 표현은 너무나 잘 알고 있을 것이므로 굳이 설명하지 않겠다. 그런데 하룻강아지를 태어난 지 하루가 된 강아지, 즉 눈도 못 뜬 새끼라고 생각하는 사람이 있는데 이는 잘못 알고 있는 것이다.

나. 하룻강아지의 어원은 태어난 지 1년 되었다는 것을 의미하는 '하릅'에서 온 것으로 꼭 1년이 안 되더라도 태어난 지 얼마 안 된 어린 새끼를 이르는 데서 비롯되었다.

다. 그러니 '하룻강아지'가 생후 하루가 된 강아지라는 망설은 정말 '하룻강아지 범 무서운 줄 모르고' 아는 척하는 경우라고 할 수 있다. 세상엔 생각보다 고수가 많다.

☑ 십팔번 곡

가. '십팔번'이란 단어가 국어사전에 등재된 것을 믿겠는가? 사전적 의미는 '가장 자랑으로 여기는 재주, 특히, 가장 즐겨 부르는 노래'이다. 그러니 노래방에서 '십팔번 곡 한번 불러봐~~~'라고 자신 있게 말해도 좋다. 표준어다! 하지만 정말 자신 있게 써도 되는 말일까?

나. '십팔번'의 유래는 일본의 가부키라는 촌극에서 비롯되었다. 가부키는 춤과 노래, 연기가 어우러지는 하나의 공연인데 이치카와 가문이 가부키 배우를 많이 배출한 것으로 유명했다. 이 가문에는 대대로 전해오는 18종의 촌극이 있는데 이 중에서도 18번째 촌극이 가장 재미있고 우스꽝스러워서 인기가 많았다고 한다. '십팔번'은 바로 여기에서 비롯된 표현이다.

다. 비록 우리글이긴 하나 일본 냄새가 물씬 풍기므로 '잘하는 것'으로 순화해서 쓰는 게 더 좋지 않을까 제안한다.

☑ 정로환

가. 정로환은 복통이나 설사가 났을 때 먹는 약으로 작은 환 형태의 알약이다.

나. 그런데 신기한 것은 정로환을 개발한 주체가 바로 일본 육군(민간에서 개발했다는 주장도 있음)이고 개발된 시기도 러일전쟁이 한창인 1904년 어간이라는 것이다.

다. 개발 당시 칠 정(征), 이슬 로(露)를 사용하여 정로환이라고 명했는데, 이 중 로(露)는 일본식 발음으로 러시아를 뜻한다고 할 수 있다. 따라서 이 약의 의미는 러시아를 '정벌하는 약'이다.

라. 참고로 약이 개발된 배경은 러일전쟁이 한창인 1904년, 만주로 진출한 일본군은 깨끗하지 못한 물을 먹고 설사병에 걸려 상당한 피해를 봤다고 한다. 이 때 설사를 멎게 할 특효약이 개발되었는

데 이것이 바로 정로환이다. 시간이 흘러 정(征)이 정(正)으로 바뀌어 국내에 도입되었다.

☑ **기타 (*국어사전에 등재된 표준어임)**

- 클랙슨: 경적을 뜻하는 클랙슨은 미국의 한 회사 이름 'Klaxon'에서 유래된 것으로 현재는 경적을 총칭하는 표현이 되었음. 크락숀은 오기임.
- 호치키스: 스테이플러를 개발한 미국인 벤자민 버클리 호치키스의 이름에서 유래. 일본어가 아님.
- 바바리코트: 방수 처리한 무명 개버딘(옷감 종류)의 비옷 또는 코트. 영국의 제조 회사 'Burberry' 이름에서 유래됨.
- 나일론: 미국 듀폰 사에서 개발한 신소재의 상표로 당시 선풍적인 인기를 끌었으며 섬유 업계에서는 혁명에 가까운 신소재라고 극찬을 받았음. 현재는 섬유의 한 종류가 됨.

* 참고로 건설 등 다양한 분야에 진출한 코오롱(KOLON) 그룹의 시작은 1957년 설립된 '한국나이론주식회사(KOREA NYLON)'이다. 대기업의 시작이 섬유에서 시작된 것을 알 수 있다.

2. 맞춤법은 신뢰의 문제. 확인하는 습관이 필요하다.

☑ **데와 대(로)**

가. 데: 의존명사 곳, 처소, 경우, 것. 이 경우 띄어 써야 함.

1) 갈 데 없는 사람. 아픈 데에 먹는 약. 노래 부르는 데에 소질이 있다

나. ~데: 어미 자신이 경험한 사실을 옮겨 전달하거나 감탄할 때.

1) 그집 수박 맛있던데. 사람이 아주 많던데. 이야~~~ 니 말대로 그집 수박 참~ 맛있데(느낌, 감탄 표현)

다. ~대: 어미 타인의 말을 전하거나 물어볼 때. 주어진 사실에 대한 의문형 종결어미.

1) 철수가 간대(간다고 해). 밥은 먹었대? 안 그래도 바쁜데 일이 왜 이렇게 많대? 날씨는 또 왜 이리 춥대?

라. ~대로: 조사 그 모양과 같이. 따로따로. 각각 의존명사 그 모양과 같이. 할 때마다. 즉시

1) (붙여 씀)사실대로 말해. 나는 나대로 집에 갈게.

2) (띄어 씀)본 대로 말해. 원하는 대로 이뤄진다. 날이 밝는 대로 떠나거라.

☑ 던과 든

가. '~던': [어미] 지난 일을 돌이켜 생각하거나 일이 완결되지 못함을 나타내는 관형사형 어미

1) 용례: 같이 공부하던 친구. 먹던 밥. 존경의 대상이던 시인.

2) 오용 예: 오던지 말던지. 싫던 좋던 알아서 해결해.

나. '~(이)든': [조사] '(이)든지'의 준말. 무엇이나 가리지 않는 뜻을 나타낼 때 쓰는 보조사

[어미] '(이)든지'의 준말. 무엇이나 가리지 않는 뜻을 나타낼 때 쓰는 어미

1) [조사] 용례: 사과든지 배든지 알아서 사 와. 사람이든 귀신이든 어서 모습을 드러내라.

[어미] 용례: 싫든 좋든 무조건 해결해.

2) 오용 예: 그 친구 저번에 술을 얼마나 많이 먹든지 사람도 못 알아봤어.

☑ 거예요와 게요

가. '거예요': [표] 의존명사 '것'의 준말인 '거'와 어미 '~예요'가 결합된 표현으로 어떤 행위를 하겠다는 강한 의지나 소신, 상황이나 사실에 대한 전망을 의미

1) 용례: 내일 갈 거예요. 공부할 거예요. 그 사람은 반드시 올 거예요.

2) 오용 예: 내일 갈거에요. 공부할거예요.

나. '~게요': 표 의지나 약속의 뜻을 나타내는 표현

1) 용례: 제가 준비할게요. 내일 할게요. 오늘 모두 끝낼게요.

2) 오용 예: 제가 준비할께요. 내일 할께요.

* 소리 나는 대로 '~(으)ㄹ께'로 쓰지 않도록 주의

☑ **간**

가. '간': 의존명사 사이. 관계. 어느 쪽이든 관계없이

1) 용례: 서울과 인천 간의 국도. 부모와 자식 간의 정. 누구든지 간에.

2) 오용 예: 서울과 인천간. 누구든지간에.

나. '~간': 어미 동안. 관계. 어느 쪽이든 관계없이.

* 단어 뒤에 붙여 써야 함.

1) 용례: 전쟁간. 수업간. 부부간. 부녀간. 모자간 좌우간. 다소간.

2) 오용 예: 전쟁 간. 보고 간.

[참고] '간'을 의존명사로 쓸지, 접미사로 쓸지는 띄어쓰기로 구별해야 함. 단, 접미사로 쓰이는 경우 중, '관계' 또는 '어느 쪽이든 관계없이'의 의미로 사용될 때에는 그 단어가 하나의 단어로 인정이 되는지 반드시 확인해야 함. 위에 제시된 '부부간', '부녀간', '좌우간', '다소간'의 '간'은 의존명사로 사용할 수 있으나 이미 그 단어가 표준어로 인정되어 사용하고 있으므로 '접미사로' 간주하고 붙여 써야 함. 예를 들어 '사용자 간'은 하나의 단어가 아니므로 띄어쓰기를 해야 함.

☑ **지**

가. '~지': 의존명사 동작이 있었던 때로부터 지금까지의 동안 ('-은' 또는 '-ㄴ' 뒤에 사용)

1) 용례: 그가 죽은 지 3년이 됐다. 졸업한 지 올해로 10년이다.

2) 오용 예: 죽은지 3년. 졸업한지 10년.

나. '~ㄴ지': 어미 막연한 의문을 나타내는 종결 또는 연결 어미

* 단어 뒤에 붙여 써야 함.

1) 용례: 얼마나 기쁜지 모르겠다. 그 사람이 언제 오는지 알 수가 없다.

2) 오용 예: 좋은 지 나쁜 지도 모르고.

☑ **뿐, 만큼, 만**

가. '뿐', '만큼', '만': 조사 앞 말에 붙여 씀

1) 남은 건 설거지뿐이다. 아이의 마음은 하늘만큼 깨끗하다. 내 꿈은 우주만 하다.

나. '뿐', '만큼', '만': 의존명사 앞 말과 띄어 씀

1) 아니 언니에게 들었을 뿐만 아니라. 열심히 산 만큼 보람이 있을까. 이년 만에 혼자 외출을 했다.

☑ **의와 에**

가. '~의': 조사 체언 뒤에 붙는 관형격 조사 또는 주격 조사

1) 용례: 나의 책. 가을의 정취. 한국의 멋. 한 쌍의 부부.

2) 오용 예: 나에 책. 가을에 정취. 한국에 멋. 한 쌍에 부부.

나. '~에': [조사] 처소 · 때, 대상, 진행 방향, 원인, 조건, 기준, 단위나 비율

1) 용례: 산 위에 뜬 구름. 밤에 만난 사람. 규칙에 위배됨. 하루에 세 번 드세요.

[참고] 표준발음법에 따르면 조사 '의'는 [에]로 발음함을 허용하고 있음. 위와 같이 '의'를 '에'로 잘못 표기하는 것은 발음에 기인하는 것으로 보임. 따라서 발음은 '서울[에] 밤거리', '나[에] 살던 고향'이라고 해도 표기는 '서울의 밤거리', '나의 살던 고향'으로 해야 함.

☑ 듯하다. 만하다.

가. 위의 두 단어는 보조형용사로서 띄어쓰기를 유의해야 함.

1) 용례: 어딘가 아픈 듯하다. 이 음식은 먹을 만하다.

2) 오용 예: 어딘가 아픈듯 하다. 이 음식은 먹을만 하다.

☑ 잘하다. 못하다. 잘못하다. 함께하다. 같이하다. 가까이하다. 멀리하다

가. 위의 단어들은 부사가 결합되어 있어 띄어쓰기 쉬우나 하나의 단어로 인정되므로 붙여 써야 함. 그러나 동사가 바뀐다면 띄어 써야 함.

1) 용례: 숙제를 잘해 오다. 숙제 못한 사람. 잘못했어요. 함께하지.

같이하지. 저런 친구는 가까이하지 마. 멀리해.

2) 오용 예: 잘먹는다. 나 오늘 못가. 잘못먹었어. 함께가지. 같이보자. 가까이와. 멀리가.

[참고] 특히 '잘~', '못~', '잘못~'과 결합된 동사는 띄어 쓰는 경우가 많은데, 하나의 단어로 인정되는 수가 많지 않으니 모두 기억하면 의미에 맞게 활용할 수 있을 것임(잘나가다, 잘나다, 잘되다, 못되다, 못살다, 못생기다, 못쓰다, 잘못되다, 잘못짚다.).

3. 너무도 헷갈리는 띄어쓰기는 어떻게 익힐까?

☑ 하다

가. 한국어에서 '-하다'와 같은 단어가 많은데 명사 뒤에 오는 경우 대부분 붙여 씀. 예를 들어 사고하다, 판단하다, 주장하다, 규정하다, 민망하다, 고찰하다, 소중하다, 운동하다 등이 바로 그것이며 명사 등에 붙어서 동사나 형용사로 바꾸어 주는 역할을 함.

나. 동작성을 갖고 있거나 상태를 설명하는 명사는 '-하다'가 접미사로 붙으면서 동사나 형용사로 바뀜. 이는 국어사전에서 확인할 수 있음.

예) 설거지하다, 세탁하다, 세수하다, 민첩하다 등

다. 그러나 '설거지를 하다, 운동을 하다, 세수를 하다'와 같은 문장을 생각하며 '운동 하다', '도착 하다'와 같이 띄어 쓰는 경우가 있는데 이는 잘못된 것임.

☑ **데**

가. '데'는 곳, 경우, 일, 것을 의미하는 명사와 여러 의미를 가진 접미사로 구분됨.

예) 명사: 갈 데가 없다, 아픈 데가 어디야, 일하는 데도 신경이 쓰여.
접미사: 아파 보이던데, 잘 달리던데, 운동 잘하데, 바쁜데 내일 봅시다.

나. 명사로 쓰일 경우는 띄어 써야 함.

☑ **못**

가. 부정의 의미(능력이 없거나 상황이 불가능한 경우)를 가진 부사 '못'은 띄어 써야 함.

예) 중국에 못 갔다, 김치를 못 먹다, 오늘은 목이 아파서 노래를 못 한다

나. 그러나 하나의 단어로 등재된 것은 붙여 써야 하니 알아두고, 수시로 사전을 봐야 함.

예) 얼굴이 못나다, 성질이 못되다, 못마땅하다, 못살다, 못생기다, 못쓰다, 못지않다

※유의할 것

특히 '못하다'는 비교대상에 미치지 아니한다는 의미의 형용사와 일정한 수준에 못 미치거나 할 능력이 없다는 의미의 동사로도 사용됨.

예) 너보다 못한 사람, 물이 맑지 못하다 / 노래를 잘 못하다, 빨리 달리지 못하다

☑ **안**

가. '안'은 부정 또는 반대의 뜻을 나타내는 부사로 '아니'의 준말이며 용언과 띄어 써야 함.

예) 비가 안 온다, 밥을 안 먹는다, 그것은 안 된다, 안 돼!

* 형용사 '안되다': 얼굴이 안돼 보인다, 사업이 잘 안된다, 안되길 바라면 안 되지.

나. 또 흔히 범하는 오류로 '안'을 '않'으로 쓰는 경우가 있음. 그러나 '않'은 '아니하다'의 준말인 '않다'를 잘못 이해해서 발생하는 것임.

예) 않됩니다 → 안 됩니다, 밥을 않 먹고 → 밥을 안 먹고

* '아니'로 바꾸었을 때 말이 된다면 '안'을 넣어야 맞는 것임.

☑ **중**

가. '중'은 '무엇을 하는 동안', '여럿 가운데', '어떤 상태에 있는 동안'의 의미를 가지는 의존명사이므로 띄어 써야 함.

예) 수업 중, 공부 중, 근무 중, 휴가 중, 여행 중, 식사 중, 고민 중, 도망 중

나. 그러나 이미 한 단어로 굳어진 것도 있으니 사용 시 유의해야 함.

예) 밤중, 그중, 은연중, 부재중, 한밤중 등

☑ 수

가. '수'는 어떤 일을 할 만한 힘이나 가능성을 의미하는 의존명사임. 따라서 띄어 써야 함.

예) 있을 수 없는 일, 기다리는 수밖에 없어, 그럴 수도 있겠지

나. '- 수록'은 상황이나 정도가 점점 심해진다는 의미의 어미인데 이 경우는 붙여 씀

예) 예쁠수록, 만들수록, 멀수록, 아닐수록

* '갈수록'은 부사로도 사용됨. 예) 갈수록 사는 게 힘들어져, 갈수록 각박해진다

• 띄어쓰기 규정 •

1. 조사는 그 앞말에 붙여 쓴다.

꽃이	꽃마저	꽃밖에	꽃으로만
꽃처럼	어디까지나	웃고만	멀리는

※유의할 것

— 조사는 격조사, 보조사, 접속 조사로 구분되며 그 종류가 매우 다양함.

예) 오징어는커녕 새우도 없다. 고기든지 채소든지 잘 먹어라.

— 길이가 다소 길어도 조사가 둘 이상 겹치거나, 조사가 어미 뒤에 붙어도 띄어 쓰지 않아야 함.

예) 집에서처럼 학교에서만이라도 여기서부터 나가면서까지도

2. 의존 명사는 띄어 쓴다.

아는 것이 힘이다.	나도 할 수 있다.	먹을 만큼 먹어라.
아는 이를 만났다.	네가 뜻한 바를 알겠다.	그가 떠난 지 오래다.

※유의할 것

— 의존명사에는 '것, 나름, 나위, 녘, 노릇, 데, 등, 동속, 등지, 따름, 따위, 때문, 만, 만큼, 무렵, 바, 뻔, 뿐, 적, 줄, 즈음, 지, 터, 겸, 김, 대로, 둥, 듯, 바람, 차, 채, 통' 등이 있음.

— 동일한 형태가 경우에 따라 다르게 쓰이므로 잘못 사용하지 않도록 주의한다.

예) '들': (접미사) 남자들, 학생들 ↔ (의존명사) 쌀, 보리, 콩 들은 곡식임

— '뿐': (접미사) 남자뿐, 여자뿐 ↔ (의존명사) 웃을 뿐이다, 먹을 뿐이다

'대로': (조사) 법대로, 약속대로 ↔ (의존명사) 오는 대로, 믿는 대로
'만큼': (조사) 전봇대만큼 크다 ↔ (의존명사) 볼 만큼 봤다, 일한 만큼
'만': (조사) 하나만 안다, 그것만 못하다 ↔ (의존명사) 1년 만에, 사흘 만에
'지': (어미) 아는지 모르는지 ↔ (의존명사) 집을 나선 지 1년이다
'차': (접미사) 연수차 미국으로 갔다 ↔ (의존명사) 고향에 갔던 차에 선을 봤다
'판': (명사) 노름판, 씨름판, 웃음판 ↔ (의존명사) 바둑 한 판

3. 단위를 나타내는 명사는 띄어 쓴다.

한 개	차 한 대	금 서 돈
소 한 마리	옷 한 벌	열 살
조기 한 손	연필 한 자루	버선 한 죽
집 한 채	신 두 켤레	북어 한 쾌

※유의할 것

— 순서를 나타낼 때나 숫자와 어울릴 때는 붙여 쓸 수 있음.

예) 두시 삼십분, 제일과, 삼학년, 육층

1999년 8월 2일, 2대대, 80원, 7미터

— 수효를 나타내는 '개년, 개월, 일, 시간' 등은 띄어 써야 함.

예) 나는 한국에 삼 년 육 개월 이십 일 동안 체류했다.

나는 한국에 3년 6개월 20일 동안 체류했다.

4. 수를 적을 때는 '만(萬)' 단위로 띄어 쓴다.

십이억 삼천사백오십육만 칠천팔백구십팔	12억 3456만 7898

* 유의할 것

— '금액을 적을 때는 변조 사고 방지 차원에서 붙여 쓰는 것이 관례화됨

예) 삼십일만오천육백칠십팔원정.

5. 두 말을 이어 주거나 열거할 적에 쓰이는 다음의 말들은 띄어 쓴다.

국장 겸 과장	열 내지 스물	청군 대 백군
책상, 걸상 등이 있다	이상장 및 이사들	사과, 배, 귤 등등
사과, 배 등속	부산, 광주 등지	

6. 단음절로 된 단어가 연이어 나타날 적에는 붙여 쓸 수 있다.

그때 그곳	좀더 큰것	이말 저말	한잎 두잎

※유의할 것

— 이 규정은 독서 능률의 감퇴를 방지하고자 한 것으로 단음절어인 관형사와 명사, 부사와 부사가 연결되는 경우와 같이 의미적으로 자연스럽게 한 덩이를 이루는 구조에만 적용한다.

예) 훨씬 더 큰 새 집 → 훨씬 더큰 새집 (×)

늘 더 먹는다 → 늘더 먹는다 (×)

7. 보조 용언은 띄어 씀을 원칙으로 하되 경우에 따라 붙여 씀도 허용한다.

불이 꺼져 간다./불이 꺼져간다.	비가 올 듯하다./비가 올듯하다.
그 일은 할 만하다./그 일은 할만하다.	일이 될 법하다./일이 될법하다.
컵을 깨뜨려 버렸다./컵을 깨뜨려버렸다.	잘 아는 척한다./잘 아는척한다.

※유의할 것

— '조사가 개입되는 경우 붙여 쓰지 않음.

예) 믿을 만도 하다, 비가 올 듯도 하다, 값을 물어만 보다

— '보조 용언이 거듭되는 경우 앞의 보조 용언만 붙여 씀.

예) 도와 줄 법하다 → 도와줄 법하다

기억해 둘 만하다 → 기억해둘 만하다

8. 성과 이름, 성과 호 등은 붙여 쓰고, 이에 덧붙는 호칭어, 관직명은 띄어 쓴다.

홍길동	홍길동 씨	홍길동 선생
남궁억/남궁 억	홍길동 박사	충무공 이순신 장군

* 유의할 것

— '남궁', '황보', '선우' 같이 성을 분명하게 할 필요가 있을 때에는 띄어 쓸 수 있음.

예) 남궁 억, 황보 재웅, 선우 재덕

9. 성명 이외의 고유 명사는 단어별로 띄어 씀을 원칙으로 하되 단위별로 띄어 쓸 수 있다.

대한 중학교/대한중학교 한국 대학교 사범대학/한국대학교 사범대학

서울 대공원 관리 사무소 관리부 동물 관리과/서울대공원관리사무소 관리부 동물관리과

10. 전문 용어는 단어별로 띄어 씀을 원칙으로 하되 붙여 쓸 수 있다.

만성 골수성 백혈병/만성골수성백혈병　국제 음성 기호/국제음성기호
중거리 탄도 유도탄/중거리탄도유도탄　손해 배상 청구/손해배상청구

4. 부정을 의미하는 접두사 '미, 무, 비, 무'는 어떻게 쓸까?

☑ 미(未): 아니라는 뜻으로 상태 부정을 표현할 때 사용.

— 갖추어지지 않음을 의미. 상태가 변할 수도 있을 때 사용함.

— 도달해야 하는 상태가 정해져 있을 때.

— 예) 미숙, 미비, 미성년, 미완성, 미결제, 미납금 등

— 오용) 회의에 미참석하겠다고 합니다! → 회의에 불참하겠다고 합니다.

☑ 불/부(不): '아니하다'는 뜻으로 뒷말이 '~하다'와 같은 말로 끝날 때 사용.

— 예) 불가, 불공정, 불규칙, 불균형, 불명예, 불완전, 부정, 부적절, 부도덕

* 참고로 '부'는 ㄷ, ㅈ으로 시작되는 말 앞에만 사용. 나머지는 불.

☑ 비(非): '아니다'는 뜻으로 뒷말 '~이다'로 끝날 때 사용

— 예) 비공식, 비무장, 비민주적, 비인간적, 비생산적, 비일비재, 비도덕적

* 불(不)과 비(比)는 동일한 의미이나 뒤에 붙는 단어의 성격에 따라 구분하여 사용.

☑ 무(無): 없다는 뜻. 뒤에 오는 '낱말'이 없다는 의미

— 예) 무자비(자비가 없다), 무지(아는 게 없다), 무식, 무리, 무념무상

행복한 엄마를 넘어 풍요로운 인간으로

글선생의 수다

인생은 생각대로 되지 않아 근사하다

루시 모드 몽고메리를 아시나요? 우리에겐 '빨강머리 앤'으로 잘 알려진 《그린 게이블스의 앤(Anne of Green Gables)》을 쓴 캐나다의 작가입니다. 그녀는 빨강머리 앤의 입을 빌려 이렇게 말을 했습니다. "앨리자가 말했어요. 세상은 생각대로 되지 않는다고. 하지만 생각대로 되지 않는다는 건 정말 멋진 것 같아요. 생각지도 못했던 일이 일어나는 거니까요!"

이 어린 꼬마가 환희에 차서 외친 이 말에 세상살이의 진리가 담겨 있습니다. 생각대로 흘러가지 않는 삶은 불안하고 때로는 위태로

울 겁니다. 손대는 일마다 계획이 틀어지고 엉뚱하게 흘러간다면 사는 재미가 없겠죠. 그러나 역동적이고 정체되지 않는다는 장점도 있습니다. 게을러지려는 인간의 본성을 흔들어놓는 데 이보다 좋은 건 없을 겁니다.

계획과 직관이 이끄는 삶에서 우리는 저마다 자신에게 맞는 적절한 균형점을 찾아야 합니다. 이때 중요한 것이 바로 우리 친구 앤이 말하는 유연성입니다. 생각대로 되지 않는다고 너무 괴로워하지 말라는 거죠. 그래야 생각지도 못한 근사한 일을 만날 수 있을 테니까요.

1999년 1월. 고등학교 졸업식도 치르기 전, 저는 육군의 일원이 되는 여정에 첫발을 내밀었습니다. 평생 군인의 길을 걷게 될 거라 믿어 의심치 않았죠. 10년 뒤, 강원도 홍천에서 전차부대를 이끌고 얼어붙은 홍천강을 건널 때도 제 마음은 다르지 않았습니다. 그러나 2013년 8월, 이태원에 자리한 레스토랑 '두바이'에서 이라크 장군과 식사를 할 때쯤에는 뭔가 바뀔 거라고 예상을 했죠. 그날따라 제 운명은 전혀 다른 표정으로 다가와 저를 보며 손을 흔들고 있더군요. 반가워. 고무장갑과 앞치마는 처음이지? 아! 기저귀도 있네.

약간을 더 복무한 뒤 저는 '집 지키는 아빠'로 전향했습니다. 3년 차에 접어든 지금, 글을 쓰고 가끔씩 강의를 합니다만 제가 가장 큰 수익을 내는 활동은 집안일과 세 아들을 챙기는 겁니다. 알아본 바에 따르면 아들 셋 있는 집은 사람 구하기도 어렵다고 합니다. 제가 지금 직장을 다녔다면 아마도 아이 셋 돌보는 비용이 만만치 않았을 테죠. 그러니 이 부분에 있어서는 제가 아내에게 큰소리를 쳐도 되는 입장입니다.

빨강머리 앤의 말처럼 제 삶은 생각지도 못한 방향으로 흘러왔습니다. 물론 군복 대신 앞치마를 두르고, 총 대신 젖병과 기저귀를 들기로 한 것은 모두 제가 결정한 일입니다. 결정하기까지 고민하고, 설득하고, 새로운 가능성을 확인하는 작업은 쉽지 않았습니다. 틀을 벗어나 사고하고 맨 땅에서 시작하는 일은 제게도 생소하고 낯설었거든요. 하지만 저는 지금 이렇게 다른 사람이 되었습니다.

게다가 이제는 전혀 새로운 분야의 책을 쓰고 있습니다. 처음에는 그저 육아에 지쳐 쓰러지지 않으려 그 일상을 글로 옮겼을 뿐입니다. 무의미하게 반복되는 일상에 이름을 붙여준 것이죠. 의미를 부여하자 일상은 스토리로 바뀌었습니다. 그런 글들이 한 권의 책으로 태어나면서 저는 엄마들의 삶에 눈을 돌리게 되었습니다. 그리고 글을 쓰는 행위 자체만으로도 인간은 충분히 행복해질 수 있다고 확신했죠. 이 책은 바로 그 감정의 끝에서 맺은 하나의 열매입니다.

처음으로 제복을 입던 열아홉의 겨울. 그때는 이런 삶을 상상도 못했습니다. 아니, 첫 책을 낼 때까지도 제가 이런 이야기를 하게 될 줄은 몰랐습니다. 하지만 생각대로 되지 않는 게 인생이고 그래서 생각지도 못한 근사한 일들을 경험할 수 있습니다.

공구상자에는 뭘 채워야 하나

어디 내놓지 않더라도, 자신의 이름으로 책을 쓰지 않더라도 글을 쓰는 삶은 위대합니다. 아무리 깊은 생각도 글 쓰는 행위가 따르지 않는다면 더 깊어지지 않습니다. 자신과 주고받은 끝없는 문답, 자신을 둘러싼 세계와 고통스런 줄다리기 그게 바로 글쓰기이니까요. 쓰면서 생각은 분명해지고 자신의 철학을 세울 수 있습니다. 복잡한 현상을 마주해도 흔들리지 않습니다. 쓰기를 통해 수없이 많은 대화를 나눴기 때문이죠.

본격적인 글쓰기에 앞서 정리하고 갈 게 있습니다. 글 쓰는 삶에 필요한 세 가지 공구인데요, 먼저 감수성입니다. 오늘은 한 번도 경험한 적 없는 새로운 하루라고 생각합니다. 하지만 이런 말은 팔자 좋은 글쟁이들의 몽상처럼 느껴질 뿐입니다. 엄마도 스케줄이 빼곡해 밤의 고요함이 다시 찾아올 때까지 할일이 많습니다. 그런데 스케줄의 대부분이 뻔합니다. 늘 만나는 사람, 특별할 것 없는 식사, 반복되는 집안일, 줄어들지 않는 돈 걱정, 늘어만 가는 아이들 교육 문제. 어느 것 하나 어제와 다른 것을 찾아보려 해도 눈에 띄는 게 없네요. 그런데 한 번도 경험한 적 없는 새로운 하루라니요! 아! 큰놈 학교 끝나는 시간이 어제는 3시였고 오늘은 2시네요.

그래서 필요한 게 감수성입니다. 하루 24시간은 아주 깁니다. 한 잔의 커피와 같죠. 맛, 향, 빛깔을 즐기듯 내게 주어진 하루를 음미할 수 있습니다. 틈틈이 찾아오는 새로운 자극이 있습니다. 어제의 해가 오늘과 다르고, 아침까지만 해도 꽃봉오리가 입을 열지 않았는데 오후에 집에 들어오면서 보니 활짝 웃고 있습니다. 내 기분만 놓고 봐도 어제와 오늘이 다릅니다. 하물며 그런 수많은 사람들이 어울려 사는 이 사회는 어떤가요. 어제와 같은 오늘은 없습니다. 정신없이 보낸 하루는 테이블 위에 놓인 다 식어버린 커피입니다. 즐기지 못한 하루가 아깝습니다. 다시 커피를 뜨겁게 데워 차분히 하루를 되새겨야 합니다. 오늘이 어제와 달랐음을, 현재를 살아야 내일도 온다는 것을, 행복은 금세 떠나기 때문에 얼른 맛봐야 함을 깨달아야 합니다.

감수성을 가지라는 게 톡 찌르면 툭 하고 터지는 눈물주머니를 차라는 게 아닙니다. 일상에 무감각해지지 말라는 것이죠. 하루하루 아깝게 흘려버리는 행복이 많다는 걸 알아차려야 합니다. 아까운 오늘을 장작처럼 태우지 마세요. 설사 그랬더라도 오늘만의 의미를 새겨야 합니다. 잠깐의 자국만 남기고 사라지는 일상의 경험을 내 삶의 한 조각으로 만들어야 합니다. 그래야 우리는 오늘을 살며, 지금 당장 행복할 수 있습니다.

행복은 어떤 과정의 결과물이 아닙니다. 행복의 조건은 새롭게 등장하고 기준은 높아질 뿐입니다. 결코 만들어낼 수 없습니다. 오히려 목표를 이루는 과정에서 얻는 부산물이죠. 그걸 놓치지 않게 해주는 게 바로 감수성입니다. 오늘 하루를 잘 포착하세요.

두 번째는 질문입니다. 무료하고 심심한 일상의 반복 속에서 흐르는 대로 흘러가다 문득 이게 뭐하는 짓인가, 나는 누구인가 하는 질문과 만난 적이 있습니다. 낯선 그 녀석의 위용이 대단해 저는 금세 쪼그라들었고 현기증을 느꼈습니다. 보이지 않는 답을 찾는 일은 지루하고 외롭고 어두웠지만 즐거웠습니다. 많은 글을 썼고, 수 권의 책을 내면서 저는 답을 찾아 나갔습니다. 여전히 답을 모르는 질문을 만나지만 삶이란 그렇게 생소한 질문을 찾고 다시 답을 하면서 이어지는 게 아닐까요?

삶은 문득 떠오른 질문에 스스로 답을 하고 다시 질문을 던진 뒤에는 또 답을 찾는 과정입니다. 하지만 스스로 떠올린 질문이 없다면 지금의 삶은 내 것이 아닐 수도 있습니다. 글 쓰는 삶은 우리를 느낌표와 물음표의 끝없는 이어달리기로 안내해 줍니다. 그러면서도 일상의 행복을 놓치지 않게 해주죠.

문득 스치는 물음표. 그게 바로 글감입니다. 그런 질문이 글로 자라나야 합니다. 그 질문에 답을 해봐야 성장할 수 있습니다. 답을 찾는 과정에서 진정한 자신을 만나게 됩니다. 내가 지켜야 할, 또 지키고 싶은 가치는 무엇인지. 그러기 위해 무엇을 포기하고 양보할 수 있는지. 그러면서도 결코 포기할 수 없는 것은 무엇인지. 내가 에너지를 쏟는 일의 의미는 무엇인지. 그 일이 나의 가치와 어떻게 연결되는지. 이처럼 낯선 때로는 외면했던 질문이 여러분의 민낯을 보여줄 겁니다.

마지막은 글 쓰는 행위입니다. 구체적인 행위가 없다면 감수성은 금세 사그라들며 질문은 증발하고 맙니다. 우리의 일상은 끝없이 흐르는 물입니다. 같아보여도 새로운 일들이 그 자리를 차고 들어옵니다. 쓰지 않는다면 내 것으로 만들 수 없습니다. 연필을 잡는 행위를 통해 시간을 잠깐 세워야 합니다. 그 순간만큼은 나에게 어떤 일도 일어나지 않는 상황을 만드는 거죠. 시공간을 초월한 나만의 세상에서 오늘 또는 방금 포착한 글감을 요리하는 겁니다. 진실되게 그러나 말하듯 편하게 말이죠.

쓰는 행위를 통해 생각과 감정은 깊이를 더합니다. 껍질을 뚫고 살 속으로 파고 들어가 뼈를 만집니다. 중요한 질문과 답은 거기에서만 얻을 수 있습니다. 일상의 시시껄렁한 고민은 우리를 흔들 수 없습니다. 내공이 깊어지면 사람이 단단해지죠.

감수성, 질문, 글 쓰는 행위. 글 쓰는 삶의 세 가지 공구입니다. 돈이 들지 않습니다. 약간의 관심과 시간만 지불하면 충분히 구입할 수 있습니다. 그러나 이들이 일궈낸 글 쓰는 삶. 여러분은 이제 전혀 다른 삶을 살게 되는 겁니다.

어머님, 잔소리는 그만. 쓴소리만 주세요

도발적인 제목에 많이 놀라셨나요? 시어머니의 관심을 잔소리로 폄훼하고 게다가 이것을 무시하라니! 이 얼마나 불효막심한가요. 하지만 시어머니의 잔소리를 마음에 담아두지 않는 며느리가 행복한 가정을 꾸릴 수 있습니다. 물론 귀에 담고 가슴에 새겨야 할 말은 그렇게 해야 합니다. 하지만 삶의 방식이나 철학을 바꾸도록 요구하는 것들에 대해서는 충돌이 있을 수밖에 없잖아요. 엄마는 며느리이기 이전에 한 인간으로서 자신의 삶을 꾸려나가는 존재입니다. 중심을 잡고 서있는 것을 방해한다면 그 어떤 귀중한 말도 잔소리가 될 겁니다.

자, 이제 그럼 글쓰기로 돌아와 보겠습니다. 글을 쓸 때 우리는 저마다 시어머니, 저 같은 경우 장모님의 목소리를 듣게 됩니다. 아가, 그렇게 쓰면 안 된다. 그걸 말이라고 하니. 남이 볼까 무섭다. 자네는 무슨 글을 그렇게 쓰나. 얼른 지우게. 뭐 이런 말들인데요. 시어머니나 장모님이 조금 불편하시다면 남편이나 자식이라고 생각해도 좋습니다. 문제는 마음속 이야기를 꺼내지 못하게 막는 내면의 그물망입니다.

글을 쓸 때는 마음이 흘러가는 대로, 의식이 풀어내는 대로, 때로는 무의식에 사로잡혀 써 내려가야 합니다. 그런데 이걸 가로막는 것이 잔소리, 즉 자기검열의 심리입니다. 이런 걸 써도 될까. 표현이 조금 진부한데. 아무런 근거가 없는 황당한 주장이잖아. 아, 이런 말하면 사람들이 흉보지 않을까. 무의식중에 피어나는 이런 생각이 바로 내면의 솔직한 생각과 표현의 싹을 자릅니다.

글을 완성하는 접근법을 바꿨으면 합니다. 학창시절에 배웠던 연역식, 귀납식 같은 논리적 관계는 일단 공책 밑으로 깔아놓으세요. 어깨 너머로 보고 들었던 여러 가지 규정과 법칙도 생각하지 않기로 해요. 그런 다음 단어와 문장으로 이뤄진 거대한 나무를 키우는 겁니다. 얼마나 자랄지 몰라요 일단 큼직하게 키웁니다. 삐뚤게 자라도 좋아요. 그저 풍성하게 줄기를 뻗도록 새싹을 덮고 있는 유리상자를 거둬주세요. 일단, 아무래도 좋으니 쭉 써 내려가는 겁니다.

그렇게 많은 양을 쓰다 보면 반짝하고 떠오르는 생각이 보입니다. 동시에 쓸 데 없는 군더더기도 눈에 들어오죠. 이제 고쳐쓰기를 하면 됩니다. 버릴 것을 쳐내고 전하고 싶은 메시지를 다듬는 거죠. 내가 무슨 생각을 하고 있는지, 쓰려는 이야기가 무엇인지는 고쳐 쓰면서 명료해집니다. 그러니 글을 쓸 때는 우선 내면의 검열관을 철저하게 무시하고 그저 손이 움직이는 대로 써 내려가면 그뿐입니다. 나무를 키우는 과정, 원석을 캐는 과정, 씨앗을 뿌리는 과정이라고 생각하는 거죠. 그걸 다듬고 쓸 만한 것을 건져내는 건 나중의 일입니다. 일단 쓰세요. 무지막지하게 많이!

마지막으로 이젠 시어머니와 장모님 입장에서 생각해보겠습니다. 우리는 글 쓰는 사람들이, 예를 들면 아이들이, 자신의 감정과 생각을 솔직하게 분명하게 드러내도록 이끌어줘야 합니다. 세상에 내놓기 전까지는 100% 그렇게 하는 게 좋습니다. 독한 소리, 타인을 할퀴는 말이 들어 있어서 걱정이라고요? 괜찮습니다. 다시 보고 고쳐 쓰는 과정에서 이런 감정은 누그러들고 적절한 낱말과 문장으로 바뀌게 되니까요. 중요한 것은 일단 숨기지 않고 드러내는 것. 솔직해지는 겁니다.

자, 당신의 삶도 충분히 이야기가 됩니다. 그럼 이제 연필을 들고 고개를 돌려보세요. 고무장갑이 보이죠. 뭐라도 써보세요. 일단 한번 써보세요. 그 장갑 속에도 손가락 길이가 다 다름을, 미끄럽지 않게 하려고 주름이 잡혀 있음을, 흘러내리지 말라고 고무줄이 들어 있음을 알게 됩니다. 고무장갑 따위에도 수많은 쓸모가 들어 있는 것이죠. 쓰다 보면 마음에 드는 문장이 나오고, 그 문장이 다시 생각을 이끌어냅니다. 준비됐나요. 한번 신나게 춤춰봅시다. 연필과 함께 춤을.

엄마를 위한 글쓰기 특강

이미 마음을 빼앗겼다면

코로 맛을 본다는 게 가능하다면 이런 게 아닐까. 마음 같아서는 홀짝 들이키고 싶다. 정체불명의 마른 이파리 위에 뜨거운 물을 한 가득 쏟았더니 뜨겁다고 난리치며 향기를 발산하는 게 아닌가. 그 아우성이 온 방을 가득 채울 때까지 사이코 같은 미소를 지으며 기다린다.
가끔은 사이코가 되어도 좋겠다. 이런 향기를 즐길 수만 있다면 아무런 양심의 가책도 느끼지 않고 뜨거운 물을 잔이 넘치도록 부을 테니. 옆에서는 꼬맹이가 실로폰을 치고 큰놈은 숙제를 모르겠다고 투덜거리고 둘째는 블록을 만들어달라고 소리치지만 지금 나에게는 바닐라에스프레소의 소리 없는 아우성만 들린다.

내가 이 맛에 산다. 아니, 이 향에 산다.

_바닐라에스프레소

위의 글은 제 책상에 때마침 놓여진 '바닐라에스프레소' 한 잔을 보고 쓴 겁니다. 맛은 그저 그렇지만 향은 끝내줍니다. 추석 때 받은 선물이 넘친다며 누나가 준 걸 잊고 있다가 우연히 꺼내 마셨는데 그 향에 취해버렸습니다. 한동안 바닐라에스프레소만 찾았지요. 지나고 나면 잊혀질 일도 이렇게 한 편의 글로 다듬어두면 근사한 선물처럼 마음 한구석에 오래도록 보관할 수 있습니다.

세상 모든 일이 그렇듯 마음 가는 데 손이 가기 마련입니다. 글을 쓸 때도 마찬가지입니다. 마음이 가는 일이나 물건을 이야기할 때 술술 쓰입니다. 거기에 글을 끌어내는 에너지가 있습니다. 모 아니면 도. 흑백논리에 빠지면 안 된다고 배웠지만 사실 우리가 살아가면서 좋으면 좋은 거고 싫으면 싫은 것이 얼마나 많은가요. 때로는 영문도 모르고 그냥 칼로 베 듯 좋고 싫습니다.

한번 떠올려보세요. 즐겨 찾는 식당, 자꾸 먹어도 물리지 않는 음식, 화려하진 않아도 편하게 찾는 옷, 나를 나답게 해주는 나의 애장품들. 또 이따금 떠오르지만 언제나 흐뭇해지는 여행의 추억. 이런 것들은 글로 써보지 않았을 뿐 잠재력이 있습니다. 그 에너지를 이용하는 거죠. 글에 애정을 담으면 몸도 반응합니다. 입꼬리가 올라가고 히죽거리게 되죠. 뭐가 좋은지 미소를 짓거나 낄낄거립니다. 그러니 좋아하는 게 떠올랐다면 일단 날말로라도 써보세요. 저는 이런 게 떠오릅니다. 정갈하고 따뜻한 분위기의 카페, 이문세와 김윤희의 콜라보 무대, 실내가 큰 SUV, 뜨거운 김이 올라오는 순댓국, 막 인쇄소를 나온 신간. 생각만 해도 들썩들썩거리는 글감입니다.

언니, 세상에 뭐 이런 경우가 다 있어. 글쎄 말이야. 자리에 앉자마자 줄기차게 쏟아내는 어느 여인의 뒷담화입니다. 저는 하던 일 속으로 돌아가고 싶었지만 어느새 토시 하나 놓치지 않겠다며 몸을 기울이는 열혈 청취자가 되어가고 있었습니다. 분수대의 물이 허공을 향해 치솟았다 바닥으로 떨어지듯 탁, 탁, 타닥, 탁. 그녀는 거침없이 울분을 토해냈습니다. 감정은 오르막과 내리막을 치달았습니다. 아마 그 말을 받아 적었다면 몇 페이지는 됐을 겁니다. 신기한 것은 그 많은 양의 이야기가 논리적으로 전혀 하자가 없을 뿐 아니라 구성지고 재밌다는 겁니다. 감정이 그대로 담겼음은 두말할 필요가 없겠죠. 환갑잔치를 어떻게 할지 시어머니와 생각하는 바가 전혀 다르다는 얘기였습니다. 남편은 알아서 하라고, 시누이는 연애에 바쁘다고 발을 뺍니다. 모든 가족이 자기 입만 보고 있는 상황이 짜증나 죽겠다는 이야기였습니다. 그 찰진 단어와 문장의 향연을 혼자 맛봤다는 게 미안할 따름입니다.

여러분에게도 이런 답답한 순간이 있었을 겁니다. 꼭 시댁과의 문제가 아니더라도 고구마 백 개를 목구멍에 던져 놓고 떠나버리는 일상의 일들 말이죠. 살다 보면 그런 일이 있잖아요. 나는 차선을 잘 지키고 달리는데 괜히 경적을 울리며 앞지르기를 하는 뒤차를 보면 운전하는 사람의 입술은 좌우 위 아래로 크게 씰룩거립니다. 그 억울함은 어떻게 풀어야 할까요.

누구에게나 생각만 해도 들썩들썩 신이 나는 이야기, 떠올릴 때마다 몸서리치는 이야기가 있습니다. 극과 극에 놓여 있지만 둘 모두 대단한 에너지를 갖고 있음은 분명합니다. 이유가 분명하진 않지만 이런 주제를 글로 쓰는 것은 의외로 쉽습니다. 감정이 분명하기 때문이겠죠. 자신이 정말 좋아하거나 싫어하는 것을 써보세요. 지금 바로요. 5분 정도면 충분합니다. 마땅히 떠오르는 게 없다면 몸서리치게 싫은, 그 증오스런 지네나 바퀴벌레 뭐 이런 것도 좋습니다. 일단 써보는 거니까요.

5분 글쓰기, 지금 써봐요

눈을 감고 생각해보세요. 아, 눈은 우선 이 부분을 다 읽고 감는 걸로 하겠습니다. 떠오르는 게 있나요? 젊은 시절 자주 찾던 장소도 좋고, 함께 어울렸던 친구에 대해 써도 좋습니다. 좋은 감정이 가득한 그 무엇을 소재로 써보는 겁니다. 생각이 나는 대로, 마음이 이끄는 대로.

이번에는 눈을 떠보고 주변을 둘러보세요. 많은 물건들이 보일 겁니다. 그중 특별히 끌리는 게 있다면 그 녀석입니다. 연필을 들어 어떻게 생겼는지, 뭐 하는 데 쓰이는 건지, 언제 샀는지 써보세요. 숨은 이야기가 보일 겁니다.

비슷한 방식으로 나를 답답하게 만드는 것을 써보세요. 조금 거부감이 들 수도 있지만 징그러운 물건에 대해 써도 좋고, 말이 안 통하는 사람에 대해 써도 좋아요. 어떤 것이든 좋아요. 쓰다 보면 정리가 됩니다.

섭섭한 날의 기억

제 발로 병원을 찾은 게 얼마만인가. 기침은 잦아들지 않았고 이젠 골을 흔들어놓을 만큼 심해졌다. 시원하게 터지지 않는 기침은 답답했고 신경질적으로 깐죽거렸다. 할퀴는 듯한 쇳소리가 목구멍에서 삐져나오면 아내는 싫은 기색을 숨기지 않았다. 섭섭했다. 그런데 그게 아내의 방식이란 걸 안다. 어서 병원 좀 가라고 물도 마시고 약도 먹고 잠도 자고 좀 쉬라고. 그렇게 몸을 좀 챙기라고.

미련해서 제 몸 축나는 걸 우리는 잘 모른다. 그래서 필요한 게 잔소리다. 아내의 잔소리를 고마워하자. 잦아질수록 깊어질수록 아내를 사랑하자. 그래, 게다가 오늘은 크리스마스이브다. 오늘밤 산타클로스가 온다. 괜히 누구를 미워해 선물을 못 받는다면 나만 손해니까. 쏟아지는 잔소리를 뒤통수로 부드럽게 받아넘기며 현관문을 나섰다.

_아내는 산타클로스

크리스마스를 일주일 앞두고 이사를 했습니다. 그런데 이사를 일주일 앞두고 큰 녀석이 독감에 걸렸습니다. 아내와 저는 마스크를 착용한 채 살얼음 위를 걸어가듯 조심스레 짐을 꾸렸습니다. 이삿날이 춥지 않았는데도 그날 밤부터 몸에 탈이 났습니다. 사흘 동안 밤새 이삿짐을 준비하고 밀린 원고도 작성했던 게 무리였던가 봅니다. 다행히 독감은 아니었지만 큰아들의 뒤를 이어 이틀은 누워서 하루는 앉아서 보냈습니다. 뼈 마디마디를 똑똑 부러뜨려 길게 늘어놓으면 이런 느낌일 겁니다. 아픈 건 물론이고 손가락 하나 까딱하는 데에도 전신이 욱신거렸습니다. 에고고 하는 신음이 절로 나왔습니다. 거기다 대고 아내는 나약해 빠졌다며 정신력의 문제라고 약을 올렸습니다. 평소 같으면 뒷방 노인네 똥도 받으라며 엉덩이를 들이밀었을 텐데 도저히 그럴 수가 없었습니다.

좀 살 만하다 싶을 때 시작된 게 기침이었습니다. 처음에는 가벼운 헛기침이었는데 날이 갈수록 깊어졌습니다. 어릴 적 먹은 엄마의 젖이 나오는 게 아닌가 할 정도로 오장육부를 다 토해낼 듯 기침을 했습니다. 멀쩡하던 남편이 빌빌거리고 약해지자 아내의 눈빛도 달라졌습니다. 임신했을 때 남편이 섭섭하게 하면 결혼생활 내내 말 나온다고 하잖아요. 아플 때 서운한 것도 평생 가겠다는 생각을 했습니다. 직장 생활만으로도 고달픈데 집에서 애 보는 삼식이까지 챙겨야 하니 얼마나 힘들었을까. 이해하려고 했지만 섭섭한 건 어쩔 수 없더군요.

그래서 일부러 괜찮은 척 열심히 움직였습니다. 아이들도 챙기고 집안일도 전처럼 했지요. 그런데 그놈의 기침은 참을 수가 없었습니다. 날이 갈수록 조금씩 심해지더니 옆 사람이 놀랄 정도가 되었습니다. 지켜보던 아내가 화를 내며 병원을 가라고 하더군요. 미련하게 뭐하는 거냐고 핀잔을 줬습니다. 그길로 집을 나왔고 병원에서 차례를 기다리며 쓴 글이 위에 있는 '아내는 산타클로스'입니다.

몸이 불편했지만 글을 쓰니 눈이 맑아졌습니다. 못 보던 게 보이더군요. 아내라는 존재, 아내가 주는 사랑, 아내의 의미를 생각해봤습니다. 유머러스하게 쓴 글이지만 생각할수록 저는 많은 것을 받고 있더군요. 제목처럼 아내는 제게 산타클로스입니다. 크리스마스가 아닐 때도, 착한 일을 하지 않아도, 때로는 나쁜 짓을 해도 변함없는 모습으로 곁에서 힘을 줍니다. 기침 소리 듣기 싫다고, 병원을 안 간다고 핀잔을 주는 것도 제 몸 돌보지 않는 제 성격을 잘 알기 때문인 거죠.

사람이니까 섭섭할 때가 있습니다. 1년에 하루뿐인 생일과 결혼기념일에 아무런 이벤트를 준비하지 않은 남편이 그렇습니다. 이벤트는커녕 별다른 멘트도 없어 더 섭섭합니다. 공들여 준비한 반찬인데 한 젓가락 들고는 손도 안 대는 아이들이 그렇습니다. 그 정성을 몰라줘서 더 섭섭합니다. 남편만 바라보는 시댁식구들이 그렇습니다. 죽는 소리 안 한다고 힘들지 않은 게 아닙니다. 모든 대소사를 책임지는 남편의 고생을 몰라주니 더 섭섭합니다. 은근히 신경 쓰이는 친정식구들이 그렇습니다. 든든하지 않아도 좋습니다. 친정에 일이 있을 때마다 남편 눈치가 보이는데 섭섭하다는 내색만 하니 오히려 더 섭섭합니다. 만날 때마다 조금 손해 보는 느낌을 주는 친구가 그렇습니다. 친구 사이에 잇속을 챙기려 하는 건 아니지만 배려받지 못한다는 기분이 들어 더 섭섭합니다.

살다 보면 이처럼 자잘한 섭섭함은 일상처럼 우리를 덮칩니다. 별일 아닌데도 이게 뭐라고 마음을 무겁게 합니다. 존재의 의미를 의심받게 하는 처사에 위태롭게 쌓아놓은 자존감에는 툭하고 균열이 갑니다. 중심이 흔들리니 아무 일도 할 수 없습니다.

섭섭함에 대한 글은 '아내는 산타클로스'처럼 해피엔딩이 아닐 수도 있습니다. 오히려 섭섭함을 키울지도 모릅니다. 제게도 아내가 늘 산타클로스인 건 아닙니다. 그렇게 보려고 노력하지만 아무 생각 없이 뱉은 말에 상처받을 때도 있지요. 더 미워할 수 없을 만큼 미운 적도 있습니다. 감정이 빗나가 극한으로 치달을 때는 어떻게 저런 인간을 만났을까 후회도 합니다.

하지만 어떤 상황이든 결국은 크리스마스이브의 심정으로 돌아갑니다. 길게 끌 때도 있지만 더 깊어지기 전에 마무리 짓는 편입니다. 아내라서 그렇게 결론을 짓는 것일지도 모릅니다. 그러나 누군가는 아내이기 때문에 그러지 못하기도 합니다. 반대로 남편이라서 섭섭함을 풀지 못하기도 합니다. 비슷한 심정으로 자식이라서, 부모라서, 친구라서 섭섭함은 더 이해할 수 없는 결과가 됩니다. 어떻게 나한테 그럴 수가 있을까. 어떻게, 어떻게.

사람에 따라, 상황에 따라, 여러분의 태도와 마음에 따라 결과는 달라질 겁니다. 제가 뭐라고 예단할 수도 없고 그래서도 안 되겠죠. 그러나 섭섭함을 그대로 묵혀두지 않았으면 합니다. 글로 옮겨보며 뚜렷해집니다. 더 커질 수도 있고, 반대로 가벼워질 수도 있습니다. 알 수 없죠. 분명한 것은 섭섭함을 방치한다면 반드시 커지고 깊어진다는 겁니다. 언젠가 탈이 납니다. 써보세요. 저를 믿고 한번 써보세요.

끝으로 이때 썼던 시 하나 소개하겠습니다. 《크루즈 살인사건》을 쓴 권영인 작가의 글에서 영감을 얻어 쓴 건데요. 아픈 만큼 성숙해진다는 말을 실감했습니다. 아파도 그 상황을 어떻게 해서든지 이겨내려 했던 것 같아요. 물론 글로 말이죠.

그날 밤,
약해지면 안 돼
몇 번을 다짐했지만

결국 다시 너를 찾았다.

손가락질 당해도
입방아에 올라도
날 안아주는 건 너뿐이었다.

어색함도 잠시
이내 부스럭부스럭
우린 한 몸이 되었다.

마지막 낙엽이 떨어지고
콧물이 콧날을 더럽히던
오늘
나는 다시 너를 찾는다

_내복

5분 글쓰기, 지금 써봐요

섭섭했던 기억을 떠올려보세요. 마땅히 떠오르지 않는다면 매번 잔소리를 해도 바뀌지 않는 가족들의 습관을 소재로 삼아도 좋습니다. 이 순간만큼은 조금 삐딱해도 괜찮아요. 모든 것을 포용했던 엄마의 옷을 벗는 게 좋겠지요. 섭섭할 거리를 찾아보는 겁니다.

집안일 하고 아이들 챙기느라 바쁘잖아요? 그런데도 고생한다는 말을 한 번도 하지 않은 남편이 섭섭하지 않은가요? 뒤집어놓은 양말처럼 아무렇게나 벗어놓은 빨랫감을 봐도 아무렇지 않나요? 엄마의 수고스러움을 당연하게 생각하는 가족이 섭섭할 때가 있지 않나요? 아주 조금이거나 작아도 괜찮습니다. 찰나의 섭섭함도 좋으니 숨기지 말고 써보세요. 짧아도 좋아요. 그냥 한번 써보는 거니까요.

후회가 반갑다고 손 내밀 때

그 노래가 듣고 싶었다. 청소기가 아닌 걸레를 잡은 이유였다. 게다가 앵앵거리는 모터의 몸 떠는 소리와 그놈이 바람을 집어삼키는 소리를 아침부터 듣고 싶지는 않았다. 방바닥은 너저분했고 밥풀이 말라붙은 그릇은 개수대에서 고개를 빼꼼히 내밀고 있었다. 뭐라도 해야 했지만 막내는 또 책장에 붙어 책을 쓸어내리고 있는 아침. 이도 저도 하기 싫은 어느 아침. 그날따라 그 노래가 듣고 싶었다. 그런 아침이었다.

걸레는 이내 먼지로 가득 차 닦아도 의미가 없는 상태가 되었다. 어젯밤 자기 전에 닦았는데도 화단의 흙먼지가 바람을 타고 많이 들어왔다. 갑자기 1층에 사는 게 지겨워진다. 청소기를 한 번 돌릴걸. 뭐 한다고 아침부터 노래 한번 들어보겠다고.

그 노래? 반주가 끝나기도 전에 끝났다. 음악 소리가 들리자마자 자기 노래를 틀어달라며 막내는 알 수 없는 소리를 질러댔다. 생각대로 되지 않는 아침. 괜히 신경질이 난다. 애초부터 동요를 틀었다면 기분 상할 일도 없을 텐데. 아니 애초부터 청소기를 돌렸다면. 아니 애초부터 그냥 아무것도 하지 않았다면. 괜히 걸레만 적시고 또 빨아야 하고. 이도 저도 하기 싫은 아침에 이것저것 하고 있는 나는 끄트머리만 붙어 있는 낙엽처럼 위태롭다.

뿌연 하늘 속으로 하얀색 비행기가 기어가는 듯싶더니 어느새 점이 된다. 나는 한참 동안 점이 사라진 자리를 물끄러미 바라본다. 막내가 책을 떨어뜨리는 소리에 고개를 돌렸다. 밥때가 됐다.

_청소가 뭐라고

누구나 후회하는 순간이 있습니다. 후회라는 말을 누가 만들었는지 몰라도 뒤돌아보게 만드는 힘 하나는 대단한 것 같습니다. 그러지 말 걸. 그랬어야 했는데. 왜 그랬을까. 왜 안 했을까. 후회가 밀려오면 고개는 자연스럽게 뒤로 돌아갑니다. 앞을 보고 싶고 나아가야 하는데도 자꾸 뒤로 보게 됩니다.

그 심리를 애써 외면하면 후회는 그림자처럼 따라다닙니다. 그림자가 드리운 일상을 보낸 적이 있나요? 움직임마다 질퍽거리는 날이 이어지고 문득 이러다가는 그림자가 날 삼켜버리겠다는 생각이 듭니다. 후회로 점철된 삶에는 행복이 자랄 수 없겠죠. 물론 청소기를 잡지 않은 정도의 후회라면 웃어넘길 일입니다. 하지만 여러분을 힘들게 하는 건 아마도 조금은 다를 겁니다.

일생일대의 시합에서 결정적인 실수를 한 적이 있습니다. 육해공사관학교 간 전쟁을 방불케 하는 체육대회가 있었습니다. 오랜 기간 이어져오다가 폐지되었는데 제가 생도생활을 했던 4년 동안만 한시적으로 부활한 적이 있습니다. 1년을 준비해서 딱 두 번의 시합을 치르는 건데 육사를 대표하는 럭비선수였던 저는 4학년 때 주전으로 출전했습니다.

2002년 10월 2일, 고된 훈련을 생각하면 저절로 눈물이 나는 날이었습니다. 운동장을 가득 메운 함성과 귀를 찢어놓을 듯한 군악대의 연주는 온몸을 흥분시켰습니다. 그 연주에 맞춰 이뤄지는 현란한 군무와 카드섹션은 선수들을 들끓게 했습니다. 우리는 검투사가 되어 콜로세움으로 들어갔습니다.

흥분한 탓에 숨도 차지 않고 부딪혀도 아프지 않았습니다. 그 길던 시합이 순식간에 끝났습니다. 하지만 결과는 패. 제가 담당했던 상대를 놓친 것이 선취점으로 이어졌습니다. 이후 저희 팀은 힘을 잃었습니다. 감독님은 내일 시합에서 만회하라며 어깨를 힘껏 쥐어

주셨습니다. 하지만 저는 그러지 못했습니다. 다음날 시합에서는 오히려 더 얼음처럼 굳어버렸습니다. 또다시 패.

3학년 때부터 이 두 번의 시합을 위해 피땀을 흘려왔던 저는 허탈함을 감출 수 없었습니다. 2패. 전무후무한 기록의 주인공. 저는 죄인처럼 머리를 숙이고 다녔습니다. 왼쪽이 아니라 오른쪽을 막았어야 했는데. 더 과감하게 달렸어야 했는데. 패스를 더 정확하게 했어야 했는데. 수많은 아쉬움이 후회로 이어졌습니다.

그날 이후 저는 그 일을 입에 담지 않았습니다. 의도적으로 피했습니다. 스스로를 비겁하고 나약했다 여겼습니다. 마무리가 개운하지 못한 액션영화를 본 기분이었습니다. 관객들도 돈 아깝다고 난리인데 제가 바로 그 영화의 주인공인 거죠. 동기들도 비슷했던 것 같습니다. 그날의 시합은 단 한 번도 대화 주제가 되지 못했으니까요.

꽁꽁 얼었던 그 기억이 녹아내린 건 10년도 더 지나서였습니다. 임관 10주년을 맞아 감독님을 모시고 식사를 하던 자리에서 감독님은 그날 이야기를 꺼내셨습니다. 마음에 담아 두지 말라, 패배에서 배워라, 그러면 된다, 너희들이 자랑스럽다, 그리고 고맙다. 그 몇 마디에 우리는 10년 전의 그때로 돌아가 어깨를 껴고 눈물을 흘렸습니다. 잊을 만하면 떠올라 어깨를 짓눌렀던 그날의 기억은 그때부터 조금씩 모습을 바꿔갔습니다. 좀 더 일찍 후회를 대면했더라면 하는 아쉬움은 있지만 그 짐을 내려놓았다는 사실에 감사하고 있습니다.

여러분에게도 후회하는 일이 있을 겁니다. 그 후회에 대해, 지금 당장 떠오르는 잘못된 결정에 대해 한번 써볼까요. 젓가락 대신 포크를 들었다가 엉뚱하게도 입천장을 찔렀던 경험도 좋습니다. 후회스런 경험에 대해 자신과 이야기를 해보세요. 아무리 큰 후회라고 해도 그 녀석을 몇 번에 걸쳐 마주한 뒤에는 웃으며 보내줄 수 있습니다. 우리에게는 앞으로 가야 할 길이 있으니까요. 후회는 뒤에 남겨두고 거기에서 에너지만 되찾아오는 겁니다. 글쓰기가 도와줄 거예요. 이유 없이 몸에 힘이 빠지는 어느 날 아침. 불연 듯 찾아오는 그 우울한 기분. 그걸 문장에 가둬 무인도로 보내는 겁니다.

5분 글쓰기, 지금 써봐요

우선 '후회'라는 단어를 써보세요. 무엇이 가장 먼저 생각나세요? 그 단어를 시작으로 떠오르는 감정을 한번 써볼까요? 거르지 않고 솔직하게 임하는 게 중요합니다. 누가 보는 거 아니니까 괜찮습니다. 혹시 부끄러운 일이라면 다 쓴 뒤에 찢어버려도 괜찮아요. 이미 마음은 그 일을 알아챘으니까요. 하고 싶은 이야기를 그냥 쓰면 됩니다. 그만입니다.

그중에 그대를 만나

큰아들의 2학년 마지막 날. 집에서 노느니 선생님께 인사라도 드리라는 아내의 말에 학교를 찾았다. 눈이 벌게진 녀석이 교실을 나왔다. 너무 슬퍼서 울었단다. "아빠, 나 전학 안 가면 안 돼? 어엉." 전학 가는 게 아쉽다며 친구들은 너도나도 편지를 써줬고 담임선생님은 그걸 한 해 동안 찍은 사진과 함께 예쁘게 포장해 전학 선물로 주셨다.

인사하러 오기를 잘했다는 생각이 들었다. 아내가 챙기지 않았으면 또 사람 구실 못하는 사람이 될 뻔했다. 아빠를 닮아 감성이 풍부하다는 선생님의 말에 "이놈이 촌스러워서 그렇다고" 우스갯소리를 했다.

졸업식으로 학교는 분주했다. 끝이라 아쉽지만 시작이기도 하니 설레고 겁도 난다. 하루하루가 졸업이면 좋겠다. 우리에겐 촌스러운 순간이 필요하다. 서로 손잡고 눈을 마주치는 순간이 필요하다. 눈물을 슬쩍 감추다 들키고 마는 그런 인간미가 필요하다.

2월이다. 졸업식 현수막이 어지럽다. 잠깐이라도 좋으니 한 방울이라도 내 속에서 꺼내보자. 선생님은 아쉬움과 고마움에 눈물을 훔치셨다. 그 모습에서 인연이란 말이 떠오른다. 어디서든 건강하세요. 이 인연을 고마워하며 살겠습니다. 기억하겠습니다.

_그중에 그대를 만나

제가 한동안 상관으로 모셨던 국방어학원장님은 얘기하는 걸 좋아하셨습니다. 어떤 일이든 시작하기 전에 방향을 설정하고 개념을 공유했죠. 서로의 뜻을 확인한 뒤에는 믿고 맡기는 분이셨습니다. 구체적인 실행은 늘 부하들의 몫으로 남겨두셨으니까요. 어느 따뜻한 봄날, 안 바쁘지? 차 한잔 하자, 원장님이 저를 부르셨습니다. 사무실에서 창밖을 보며 고민에 빠져 있던 저는 전화기를 내려놓으며 중얼거렸습니다. CCTV가 있나, 다 보고 계시네. 그리고는 곧장 2층에 있는 국방어학원장실로 뛰어 올라갔습니다.

향이 좋다며 새로 구한 차를 한 잔 주셨습니다. 그러면서 노래 한 곡을 소개해주셨죠. 이선희가 부른 '그중에 그대를 만나'였습니다. 그 노래를 들으며 인연의 소중함을 생각하기 시작했습니다. 그렇게 많은 사람 중에 왜 우리는 이렇게 만나게 되는 걸까? 왜 하필이면 당신이고, 그 사람인 걸까? 노래를 들을수록 상처 줬던 사람들은 하나둘 지워지고 함께해서 즐겁고 행복했던 사람들만 남았습니다. 불평이나 원망을 자아내는 게 아니라 고마웠고 소중했다는 걸 깨닫게 해줬습니다.

원장님도 그런 분이셨죠. 국방어학원장으로 올 수 있는 육군 대령이 수없이 많을 텐데 왜 우리 원장님이 오신 걸까? 난 왜 그때 그 자리에 있었을까? 그 많은 사람 중에 인연이라는 하나의 고리를 공유한다는 것은 참 대단한 일입니다.

괜히 울적해지는 날 이 노래를 틉니다. 어림없는 고음이지만 음정

무시하고 따라 부릅니다. 그러면 나를 스쳐갔던 소중했던 인연들이 다시 옆에 와서 앉아 어깨를 토닥이며, 우리 그때 좋았잖아, 위로하고 격려해줍니다. 그런 인연들 덕분에 지금의 내가 존재하는 것이겠죠. 다시 보고 싶고 고맙습니다. 지난 날 참 행복했단 걸 새삼 느낍니다.

그러면 또 일과 관련해 요즘 만나고 있는 분이나 인사를 나누는 이웃, 오늘 우연히 마주할 누군가의 소중함도 생각하게 됩니다. 사람이 사람을 만나는 일은 하늘이 맺어주는 게 아닐까요. 이보다 더한 우연은 없습니다. 그렇습니다. 그래서 만남을 우습게 봐서는 안 됩니다. 어떤 관계가 되어 얼마나 큰 영향을 미칠지 아무도 모르니까요.

얼마 전 인기 브랜드 회사의 대표님께서 1:1 글쓰기 코칭을 요청하셨습니다. 오늘 첫 코칭을 했는데 오히려 제가 더 배우는 날이었습니다. 무엇보다도 오늘의 만남이 저를 제 인생의 터닝포인트로 다시 끌고 갔다는 겁니다. 31명의 과학자를 만났던 2007년의 봄으로, 변화의 출발이 된 그때의 저로 다시 돌아간 것 같았습니다.

내공이 저보다 몇 십 배는 더 깊은 창업가와 함께하는 수업이 오히려 저를 크게 합니다. 우리는 글쓰기에 대해 얘기를 나눴지만 결국 오가는 것은 우리의 삶과 사람에 관한 이야기였습니다. 생각지도 못한 만남이, 생각지 못한 에너지를 불어 넣었습니다. 이런 걸 인연이라고 하는 거겠죠.

만남을 기록으로 남기세요. 아주 짧은 스침이라도 그 순간을 하나의 사건처럼 기록하세요. 우연이 인연이 됩니다. 이 땅의 수많은 사람 중에서 말을 나누기는커녕 눈도 마주치지 못하는 이들이 대부분입니다. 그러니 나와 연이 닿았다면 그것은 대단한 사건이지 않을까요.

5분 글쓰기, 지금 써봐요

'인연' 하면 떠오르는 사람이 있나요? 그 사람에 대해 써보세요. 언제 어디에서 어떻게 만났는지. 그 사람과 함께했던 그때를 한 편의 글로 담아보세요. 구체적인 에피소드를 넣어준다면 기억은 더욱 선명해집니다. 또 그 이야기는 과거에만 머물지 않고 오늘을 살아가는 힘을 줄 겁니다. 써보세요. 사람에 대해, 만남에 대해, 인연에 대해.

받은 사랑만으로도 배가 불러

거긴 일종의 아지트였다. 그럴 조건이 전혀 없었는데도 주말이면 그곳을 찾았다. 기껏 짜장면을 시켜먹고 컴퓨터 게임이나 하고 밤이 되면 좁은 침대에서 둘이 부둥켜안고 자는 게 고작이었지만 주말이면 그곳을 찾았다. 제복의 남자가 찾는 횟수가 늘면서 원주민들은 나를 이상하게 쳐다봤지만 나는 꿋꿋하게 그곳을 찾았다. 생각해보면 기숙사를 떠나 찾은 곳이 또 기숙사였다. 친구의 옷을 빌려 입고 대학 캠퍼스의 공기를 살짝 마시고 그들의 자유와 고민을 흉내 냈다. 그러고는 다시 제복을 입고 나의 기숙사로 돌아갔다. 눈치 없는 나는 주말마다 그곳을 드나들었지만 친구는 싫은 기색 한 번 하지 않았다. 서울에 연고가 없는 내게, 기숙사 자유이용권을 선물했던 녀석에게 모처럼 소주 한잔 사야겠다.

_기숙사에서 기숙사로

생도 시절에는 모든 것을 당연하게 생각했습니다. 주기적으로 생필품이 보급되었고 체육복, 전투복, 정복, 예복 같은 피복도 떨어질 만하면 새것으로 받았습니다. 식당에는 끼니때마다 따뜻한 밥이 준비되어 있었고 밤늦게 훈련이라도 하는 날에는 새벽에도 야식을 먹을 수 있었죠. 잔디는 고르게 자랐고 도로는 깨끗했습니다. 가을 하늘이 바닥에 내려앉은 것처럼 캠퍼스는 맑고 투명했죠. 그런데 그게 다 누군가의 관심이고 노력이고 수고였다는 걸 그때는 몰랐습니다.

일국의 사관생도에서 일개 소위로. 임관 후 우리는 스스로의 신분 강등을 이렇게 표현했습니다. 계급은 올라갔지만 나를 보는 눈빛과 대우의 차이가 느껴졌습니다. 일반 사람들은 얼룩무늬 전투복을 입은 소위가 얼마 전까지 제복 입은 생도였다는 걸 모르는 것 같았습니다. 섭섭했지만 그게 군을 바라보는 국민의 눈높이였습니다. 전방 부대가 처한 열악한 환경도 저를 현실에 눈뜨게 했습니다. 수용한다는 표현이 어울리는 비좁은 병사들의 생활관, 고양이만 한 쥐가 수시로 출몰하는 독신자 숙소, 비만 오면 뻘밭이 되는 진흙탕 길, 족히 30년은 더 되어 보이는 거의 모든 시설물의 상태가 제 눈을 바꿔놓았습니다. 그동안 받았던 빵 하나 우유 하나도 어마어마한 혜택이었음을 알게 됐습니다. 일개 소위로 바뀐 뒤 의식은 오히려 넓고 깊어졌습니다.

문득 고마움을 몰랐던 생도 시절이 떠올랐습니다. 위문품을 보낸 사람은 큰돈을 썼을 겁니다. 받는 사람이야 자기 한 명이지만 보내는 사람에게는 수백 명이니까요. 안 보낸다고 누가 뭐라 하지도 않는데 말이죠. 그런데도 손에 든 빵을 보며 맛이 없다느니, 크림이 적다느니, 빵이 푸석하다느니, 음료가 시원하지 않다느니 불만만 늘어놨습니다. 겉멋만 들었지 속은 좁았고 생각은 얕았습니다.

큰아들이 먹다 남긴 크림빵을 보며 그 시절로 돌아갔던 게 얼마 전입니다. 훈련장에서 먹었던 팥빙수며 수박이 생각났습니다. 바짝 말라 쩍하고 붙어버린 목구멍을 시원하게 뚫어준 얼음물도 기억나고요. 교회, 성당, 법당이 돌아가며 생도들의 훈련장을 찾아 격려해줬었죠. 새삼 이런 생각이 들었습니다. 참 고마운 일이었구나. 참 따뜻한 분들이었구나. 참 많은 사랑을 받았구나.

자연스레 생도 시절에 신세를 졌던 고교동창이 떠올랐습니다. 주말에는 언제든 와서 쉬라며 출입문과 컴퓨터 비밀번호를 알려줬습니다. 일이 있어 함께 하지 못할 때는 배달음식을 주문해 넣어 주기도 했습니다. 포근한 캠퍼스에서 자유를 만끽하며 푹 쉬고 갈 수 있었던 것은 순전히 그 친구의 배려 덕분이었죠. 고맙다는 말도 제대로 한 적 없습니다. 오랜만에 밥 한번 먹을 이유가 생겼네요.

> 군에 있는 동기에게 책을 선물했는데 며칠 뒤 친구에게서 택배가 하나 날아왔다. 상자에는 보습에 좋다는 달팽이크림과 먹음직스런 과자가 모두 세 개씩 잔뜩 담겨 있었다. 돼지 삼형제 다투지 말라고 신경 쓴 모습이 예쁘다.
> 저자의 사인이랍시고 끄적거려 보낸 대가로 받기에는 부끄럽고 미안했다. 되로 주고 말로 받은 격이니 이를 어찌 다시 보답할지 고민이다. 물건을 고르는 친구의 모습을 상상해본다. 절로 미소 짓게 된다. 우리는 서로 조금 나누었을 뿐인데 마음은 아주 넉넉해졌다. 아이 셋 키우는 그 친구도 올 한 해 행복하길. 아프지 말고 건강하길 두 눈 감고 빌어본다.
>
> _되로 주고 말로 받다

그 친구는 아이 셋 키우는 엄마입니다. 셋이다 보니 남들보다 더 공감하겠다 생각했죠. 출간을 누구보다 축하해줬기에 저도 신이 나서 선물했을 뿐인데 답례가 황송할 따름입니다. 아내에게도, 아이들에게도 자랑했습니다. 이런 선물 처음이었거든요.

주말마다 기숙사 문을 열어둔 친구처럼, 작은 선물에 더 큰 선물로 마음을 표하는 친구처럼 많은 이들이 관심과 정을 줍니다. 받을 때는 몰라도 생각하면 할수록 고맙습니다. 그런 사랑이 없었다면 사는 게 꽤 퍽퍽했겠다 싶습니다. 보이지 않게 사랑한다는 유행가 노랫말처럼 내게 오는 사랑은 때때로 보이지 않는 것 같아요. 건조기 속에서도 두부가 촉촉할 수 있다면 바로 사랑 때문일 겁니다.

고마웠던 일을 써보세요. 별거 아니라고 생각했는데 돌이켜보면 참 고마운 일 있잖아요. 저도 지금 막 생각이 났습니다. 저희 아파트 경비아저씨께서는 저녁이 되면 택배를 찾아가라며 일일이 인터폰을 돌립니다. 그런데 저희 집 상황을 간파하시고는 매번 집으로 갖다 주십니다. 애기 아빠가 아이들 때문에 못 내려올 것 같더라고. 그건 수고스러운 일이거든요. 반면 제게는 참 고마운 일입니다. 그래서 더 고개 숙여 인사하고 고마움을 표합니다. 아이들도 손을 흔들며 아침 인사를 합니다. 사람 사는 냄새는 그렇게 맡는 게 아닐까요. 여러분도 일상에 놓쳤던 고마웠던 일을 찾아보세요. 사랑받고 있는 게 별건가요. 아주 작은 관심이 곧 사랑입니다.

5분 글쓰기, 지금 써봐요

집 안을 한번 쭉 둘러보세요. 선물 받은 물건이 보이나요? 아무 거라도 좋으니 그걸 선물한 사람, 받은 상황에 대해 써보세요. 그 물건을 사는 순간에는 아마 당신을 생각했을 겁니다. 맘에 들어 할까, 어떤 취향일까 고민했겠죠. 글 속에 그런 마음도 함께 풀어보세요.

아주 오래전으로 가보겠습니다. 스무 살 때로 돌아가서 내 인생에 도움을 주신 분을 찾는 겁니다. 천천히 현재를 향해 걸어오세요. 많은 이들이 지나가지 않나요? 사소한 도움도 괜찮아요. 그런 배려와 양보가 없었다면 지금의 우리는 없을 수도 있으니까요. 누군가 내게 베풀어준 선행을 기록해보세요. 참 많은 사랑을 받았구나, 하실 겁니다.

사회의 부조리를 마주했다면

지난 주말 강남으로 갈 일이 있어 아침 6시에 버스를 탔다. 안녕하세요. 어서 오세요. 점잖으면서도 강단이 있어 보이는 인상의 기사님은 친절하게 손님을 맞았다. 버스는 시원하게 달렸다. 토요일인데다 아침 일찍이라 차가 없었다.

네. 형님. 오늘 다섯 바퀴. 몰라. 정비하는 놈들이 신경을 안 써. 핸

들 유격이 얼마나 위험한데. 내가 확 신고해불라고.

회사 정비팀에서 자기가 운행하는 버스를 신경 써서 봐주지 않아 화가 난다는 푸념보다도 다섯 번이나 왕복해야 오늘 일이 끝난다는 이야기가 더 놀라웠다. 송도와 강남을 오가는 데에는 교통상황에 따라 더 길어지기도 하지만 편도로 보통 1시간 30분 정도 걸린다. 버스 기사 입장에서는 3시간 정도 엉덩이 한 번 떼지 못하고 달려야 한다. 다섯 번을 왕복한다고 했으니 어림잡아 운전만 15시간을 한다는 말인데. 중간에 30분씩 4번을 쉬면 2시간. 한 번 출근에 17시간을 일해야 하는 셈이다.

어제 저녁 뉴스에서는 2시간 자고도 운행을 해야 하는 관광버스 기사의 열악한 근무 실태가 보도되었다. 로봇이 아닙니다. 우리도 똑같은 인간입니다. 목숨을 내놓고 하는 일이죠. 평일에는 회사 셔틀버스로 쓰이고, 주말에는 결혼식 하객을 수송하는 전세버스 기사가 한 말이다. 그렇다. 이들은 결코 버스와 같은 기계가 아니다. 한 시간 엔진을 멈춘 뒤 다시 시동을 켜면 아무렇지 않게 돌아가는 기계가 아니단 말이다.

아침에 눈에 제일 먼저 들어온 뉴스는 8시간에 1000가구를 돌아야 하는 가스검침원에 대한 기사였다. 단순 계산해보면 2분마다 한 집을 검침해야 한다. 쉬는 시간 없이. 밥 먹거나 화장실 가는 시간도 물론 없다. 집에서 집으로 이동하는 시간도 2분에 다 포함된다. 당신이라면 할 수 있겠는가? 1,000가구가 한 곳에 있는 아파트라고 수월할까? 꼭대기까지 엘리베이터로 올라가 계단으로 내려온다는데.

난 노동 운동을 하는 사람도, 노동조합에 몸담았던 적도 없다. 글 좋아하고 쓰기 좋아하고 사람 이야기 듣는 걸 좋아하는 평범한 사람이다. 그런데 이런 소식을 접하면 마음이 아프고 화가 나고 또 짜증이 난다. 도대체 왜 이런 일을 시키는 놈들이 있는 걸까. 따지고 들어가보면 모든 게 돈 때문이다.

결국은 효율을 위해, 이윤을 남기기 위해서 그렇다. 회사 측에서도 물론 할 말은 있을 테지만 자기 일 도와주는 사람이라는 생각만은 잊지 않았으면 한다. 내 이웃이고 친척이고 자식이고 아버지이고 형제일 수 있다는 생각을 한 번쯤은 했으면 한다. 이런 생각조차 가지지 않는다면, 어쩔 수 없는 일이라고만 치부한다면 결국 사람이 다치고 죽는 비극이 생긴다.

_이런 근무 환경은 도대체 누가 만드는 것인가?

이 글은 제 블로그에서 조회수가 높은 편입니다. 버스 노선을 검색하는 사람들이 읽긴 하는데 어느 정류장을 거치는지, 배차 간격은 어떤지 따위의 정보는 하나도 없습니다. 조회수가 높다고 이 글이 제대로 읽혔을 거라고 기대하진 않습니다. 문을 열고 들어온 손님이 가게를 휙 둘러보고는 금세 떠난다는 사실을 저도 알고 있습니다.

대신 이 글은 우리 사회가 안고 있는 불안한 요소를 살짝 들추고 있지요. 웃는 낯으로 마주치는 사람들이, 누군가에게는 가족이고 이웃인 사람들이 처한 가혹한 노동 환경을 알리고 싶었습니다. 조금이라도 벌기 위해서는 참아야 한다며, 어쩔 수 없는 것들이라며 감내해왔던 것들을 다르게 생각해보고 싶었습니다. 사람들을 장기돌 다루듯 대하는 자본가들에게 쓴소리를 하고 싶었습니다.

평범한 일상을 살아가는 주부에게도 이런 분노의 순간이 있습니다. 혼자 살지 않는 이상 우린 누군가에게 기대야 하고, 누군가의 말과 행동에 영향을 받습니다. 특히 아이가 생기면서 그 폭은 훨씬 커지게 되죠. 세상 모든 일이 나와 연결된다는 사실을 부모가 되면서 실감하는 겁니다. 우리 아이들이 살아갈 세상은 지금보다 나아지길 바라기 때문입니다. 변화는 문제의식에서 출발하는 거니까요.

뭐든 좋습니다. 개인적인 문제에서 출발해도 괜찮습니다. 여러분이 문제라고 생각하는 바로 그 경험을 일단 쓰는 겁니다. 큰소리로 난동을 부리는 환자를 우선 응대하느라, 매너를 지키며 순서를 기다리는 자신이 오히려 피해를 봤던 병원 응급실의 서비스를 문제 삼아도 좋습니다. 원칙없는 우리 사회의 단면을 비추는 사례가 될 겁니다. 조심스레 운전하는 자신을 향해 손가락질하는 베테랑 운전자를 욕해도 좋습니다. 누구나 처음에는 미숙하고 서툴잖아요. 그게 당연한 거잖아요. 이 글에는 “우리 아이들이 커나갈 세상은 강자가 약자를 배려하는 성숙한 사회이길 바란다”는 메시지를 담을 수 있겠네요.

뉴스에서 힌트를 얻을 수도 있습니다. 뉴스는 판도라 상자와 같아 볼 때마다 감정이 상하는 일뿐입니다. 국민을 대신해 권력을 견제하고 사실을 알리는 것이 사명이잖아요. 그러니 감추려 하는 부분을 들추는 것이 언론입니다. 뉴스를 보면 분통 터질 일이 많습니다. 모르면 몰랐지 알게 된 이상 한마디 안 할 수가 없습니다. 입버릇처럼 나오는 그 말을 씨앗 삼아 종이에 심어보는 겁니다. 이 사회를 바라보는 자신의 관점을 정립할 수 있습니다. 진보와 보수라는 이데올로기보다 더 중요한 자신만의 철학을 갖게 되는 것이죠.

혼자가 아닙니다. 우리 가족만 따로 사는 것도 아니죠. 우리는 결국 사회라는 큰 공간에서 누군가와, 다른 가족과 공생할 수밖에 없습니다. 함께 행복한 사회를 꿈꾼다면 사회가 어떤지 관심을 가져야 합니다. 주부라고 살림만 하라는 법은 없습니다. 오히려 정치, 사회, 문화, 경제를 이해하고 목소리를 내야 합니다. 내 삶은 내가 빚어내는 거니까요. 내가 속한 사회도 결국 나라는 각각의 존재가 연대한 '우리'가 규정하는 거니까요.

우리 사회의 부당한 면을 경험하거나 목격했다면 글로 옮기세요. 잘 다듬어 이웃들에게 공유하세요. 세상은 조금씩 조금씩 밝은 곳으로 움직일 겁니다.

5분 글쓰기, 지금 써봐요

경험한 일을 쓰세요. 개인 간의 일도 괜찮습니다. 쓰다 보면 결국 사회의 문제로 확대되는 걸 알게 될 겁니다. 나에게만 일어나는 일이 아니라는 것도 깨달을 거예요. 우리가 이따금씩 마주하는 개인적인 억울함이 사회 전체적으로는 빈번하게 일어납니다. 그렇다면 그것은 우리 사회의 문제입니다. 써보세요. 억울함도 풀고, 내 삶의 한 장면으로 기록도 남기고, 더 나은 해법을 모색하는 기회로도 활용할 수 있습니다.

목격한 일에 대해 써보세요. 누군가에게 들은 이야기, 신문이나 뉴스에서 본 이야기를 쓰는 겁니다. 이번에는 그 일이 누군가의 일로 그쳤지만 언젠가는 내 일이 될 수 있다고 생각해보면 글이 달라질 겁니다. 우리는 연결되어 있습니다. 남의 일이 결국 내 일이 되고 우리의 일이 되는 것이죠.

• 책을 쓰고 싶다면 •

1. 출간 개념 잡기

☑ 글은 아무 때나 누구든 아무런 비용도 들이지 않고 쓸 수 있다. 그렇게 글이 모이면 누구나 저자가 될 수 있다. 하지만 출간에는 자본이 필요하다. 일반적으로 출간 비용은 출판사가 전담한다.

☑ 저자는 아이디어, 즉 원고를 제공한다. 출판사는 한글이나 워드 파일 100여 쪽에 달하는 글을 표지, 목차, 그림, 색감 같은 디자인이 들어간 실물로 바꾼다. 그리고 물류업체나 서점 등과 협업하여 독자에게 전달한다.

☑ 그러므로 저자에게 첫 번째 관문은 출판사이다. 편집자, 편집장, 대표 등 자본의 지출을 결정하는 사람에게 "아, 이원고로 책을 만들면 좀 팔리겠는데!"라는 확신을 심어줘야 한다. 저자에게 출판사는 투자자다. 그들에게 이문이 남는 콘텐츠를 만들어야 한다.

☑ 독자의 삶에 필요 없는 글은 책이 되지 못한다. 지금도 하루 평균 210종의 신간이 쏟아져 나오고 있다. 창고에서 잠자는 책을 쓸 생각이 아니라면 출판사부터 넘어야 한다. 그런 의미에서 자비출판은 권하지 않는다. 냉정한 검증을 거치지 않기 때문이다.

2. 기획안 작성 및 집필

☑ 출간에는 자본뿐 아니라 엄청난 노력과 시간이 든다. 따라서 성과를 내기 위해서는 철저한 기획이 필요하다. 아래에는 저자의 졸저 《아이 셋 키우는 남자》를 출간하기 위해 출판사 몇 곳에 발송했던 기획안이다.

기획안 예시

〈육아(育兒)는 도끼다〉 출간 문의

안녕하세요? 《질문하는 힘》, 《삶에 행복을 주는 시기적절한 질문》, 《포기하는 힘》의 저자 권귀헌입니다. 다음 원고에 대해 출간을 문의드립니다.

1. 제목과 부제

— 제목: 육아(育兒)는 도끼다

— 부제: 세 아들을 키우며 인생을 배운 아빠의 동반 성장 일기

2. 타겟 독자

— 첫 아이를 키우는 초보 부모 또는 예비 부모

3. 집필 목적

— 육아를 기술과 지식의 관점이 아닌 성장의 관점에서 인식토록 현재 유행하고 있는 관점의 전환을 유도. 궁극적으로 이 책의 목적은 부모가 육아를 고난과 두려움의 대상이 아닌 행복한 여정으로 인식하는 문화를 확산하는 데 있음. 더불어 아빠의 육아휴직을 확산하는데 기여한다.

4. 목차: 말미에 첨부

5. 분량·집필 완성 시기: A4 90쪽 내외 / 7월 31일까지 완성된 원고 제출

6. 원고의 주제 및 내용

— 세 아들을 키우며 변하고 성장한 아빠의 모습을 10가지 가치관의

관점에서 재진술하는 것으로 사랑, 인내, 감수성, 질문, 성실 등과 같은 부분에서 큰 성장을 경험한 일화를 다루고 있음.

7. 원고의 차별성

— 육아를 성장의 관점에서 본 책으로는 한국출판문화산업진흥원의 우수콘텐츠로 선정된《철학자 아빠의 인문 육아》가 있는데, 이 책은 육아에 대한 상세한 기술과 저자의 감정 등이 주된 내용임.

— 그러나 본 원고는 삶, 인생, 행복과 같은 인문학적 주제를 육아와 결부하여 풀어내고 있어 기존에는 없던 형태와 내용의 책이 될 것으로 생각됨.

8. 저자 소개

— 2003년 육군사관학교 졸업, 2009년 서울대학교 일반대학원 교육학 석사, 2011년부터 4년간 국방어학원에서 한국어학과장과 학처장을 역임하며 외국 장교들에게 우리나라의 말과 문화를 강의함.

— 2015년 군을 떠나 집필과 강연 활동을 하고 있음. 주간경제지《이코노미스트》에 칼럼 게재 중.

* 17년간 군에 몸담고 있다가 총을 내려놓고 펜을 들었다. 전업작가이자 전업주부로 세 아들을 키우며 삶을 다시 공부해보니 깨달은 바가 있다. 육아는 진정 육아(育我)다!

9. 출간 도서

—《세계를 이끄는 한국 최고의 과학자 31》(공저), 2009년 2월, 서울대출판부

—《질문하는 힘》, 2015년 3월, 스마트북스

—《삶에 행복을 주는 시기적절한 질문》, 2015년 8월, 미래북

—《포기의 재발견》, 2016년 5월, 브레인스토어

10. 연락처: 이메일: kwihun80@naver.com

현재 원고 양은 70% 수준이며 초안입니다. 별도로 첨부합니다. 가정에 행복과 평안이 가득하길 바랍니다. 감사합니다.

권귀헌 드림

☑ 원고도 중요하지만 기획안은 더 중요하다. 출판사 편집자들은 이미 만지고 있는 원고가 있으며, 저자와 미팅도 해야 하고 SNS에 홍보 이미지도 올리는 등 마케팅을 하기에도 시간이 부족하다. 그들은 긴 글을 읽을 여유가 없다. 기획안에는 당신의 원고가 왜 책으로 나와야 하는지, 출판사와 독자에게 어떤 이로움이 생기는지 간결하게 담아야 한다.

☑ 기획안을 쓰면서 집필을 병행하는 게 좋다. 아이디어만으로는 실제 쓸 수 있는지, 생생한 소재가 많은지 가늠할 수가 없기 때문이다. 또, 쓰다 보면 최초에 구상한 원고는 목차부터 실제 내용까지 전혀 다른 원고로 바뀌게 된다.

3. 제안 및 출간

☑ 기획안이 준비되면 출판사에 제안하는 메일을 보내자. 원고와 같은 분야의 책을 낸 이력이 있는 출판사를 몇 군데 선별하는 게 좋다. 책의 앞이나 뒤에 있는 판권 부분을 펼치면 원고를 접수받는 출판사 이메일이 있다. 번거로워도 자신의 원고와 어울리는 출판사를 찾은 다음 먼저 두드릴 것을 추천한다.

☑ 출판사도 저마다 사정이 다르다. 원고가 마음에 들어도 출간 일정이 꽉 차 있어 거절할 수밖에 없는 경우도 있다. 실제로 《초등 글쓰기 비밀수업》은 원고를 아까워하던 한 담당자께서 자신들은 출간할 여력이 안 된다며 어울리는 출판사를 소개해줘서 출간되었다. 따라서 자신의 콘텐츠에 관심을 보이는 출판사를 찾을 때까지 탐색하는 노력도 필요하다.

☑ 기획안에 관심을 보이는 출판사가 나타나면 미팅을 하거나 이메일을 교환하며 충분히 의사를 나눈 다음 본격적인 집필에 들어간다. 원고가 완성되면 책으로 출간되는 과정은 출판사의 몫이다. 저자가 의견을 줄 수는 있지만 참견하는 것은 좋지 않다. 그들의 전문성을 믿고 맡기는 게 좋다.

삶을 문학으로 바꾸는 글쓰기 10단계

1단계:
관찰한다. 사소한 것을.
↓
2단계:
메모한다. 다르게 느낀 것을.
↓
3단계:
도출한다. 놓치고 있던 것을.
↓
4단계:
한 문장에 담는다. 써야 할 주제를.
↓
5단계:
일단 써본다. 첫 문장을.
↓
6단계:
끝까지 써 내려간다. 막히더라도.
↓
7단계:
펜을 내려놓는다. 한동안.
↓
8단계:
반복한다. 1~7단계를
↓
9단계:
고쳐 쓴다. 여태 쓴 것을
↓
10단계:
또 고친다. 고친 것을.

하루 5분,
내 마음을 읽는 시간

별 볼일 없는 집안에서 육사를 갔으니 가문의 영광이었습니다. 군복을 벗은 지금도 아버지는 그 일을 가장 자랑스럽게 생각하십니다. 정복을 입고 부모님과 함께 찍은 대문짝만한 사진은 지금도 안방 벽에 떡하니 걸려 있습니다. 명절 때마다 집안 어른들은 권장군, 권장군 하며 저를 불렀습니다. 동기생이나 선후배들도 의아해했습니다. 제일 오래 군생활 할 것 같았는데 먼저 나왔으니까요. "무슨 일 있어?" 전역한다는 소식에 하나같이 이렇게 묻더군요. 그럴 때마다 저는 기어들어가듯 답했습니다. "아, 네. 하고 싶은 게 좀 있어서요." 긴 이야기를 다 할 수는 없었습니다.

아무튼 이런 기대를 저버리고 군을 나온 뒤 6개월 간격으로 책을 하나씩 냈습니다. 쓰고 싶었던 글을 맘껏 썼습니다. 중요하다고 생각하면 책에 담았습니다. 사람을, 사회를 바꿀 수 있다고 믿었습니다. 그게 그 좋은 직장을 떠난 목적이었으니까요.

하지만 현실은 달랐습니다. 좋은 책을 쓰는 것만큼 많이 팔리는 것도 중요하다는 사실을 몰랐던 거죠. 저는 독자의 욕망 따위는 전혀 고려하지 않고 오직 저의 관심과 사명감으로만 주제를 찾았습니다. 책이 나올 때마다 지인들이 물었습니다. "많이 팔았어?" 나름의 성과도 있었지만 책만 써서 먹고사는 건 불가능했습니다.

그런데 친구들은 이런 상황을 마치 알고 있는 듯 저만 보면 '육아일기'를 써 보라고 부추겼습니다. 아들 셋 키우는 아빠의 이야기에는 사람들이 관심을 보일 거란 말이었습니다. 바꿔 말하면 지금까지 썼던 책들은 너무 재미가 없었다는 거겠죠. 그러나 이건 자존심이 허락하지 않았습니다. 아내도 저와 같았습니다. 기저귀 갈아 치우는 이야기나 하려고 주변의 반대에도 전역했냐는 소리를 듣고 싶지 않다는 거였습니다.

하지만 결국 저는 《아이 셋 키우는 남자》라는 '육중일기'의 저자가 되었습니다. 이순신 장군이 난중일기를 남긴 심정으로 썼기에 저는 '육중일기'라는 표현을 고집합니다. 단순히 아이를 키우는 자잘한 일상을 담는 데에서 그치는 게 아니라 육아를 통해 어떻게 성장했는지 스스로 돌아보는 자전적 에세이에 가깝기 때문이죠. 그런데 저는 왜 생각을 바꿨을까요?

한번은 길을 가고 있는데 아주머니 한 분이 같이 산책 나온 반려견에게 이렇게 말하더군요. “인도로 올라와 빨리. 자꾸 차도로 가면 어떻게 해.” 아무렇지 않았던 그 말은 시간이 지나자 저를 피식 웃게 했습니다. 인도라니요? 개한테 사람이 다니는 길로 올라오라는 거잖아요. 그게 당연한 일인데도 막상 사람의 말로 들으니 재미있었습니다. 아무튼 그때 떠오른 생각을 이렇게 옮겼습니다.

> 묵묵히 제 길을 가는 건 의롭다. 도드라지진 않지만 그런 우직함이 세상을 지탱해왔다. 그러나 누군가에겐 정해진 길을 가는 일이 답답하다. 숨길 수 없는 호기심이 변화로 이어지고 도전을 부추기기 때문이다. 가야 할 길이 정해져 있는가. 가지 말아야 할 길이 따로 있나. 분명한 뜻을 갖고 있다면 길이 없어도 통하기 마련이다. 무분별하게 꽃과 나무를 꺾지만 않는다면. 길을 내면서 나가는 것도 의미 있지 않을까. 중요한 것은 꾸준히 가느냐, 신선한 공기를 마시느냐, 아름다운 풍경을 즐기느냐가 아닐까. 길에 얽매이지 말자. 무엇을 원하는지, 그것이 옳은지만 생각하자.
>
> _길에서 벗어나야 길을 볼 수 있다

제가 쓰는 글의 대부분은 제 자신에게 하는 조언이면서 다짐입니다. 이 글도 마찬가지입니다. 흔들리지 않길 스스로 맹세하는 거죠. 저는 꾸준히 글을 쓸 것이고 그것을 즐기려 합니다. 그런 의미에서

'육중일기'는 제 인생의 중요한 변곡점입니다. 제 삶을 어루만지며 글쓰기의 진정한 가치를 실감했거든요.

집도 커지고 차도 커졌습니다. 할 수 있는 건 많아졌고 찾는 사람도 늘었습니다. 하지만 여전히 뭔가 허전합니다. 예전보다 더 행복한가 물어보면 딱히 그런 것 같지도 않습니다. 행복해야 할 조건임에도 행복을 만끽하지 못한다면 뭐가 문제일까요. 집이 더 커야 할까요? 더 좋은 차? 더 많은 통장 잔고? 더 많은 명품? 이런 것들은 소금물 같아서 들이킬수록 갈증만 커집니다.

범사에 감사하기, 욕심을 조금 줄이기, 순간을 만끽하기. 그리고 이런 것들과는 조금 달라 보이지만 사랑하기. 저는 이런 자잘한 것들에 눈이 갑니다. 행복하지 못할 이유가 수백 개라면 행복할 이유도 수백 개입니다. 도서관에 데려간 막내가 형을 따라 잠깐이라도 혼자 놀아주면 그게 행복입니다. 자다 깬 녀석이 울기는커녕 아빠의 작업을 구경하며 잠깐이라도 옆에 앉아 신기한 듯 쳐다봐주면 그게 행복입니다. 세상의 반은 언제나 빛이 들지 않습니다. 하지만 절반은 늘 해가 들지요. 행복하지 않은 이유를 찾지 않았으면 합니다. 행복을 갈망하지 마세요. 파랑새는 이미 옆에 있습니다.

쓰기 전에는 그걸 몰랐습니다. 행복은 쟁취하는 거라 믿었어요. 목표를 이루는 순간에 아드레날린처럼 퍼지는 게 행복이라 생각했습니다. 하지만 글을 쓰며 생각을 빚다 보니 내 삶의 매 순간에 행복이 살아 숨 쉬고 있다는 걸 알게 됐죠. 행복은 일상을 누리는 과정에서 얻게 되는 부산물입니다. 성실히, 즐기며, 감사하며, 사랑하며 살아가면 눈에 들어오는 겁니다. 냄새를 맡고 피부로 느껴보세요. 행복은 그런 거라 생각해요.

《혁신가의 질문》을 쓴 박영준 코치를 만난 적이 있습니다. 그는 제게 앎(Knowing), 함(Doing), 삶(Living)의 조화를 이야기했습니다. 돌이켜보니 이 셋이 다르지 않다는 생각이 듭니다. 생각과 행동이 분리될 수 있을까요? 실천하지 않으면서 영광스러운 삶을 바라는 건 위선 아닐까요? 그래서 저는 쓴 대로 살고 사는 대로 쓰려고 합니다. 앎과 삶이 하나로 수렴되게 하는 것이 살아가는 목적이기도 합니다. 불안할 때도 있지만 아는 것을 흔들림 없이 실천할 때 저는 행복을 느낍니다.

글 잘 쓴다는 말을 가끔 들었습니다. 하지만 모든 글은 연애편지처럼 다 쓰고 보면 부끄럽기 마련입니다. 촌스러운 냄새가 확 풍긴다고나 할까요. 아무튼 남들이 보기에는 뭔가 그럴듯해보였지만 저 스스로 글에 만족했던 적은 거의 없었습니다. 어제 쓴 글이 부끄러워 또 쓴다는 어느 작가처럼, 저 역시 매일매일 더 나은 글을 세상에 내놓아 이미 구천을 떠도는 저의 오래된 체취를 말끔하게 몰아냈으면 좋겠습니다.

여러분의 삶도 글로 빛어내길 바랍니다. 일상에 글쓰기를 곁들인다면 그 풍미는 상상하기 어려울 정도로 깊어집니다. 삶의 향기를 더해주세요.

참고문헌

· 국립국어원,《외국인을 위한 한국어문법》, 커뮤니케이션북스, 2005.

· 리의도,《올바른 우리말 사용법》, 예담, 2005.

· 민중서림편집국,《엣센스 국어사전》, 민중서림, 2010.

· 이주행,《한국어 어문 규범의 이해》, 보고사, 2005.

· 이희승,《국어대사전》, 민중서림, 2011.

잊고 있던 나를 마주하는 하루 5분, 일상 인문학
엄마의 글쓰기

초판 1쇄 인쇄 2020년 2월 15일
초판 1쇄 발행 2020년 2월 20일

지은이 권귀헌
펴낸이 장선희

펴낸곳 서사원
출판등록 제2018-000296호
주소 서울시 마포구 월드컵북로400 문화콘텐츠센터 5층 22호
전화 02-898-8778
팩스 02-6008-1673
전자우편 seosawon@naver.com
블로그 blog.naver.com/seosawon
페이스북 @seosawon **인스타그램** @seosawon

홍보총괄 이영철 **마케팅** 이정태 **디자인** 별을잡는그물

ISBN 979-11-90179-18-8 03800

· 이 도서의 국립중앙도서관 출판예정도서목록(CIP)은 서지정보유통지원시스템 페이지(http://seoji.nl.go.kr)와 국가자료종합목록시스템(http://www.nl.go.kr/kolisnet)에서 이용하실 수 있습니다.(CIP제어번호 : CIP2020004186)